物哀之美

品味日本文化風情

葛維櫻 吳麗瑋 等

序一　熟悉又陌生的日本

楊璐　《三聯生活周刊》資深主筆

我們似乎天然地認為日本的文化與我們很相似，位於奈良的日本國寶唐昭提寺由中國的鑒真和尚興建，參觀那裏猶如回到盛唐。對日本文化、美學影響巨大的禪宗在平安時代（七九四—一一八五年）末期由中國傳入日本，在鎌倉（一一八五—一三三三年）、室町（一三三六—一五七三年）時代興盛起來。在中國的幾個宋代文物展上，不斷有人說，那些古物一望便知，是今日所見的日本美學的源頭。

可是細究起來，中國與日本又是如此的不同。我們以大為美，大山大水，大開大合，大團圓；日本人卻以小為美，一頭扎進瑣碎裏自得其樂，追求「小確幸」。我們強調對稱性，以成雙成對為好，日本人卻有非對稱性的「強迫症」，傳說千利休在為茶庭鋪設踏腳石時，以豆子撒地來確保石頭分佈的不規則性。日本人還以奇數為吉祥，連送禮的數量都要確保是奇數。中國人會想：為甚麼日本人陷入對非對稱性的迷思呢？而百科全書式的日本學者加藤周一同樣曾經在文章中發問：為甚麼中國人會產生對對稱性的偏好呢？

中國人在日本問路，寫漢字比講英文有用，一句話裏總有幾個字是雙方都能明白的，就像中國和日本的關係，我們有互通的淵源。可畢竟是兩個不同的國家，日本是亞歐大陸東端的島國，文明從西往東傳到日本，再往東就掉進了太平洋。「黑船」[1] 打開日本國門之前，日本主要受中國文化的影響，明治維新之後，日本人又全面向歐美學習。

每一種外來文化都沒有全然地改變日本，它們在這個島國沉澱下來，形成了如今的日本文化。根據加藤周一的分析，這是日本文化具有雙重構造的結果。在古代，日本貴族官僚受到佛教和中國文化的影響，可大眾卻有自己的文化。佛像造型是國際化的，《萬葉集》[2] 卻是本土的。從明治維新到第二次世界大戰，日本的科學、技術、工業化都是西方的，生活方式卻一直是本民族的。

我們現在看到的日本是第二次世界大戰之後的面貌，經濟、科技、生活方式全面西方化。一九六四年，日本承辦了東京奧運會，之後又舉辦了大阪世博會（日本萬國博覽會，一九七〇年）、札幌冬奧會（一九七二年）。人口向城市集中、東京地價飛漲，富裕的日本人在巴黎搶購 LV（路易．威登）就像在大賣場一樣。日本人強大的購買力讓歐美的奢侈品櫃枱配有日語導購。在日本人的度假勝地夏威夷，香奈兒（Chanel）開了美國第一家獨立門店，比紐約都早。

經濟的高速發展也帶來了副作用，環境污染、通勤距離長，每天上下班要經受地獄一般的擁擠。一九七〇年到一九七二年，日本 NHK（日本廣播協會）做了關於國民生活的調查，結論是「經

1 黑船事件：日本嘉永六年（一八五三年），美國海軍準將馬修．培理（Matthew Calbraith Perry）率艦隊駛入江戶灣浦賀海面的事件，他帶着美國國書向江戶幕府致意，雙方於次年簽定不平等條約《神奈川條約》。一般視此為日本幕末時代的開端。

2 《萬葉集》是現存最早的日語詩歌總集，收錄日本由四世紀至八世紀的四千五百多首長歌、短歌，共計二十卷，於七世紀後半葉至八世紀後半葉完成編輯，按內容分為雜歌、相聞、輓歌等。

濟高速增長的弊病日益激化，目前為止一直被歌頌的經濟增長失去了國民的支持」。

一九八〇年西友百貨開發了一個「無品牌」的產品系列，創立者辻井喬回憶，這源於對當時充斥的追逐品牌之風氣的厭倦。因此他的新系列產品只採用了單色的樸素包裝，設計師田中一光認為，在一個包裝過度、色彩過多的環境裏，去掉多餘的裝飾和色彩很有新鮮感。這個品牌就是「無印良品」（MUJI）。

在經濟形勢變化和對消費方式的反思中，二十世紀七十年代日本興起了「慢跑熱」，九十年代又從身體健康擴展到精神健康，興起了「治癒熱」。八十年代日本的企業不斷鼓吹「更高檔」，終於在九十年代讓消費者十分疲憊，產生了追求「簡約」的意識。而「簡約」正是明治維新之前日本的傳統生活方式。

本來全心全意追逐歐美的日本，掉轉了方向。日本的設計師們從七十年代就開始從日本傳統文化和審美裏尋找靈感，NHK的《日本人的意識調查》發現，從二十世紀八十年代到二十一世紀，日本居民「看到古寺、傳統民居備感親切」的人數比例持續增加。日本的傳統文化，不僅有京都的貴族文化，還有鄉土的、庶民的文化，地方工匠的傳統工藝品、手工製品也同樣在日本流行。日本社會學者三浦展也觀察到，以城市生活為主題的媒體，不約而同地推出日本歷史、地方傳統的特輯……

對我們來講，日式生活的這些前因後果是否似曾相識呢？根據日本觀光廳的資料，二〇一五年前十個月，中國公民去日本旅行的遊客比二〇一四年同期增長100%，二〇一四年前七個月比二〇一三年同期增長90.8%。這些數字背後，是中國人對日本的強烈興趣。與歐美相比，日本對我們而言，是熟悉的陌生人。但顯然，我們現在明確意識到了日本的「陌生」，而這正是那些陡增的資料裏所蘊藏的、推動中國人到日本觀光的內在動力。

（本書中所有註釋，除特別註明外，均為編者所加。）

序二
多元又個性的日本

葛維櫻　《三聯生活周刊》前主筆

從明治維新開啟到二〇一八年正好一百五十週年，正是西方美學觀念被引入日本的時間。經過東西方文化衝突的十字路口，日本先全面向西，然而最終沒有入歐，也無法脱亞，優越感與劣等感並存，近年又走向了回歸。福澤諭吉[1]的現代化與夏目漱石的現代化不同。強調內心本位的夏目漱石越來越被知識界提到了前面。這兩種現代化形成作用力的成果是：工業化與全面教育。

像不像中國？對日本進一步的觀察，為中國今天多元文化格局的形成提供了另一種視角。日本是全世界將傳統保留得最好的國家，但同時它也帶動了「斷捨離」的風潮。這種看似矛盾的現象並不新鮮。愛爾蘭裔日本作家小泉八雲早就發現，日本人可以毫無憐惜地丟棄一切，甚麼也不需要就能生活得好好的。不抹去舊事物，並在原地址上安頓新事物；讓新舊並行不悖，讓不同的文化出現在同一時空。神社的宮司和寺廟的住持，彼此之間沒有大的衝突，好像早就心照不宣地商議好似

1　福澤諭吉（一八三五—一九〇一），日本明治時期啟蒙思想家、教育家，其肖像印在面額最大的萬元日幣上。

的，婚禮在神社舉辦，費用歸宮司；葬禮在寺廟舉行，費用歸住持。

在這面精美無匹的鏡子裏，我看到了許多觸動人心的美景：正倉院的「唐物」讓我想起敦煌的飛天，《奧之細道》[2]的山水讓我想起《詩經》。但吃飯時有一元硬幣掉進縫隙，店員馬上主動多給我一元；穿着不太合腳的拖鞋走路有些晃，旅館經理追過來送上一雙大一號的鞋。這些看似簡單的表象——收納、家居、便利店、美食和服務精神等——讓我們的粗線條神經不斷被觸動。日本獨有的細枝末節，是內在感受和外在表現雙重作用的結果，也是傳統與現代結合造就的產物。我們很容易在現代空間裏，感受到來自過去的召喚。日本直到一八七〇年才確立神道教的國家宗教地位。在此前提下，美學以宗教的名義，承擔了社會、心理、意識形態領域的多重角色。

讓我驚訝的是即使在很小的地方，日本也沒有放棄本地的一點點文化特色。我們去一個小鎮看了「火祭」，去另一個小城看了煙火大會，數不清的圖書館、美術館幾乎不斷有各種活動，再寥落的車站都會有清晰的資訊指示，告訴你怎麼玩。情緒和感性這些日本式的美學本源，在這些地方很容易被強烈地感知到。一方面，物質和資訊正在解放人，固定的人生模式被打破了，價值觀被消解；另一方面，消費社會將美學當作了清涼藥，在人與現代社會產生的問題中，試圖做良性的嘗試。將人與自然進行一元化的融合，是日本人對季節、風土、地理的依賴。

十七世紀的江戶（今東京）在日本閉關鎖國的狀態下已經擁有百萬人口，東京至今仍然是世界最大的城市之一。三百年前日本已經形成了消費文化。參勤交代制度產生了兩個重大的影響。

2《奧之細道》，日本著名俳人松尾芭蕉（一六四四—一六九四）的一部遊記和俳句集，刊行於元祿十五年（一七〇二年）。

第一，當時江戶有一半人是這些隔年入住的大名和他們千人級別的隨從，由此產生了大量消費。一六七三年江戶有了明碼實價不打折的越後屋，一八八四年英國才有了瑪莎百貨（Marks & Spencer）。消費城市從那時已經開始形成。

儘管沒有經歷過摧毀文化的戰爭，明治維新時代藩主被強制離開守地前往東京，大部份以政治為核心的建築群迅速被損毀。今日日本四大國寶城之一的松本城，在進門處放置着浮雕紀念碑。松本城本來要被變賣給軍隊佔用，是兩個本地的小知識分子用盡家產將松本城買下來進行了保護。今天，這個地理位置很不方便的松本城，成了這座毫無特色的小城的唯一名片。

第二個影響是把日本碎片化的土地和交通路線串聯起來，形成了今天市政和交通網絡的基礎。我曾探訪日本北陸道、中山道、南海道、東海道，在太平洋和日本海之間穿梭，在日本的「屋脊」——中央山脈之間行進。這些道路開啟了日本全國市場經濟的增長，也將我們帶到了許多小地方。日本人有句話說「乘坐新幹線和計程車不是真正的旅行」。越是深入小地方，摒除旅遊指南上的熱門景點，在自然和人的交流中越能得到收穫。

看日本的當代社會問題，也好像在看我們自己。升學考試、階級固化、房價高漲、鄉村情結、全職媽媽……想不出哪個生活領域出現的新問題，是日本沒有經歷過的。傅高義[3]所寫的那個「日本第一」的日本已經走到了尾聲，過勞死和終身僱傭制的上班族已經老去，極低生育率的「寬鬆世代」才是現實。

3 傅高義（一九三〇—二〇二〇），美國學者，精通日文，能說漢語，出版多部關於中國、日本和亞洲研究的著作。

但中國人對日本的好奇依然旺盛。日本的物，是引起「哀」的物，不是中國哲學裏的物。十八世紀本居宣長才開始將「物哀」概念化。自佛教傳入以來的日本審美本身是樸素的。將「物哀」置換成「物心」的也是本居。「源學」又產生了「物紛」的概念，做好事也做壞事，增加了紛繁複雜的程度。情緒性和感受性是人天生具有的，是人類文學的要素。和歌裏簡單的物象，俳句裏瞬間的情感波動和即時的心理，其實根本沒有情節。《源氏物語》雖然很長，但敍事很片段化。在大阪國立文樂劇場和金澤能樂美術館，我看到了一些日本的經典劇碼。有趣的是，這些故事大部份在中國古代可能都難以流行，主人公大多形象複雜，又好又壞，事情因果也難以說清。

美學是日本對世界的貢獻。儘管在形式上我們彼此熟悉、互相借鑒，終點卻很不一致。日本人的意識是不斷內化的。日本的茶道無論程序多麼複雜，道具多麼高雅，與時節的搭配多麼合宜，都不僅是為了喝茶，而是愉悅地虛構喝茶的行為。一期一會，重視主客同座，將所有因素縮進同一個瞬間的造型。日式茶道精神的產生被視作「和漢分離」的最重要標誌。分歧就濃縮在從信仰到生活的細節當中。我到日本的次數越多，越會認同夏目漱石的「自我本位」。現在越來越多的中國學者開始研究日本，但大都停留在觀察介紹層面。

日本美術史第一權威辻惟雄和我約在他家附近的咖啡店，鎌倉這幾年成了旅遊熱門，厭倦大城市的中國遊客也需要發現新的目的地。咖啡館在一間寺廟門口，沒想到冷僻的寺院裏居然埋着我書包裹的三位作者——鈴木大拙、西田幾多郎、和辻哲郎。「如果能夠出現既了解日本又了解中國的學者，才有可能把這兩個國家文化的聯繫說清。」辻惟雄說，「這個人現在還沒出現。」

二〇二一年夏天，東京奧運會即將到來。而在對日本美學的採訪與寫作的幾年裏，中日文化之間出現了新的現象。比如，在代表二次元文化的東京秋葉原街頭，出現了中國的二次元動漫形象。國風、漢服、國潮所代表的年輕一代中國潮流文化，形成了更龐大的作用力。對於日本，無論是設計、傳統還是生活美學，單純的欣賞和亦步亦趨的模仿，已不能滿足當代中國人的需要，每年出版社對於日本史、思想學術的翻譯和介紹也越來越多。審慎、揚棄的吸收和學習，大膽的創新，更深層次的理解，也引發我們對今天這個時代更內向化的思考。我曾將日本比作「鏡子」，是微密觀照。以今日中國人之視野與信心，尊重日本文化中的精華，有利於培育人心與創造力。

因好奇而出發，最後得出的答案仍在自己身上。

目錄

序一　熟悉又陌生的日本　楊璐　003
序二　多元又個性的日本　葛維櫻　007

印・象

從山到海，由佛至心：日本美學溯源　016
日本風物之輪島塗　052
日本風物之紅葉狩　058
「啊」的一聲：日本人找到的生活美學　062
印象日本：中國人的最初記憶　098
福岡歲暮的料理　127

微・異

日本的「微」與「小確幸」　170
日本鬼怪：非人的「憐」與「恨」　184

日本動漫裏的能劇式哀情 192

物・哀

日本文化的「祟物」與「物哀」 204
「哀」裏的心有所動：論物哀 213
盞中宇宙：尋訪曜變天目 229

幽・秘

幽玄與侘寂 254
日本幽玄：雲間月之隱秘 263
四季花傳書：川瀨敏郎的花道「侘寂學」 275

素・靜

素簡本色：日本的自然之美 288
靜謐的日本 300
後記　觀與感：對日本之美的反思 307
延伸閱讀 311

印

象

從山到海，由佛至心：日本美學溯源

文：葛維櫻　攝影：黃宇

日本人的自覺中具有「無我」的意識，導致他們縱向的社會人際關係封閉，很難積極地主動選擇，而是轉向生活、習慣尋求依賴，這就是被土居健郎稱為「依依愛戀」的心理結構。「啊」的一聲，是被見聞觸動，心中有感而發出的嘆息之聲。而這嘆息發出的一瞬，並非為了給別人聽到，而是落入了自己的心湖。

八月的最後一週，清涼寺的和尚們在擺放筆墨準備抄經，我在廊簷下對着庭院翻看留言本，在本來驕陽似火的下午突然感到了一絲涼意：「今年我感到進入了暮年。生活發生了很多變化，母親去世了，女兒離了婚，我常常感到失去生活的力氣……希望小兒子的律師資格考試可以合格。」日本人的自覺中具有「無我」的意識，導致他們縱向的社會人際關係封閉，很難積極地主動選擇，而是轉向生活、習慣尋求依賴，這就是被土居健郎[1]稱為「依依愛戀」的心理結構。「啊」的一聲，是被見聞觸動，心中有感而發出的嘆息之聲。而這嘆息發出的一瞬，並非為了給別人聽到，而是落入

1 土居健郎（一九二〇—二〇〇九），日本精神病學醫師、精神分析學家、大學教授、醫學博士。

了自己的心湖。

「清晨入古寺，初日照高林」，我們對日本的寺院充滿好奇，那不是俗聖分割的二元世界。和尚穿着美麗的綠色、紫色的魚尾式的僧袍，下班時間一到就拉着秋田犬出門。宗教負有美的重任，在價值上也與現代生活密切相關。

世俗化宗教幫助日本美學維持着感性思維的模式，以執拗、持續的歷史意識，也就是被丸山真男[2]稱為「古層」的特質，形成「相繼而來、不斷演變」的動態美學。風土、語言、心理使信仰泛化成了日常生活中的審美意識，成為日本美學的源頭。我們於是欣賞到這樣的詩句：「夜雨草庵裏，雙腳等閒伸。」

太陽之塔，日本的形象

有別於二〇一六年縱深式的走訪，二〇一七年我對日本島做了一個鋸齒狀斷面式的穿行。

「我無須思考，因為我的眼中只有美，沒有人。」站在古典與現代分界點上的夏目漱石，既不想承認所謂的「東洋」，也不想把西洋作為普遍性來對待。夏目漱石認為日本人的企圖和熱情太個人化，以致難以與其他國家的文明共鳴。他的經典疑問是：情為何物？從何而來？

視線回到一九七〇年的大阪世博會（日本萬國博覽會）。在偏僻、巨大的世博園裏，只有我一個人頂着烈日，想弄明白當代日本人是怎麼向世界進行自我表達的。一進國立民族學博物館的門，

2 丸山真男（一九一四—一九九六），日本政治學家、思想史家、大學教授，專攻政治思想史。

太平洋的廣闊撲面而來。來自太平洋熱帶島國的圖騰立柱、棕色人種的照片、色彩斑斕的手工、真實的風土實物和事無巨細的被壓縮成短片的生活場景，其中不時出現日本的影子，一會兒是太鼓，一會兒是北海道人用的漁網。轉了一大圈之後，我突然在萬里無雲的天空之下看到一個矗立的「大家伙」，像高聳的神鳥長着太圓的凹臉和略顯憨態的身姿，這是我印象中「精緻」的日本文化嗎？設計這尊「太陽之塔」的是岡本太郎，目的是讚美原始，他尋找日本傳統中的繩紋精神，提倡「粗野和壯實」，影響了後來的丹下健三等一批建築師。

福克納訪問日本的時候，並不喜歡東京和京都，他嚮往日本的天涯海角，感覺秉承自然主義和神秘主義的日本人完全能夠理解自己。用來涵蓋人類大同的太陽之塔正吻合了這層用意，只是看不出情緒。辻惟雄說：「當時日本被大家說不行，才造出了這個。」看到太陽之塔，我忍不住想知道它應該誕生於怎樣的世界。現在人們已不再生活在一個被幻想所浸潤的時代了，儘管想像力是視覺性的。

在奈良縣立萬葉文化館，我看到了一場關於動畫電影《言葉之庭》的實景展示。導演新海誠以《萬葉集》為出發點，用凝縮的風景和獨特的色彩感，試圖以平面給人深度。在這部以細膩渲染著稱的動畫中，樹木、山嶽都可在奈良找到自然的原型。《萬葉集》是日本描摹山野之景與草木之態的發端之作，也是日本民族第一次煥發出自豪的共鳴和文化的光芒。它不僅提出了物哀的概念，也將日本人的歡喜、趣味提升到了美學角度。體會了《言葉之庭》裏的實景，無人不想進入《萬葉集》中的古代世界。

將外來文化抽象化，使之與產生文化的語境分開，中國、印度、百濟等本來異質、難以相融的文化在脱語境化的日本共存了。岡倉天心[3]對九世紀的定義，不是關於佛陀和教義的，而是全部神話在相互交流，全體呼吸着同一個複合生命，不丟掉舊的而接受新的事物，以精神征服物質。佛教給日本最大的審美影響是「觀」。「觀」就是用眼睛去看看不到的極致樂土，完成不可能完成的任務，想像力是日本視覺的根基。有「觀」的出發點，才有繪畫的留白和「藝能」（日語，意為「表演藝術」）的餘韻。

日本審美中一直有「繩紋性質」和「彌生性質」兩個方向[4]，代表日本土著的原生文化和雜糅了大陸文化的混血文化。長期以來兩種文化此消彼長，但都符合同一標準：能夠被「感受」。川添登[5]說日本人是通過實感去信仰的。一個典型例子是，日本人根據自身的尺寸來衡量空間，一張榻榻米就是一個人生存的最小單位。「六疊」可以想像在空間裏大笑，「四疊半」則是可以和女性相視而坐的溫馨。十九世紀後半葉日本被迫捲入近代化進程，美學的觀念就是這個時期被引入日本的。日本文化是輸入型文化，語言主體性薄弱，日語中有六十萬輸入詞彙，輸出的只有五萬。日語不主張以主體為主語，而是在與外部主體的關聯中，將自己定位為謂語，靠大量的黏着語，也就是助詞、助動詞來表達。

日本的《鳥獸人物戲畫》裏，描繪的動物動作伸縮自如、暢通無阻，這是一陣根本的歡悦。宮

3 岡倉天心（一八六三—一九一三），日本明治時期著名美術家、美術評論家、美術教育家、思想家，日本近代文明啟蒙期重要人物。

4 史前時期的繩紋文化時代（從新石器時代到公元前八世紀）與彌生文化時代（公元前七世紀—前三世紀），日本處在從採集漁獵到定居農耕生活的過渡階段。——作者註

5 川添登（一九二六—二〇一五），日本學者、建築評論家、文化評論家。

崎駿動畫裏展現的奇想、機智、幽默和萬物有靈論的視覺美，那騎掃帚的少女，與《信貴山緣起繪卷》裏飛舞的米袋和護法的童子有同樣的爽快。「動」的態勢，可追溯到一八三一年葛飾北齋的第一批驚世之作《富嶽三十六景》，庶民社會的生活和對自然界的好奇形成的審美角度，這是以新奇的視角將神聖的山巒與俗界凡人對照。相對於奇思妙想的「動」的世界，從氣質溫和、出身官僚家庭的歌川廣重，到出身家族企業的新海誠，都朝着「侘寂」「幽玄」的世界而去。無論動還是靜，對於感受力超強的日本人來説，具有想像力的「觀」都是最重要的原點。

我到嵐山的第一站是夢窗疏石[6]的開山之作天龍寺。嵐山位於京都盆地的西邊，自平安時代以來一直是日本美景的代表。在一個自然環境裏，人是怎麼樹立美的意識的？站在曹源池前，視野全部被眼前的嵐山分界於一個切面中，這巨大的四十五度斜切面的嵐山四季分明，把庭院的主角感襯托出來。人在前景、中景、背景中視線總是集中於一點，室町時代的「觀」的角度開啟了日本庭院美學。

風景的發現，需要的其實是無視外界的「內面」的優勢。天龍寺建造的時代，日本皇室對於開山造境有着強烈的興趣。夢窗繼承了平安時代以池泉為中心的手法，把「人心」和山水結合，把水池的形狀做成「心」字形，以象徵禪宗的第一宗旨「心悟」。曹源池是日本政府指定的第一個國家級「特別名勝」。而更古老的，是嵯峨天皇的舊離宮，其中的大澤池是日本最早的人工「林泉」庭

6 夢窗疏石（一二七五—一三五一），日本鎌倉時代末期至室町時代初期著名佛教臨濟宗僧人、作庭家、漢詩人、歌人，自號木訥叟。世人尊稱「七朝帝師」。

院，仿照唐時的「洞庭湖」修造，山水空間更具皇家氣度，也決定了花道中「嵯峨御流」[7]的基本形態，但美學意義卻與夢窗完全不同。

現實自然之上，還要追尋理想自然。《古今和歌集》誕生以後，日本人建立了物換星移、生滅枯榮的無常觀，並且對此非常敏感。他們很清楚，透過物體表現出來的藝術會徒留空恨，這種無常觀更加讓日本人醉心於實物無法窮盡的心靈藝術。選擇具備超強造型和色彩能力的嵐山，夢窗疏石的曹源池是向理想的出發。知物哀是創造的根本。起初的「美麗」是神秘主義的，美的事物往往存在於解脱後的世界，與強壯的肉身並無關係。這種美的意識轉換成了日本密教裏的神秘和幽玄。

從佛到心，千年高野山[8]

來到高野山是為了尋找一種美學的繼承關係。自唐歸來的空海，將日本「五台山」高野山變成了一個獨立的精神王國。高野山並非甚麼具體的山頭山脈，而是整片連綿不絕的山系。八一六年開山的高野山，美得出乎我的意料。京都只是京都人的京都，但高野山是日本人的日本，除了主寺院群落，小寺院們彼此挨挨擠擠地建立，這裏靜謐獨特，也不拒絕商業化的宿坊[9]。我在等待最後

7 嵯峨御流（さがごりゅう）是以嵯峨天皇為開祖的花道流派，也稱「花道嵯峨御流」。

8 高野山：平安時代的弘仁七年（八一六年），弘法大師空海在此修行並建立了金剛峰寺，後來成為高野山真言宗總本山。整個山中的寺院總數約有一百一十七間，於平成十六年（二〇〇四年）七月，聯合國教科文組織登記「紀伊山地的聖地及朝聖路」為世界文化遺產之一。高野山同時也是金剛峰寺的山號。

9 宿坊原本是寺廟專為雲遊的僧侶所提供的歇腳暫住的地方，又稱為「僧房」。隨着佛教的傳播，參拜寺院成為一種時尚。各大寺院為應付遠來參拜的信眾、為他們提供住宿，紛紛把所謂的僧房整修並用以招待遠來的參拜者。自此漸漸成為一種觀光事業，這樣的住宿方式也逐漸廣為人們所接受。

高野山是日本人修行的第一聖地

一班公車下山時，已經聞到各家寺院宿坊飄來的精進料理（遵循佛教戒律的不使用肉和有刺激味道的蔬菜的傳統料理）的香味。發現中國美學意識到日本之後營造的巨大影響，上一次是在我走訪奈良時體會到的，這一次則是在高野山。我到高野山並非要尋五台山的影子，但站在唐代密教曼荼羅（密教的象徵性圖形）前也難掩驚嘆。

向嵯峨天皇求賜了高野山之後，空海和尚建立了一個獨立於日本政治，卻與權力有着千絲萬縷的聯繫，且極度充裕的精神世界。密宗在中國唐末滅佛運動後已經消失，但一點點星星之火在日本成為燎原之勢，歷經千年，高野山至今仍是日本人修行的第一聖地。我在高野山看到了飛鳥時代

（五九二—七一〇）的佛像，一千二百年前的手抄佛經，大量最初傳到日本並引起巨大影響的密宗佛像和曼荼羅。直視這些沒有玻璃外罩的佛像，是在靈寶館，號稱「山中正倉院」的高野山寶物倉庫之內，而不是在佛堂之中。到高野山的「總本寺」金剛峰寺，在這個宏偉壯麗的建築當中，有日本最大的枯山水庭院——蟠龍庭，它是歷任天皇休息的場所，有空海當年在火膛邊燒水傳經的生動畫面，奇怪的是，這裏看不到幾尊佛像。

客觀原因是一千二百年來火災頻發、寺廟失修，留存在高野山的珍貴寶物大半被搬入倉庫保管。高野山幾乎沒有經歷過大的劫難，至今仍保存着從國寶、「重要文化財」到「登錄有形文化財」等[10]二萬八千餘件寶物，繪畫、雕刻、工藝品、書法共五萬餘件，從開山直到江戶時代，這裏大部份寺院都是千年裏逐漸生長出來的枝蔓，古老的寺院有自己的人才體系，他們收藏並製造精美絕倫的佛像、佛經和曼荼羅。在讀《日本美術史》時我不斷被「金剛峰寺」擊中，貪心地列了一堆清單，滿心想看《應德涅槃圖》、快慶[11]的立像，卻發現有些文物一輩子也未必能看到。按照日本一次展出一兩件的節奏，一九二一年建立的靈寶館的夏季展和常設展，至今只拿出了這些寶物的冰山一角。

高野山的廟宇氛圍在日本的神社和寺院中絕無僅有。佛教傳播到日本後迅速得到了皇室的支持，高野山金剛峰寺成為密宗「總本山」（本山，日本佛教用語，類似祖庭）「總本寺」，在日本宗教界取得了至高的地位。我在看日本佛教寺院和造像時總覺得有些陌生。法隆寺、唐招提寺都與

---

10 日本《文化財保護法》中規定的文化財分類級別，包括國寶、重要文化財、登錄有形文化財、無形文化財等。
11 快慶：活躍於約十二世紀前後，日本鐮倉時代的佛教徒與藝術家。

中國寺院不同，金堂、五重塔並不對稱。在館裏並排展出的佛像，也給人一種不同的感覺，感覺佛像只是藝術品，廟宇本身才具有信仰的精神能量。也許這是日本人更深層次的美學意識。

和辻哲郎[12]認為參拜古寺並不是為了看佛像，而是體會寺院神聖、莊嚴、肅穆的氛圍，相對於佛像和曼荼羅華麗精彩的藝術性，宗教產生的美是一種意識的轉換。和中國廟宇的嚴格的佛像殿堂關係不同，金剛峰寺只有本堂供奉着標誌大佛，其他地方則陳列着壁畫。空海按照長安城來繪製的世俗景象，有城門外不同國家來往商貿的人群，有艷麗的牡丹，有送別的友人，有胡服騎射的貴族，有曲江池宴飲的文人，空海對於唐朝生活的愛，使得這些壁畫不僅不是「和敬清寂」的調子，還充溢着對唐朝的思念、傾慕和流連。空海不愧是渡唐六次的「中國通」，不僅宗教上貢獻巨大，書法、詩詞在日本也都是處於前列的水平。從天皇到貴族無不以空海的字體為臨摹的範本，因為相傳他擅長模仿王羲之。

「日本的美，就是從這裏開始出發的。」日本美術史權威辻惟雄給了我明確的答案。我最後走到埋葬着空海的奧之院，在橋外就被和尚告知，過了橋就不能拍照，不能說話，要保持絕對的平和與尊重。從長滿巨樹的森林中一路走來，我本來覺得步履輕快，到了這裏卻突然凝重起來，殿堂內一片漆黑，只有空海的畫像可供瞻仰。難怪剛才在最大的佛堂裏，空海的排位在正中間，兩側分別是歷代天皇，再次是歷代高野山的住持——空海本人在日本被當作神佛來供養。

今日在中國流行的日式美學的各種小冊子中，大家圍繞「斷捨離」和匠人的概念不斷做文章，

12 和辻哲郎（一八六三—一九一三），日本哲學家、倫理學家、文化史家、日本思想史家，以《古寺巡禮》、《風土》等著作知名。

蟠龍庭是日本最大的枯山水庭院，位於高野山金剛峰寺。

正如當年空海對長安城的熱愛一樣，是精神上的共鳴。這種跨文化的感嘆，在我看到熟悉的中國符號時會會心一笑——一千多年前的曼荼羅，至今還掛在牆上。

高野山在日本歷史當中的地位，看奧之院參道也許就能明白。這條空海每天冥想、思考的道路上，埋葬了許多與他相隔八百年的戰國英雄。尋找豐臣秀吉的我，來回兩次總算找到一塊還算大的豐臣家的牌子，高野山還算豐臣秀吉的地盤。秀吉把奈良的佛像、珍貴法器等向高野山運送，使高野山的宗教地位更加穩固，然而高野山並沒特別提他，只是在他兒子自殺的房間的介紹裏提到了一句。織田信長就更不起眼了，如果不是後人立了一個指示牌，這個日本最簡陋的靈塔連標記都沒有。

作為世界上僅有的被列入世界文化遺產的兩條參道之一，高野山本山有一百八十塊町石（日語，類似路標），專門給參拜者指路用。現在上山已經有了纜車和公交，但是願意按古町石巡禮的參拜者還是不少，沿途還可以住在寺廟裏。古刹和大樹的絕配，使其「五台山」的感覺更加凸顯。三棵從根部並發的樹，每一棵都需要兩人環抱。這裏的神木杉樹據說可以與人交流。我也奇怪大名們大老遠從自己的長州、薩摩等偏遠地方而來，專門埋葬於此是為何，何況周圍都是自己的老仇人。想來進入佛門，是誰、怎麼死的、為甚麼要來，似乎都不是問題。大河劇的主角們演繹了那麼多精彩緊張的故事，現實中這些大名也不過就是這樣歪歪斜斜地擠在一處，在空海大師建造的精神淨土拼得一席之地。

最愛做信息攻略的日本人，在奧之院的參道之中，卻懂得去繁就簡。兩邊參天古樹中透出一點點夕陽的斜光，潔淨的佛像美麗得令人心動。近代以來，日本大財閥氏族的靈塔修得比戰國英雄們齊整多了，有着一種生前身後事的輕鬆和快意，夜課裏專門有一個來參拜地藏菩薩的項目。路兩邊寫的是空海大師的心字訣：先深呼吸，忘記所有塵事，精神集中。天色漸漸暗了下去，卻仍有不少日本家庭，包括老人孩子，穿着法衣，輕快專注地走在幽深的古道上。

蟻之熊詣，古道的力量與信仰

為了向讓奈良時代的文化受到莫大恩惠的唐朝鑒真和尚表達感謝，東山魁夷用九年時間創作了唐招提寺的隔扇畫。他認為和中國不同，日本沒有嚴峻的自然條件帶來的心理衝擊。東山魁夷是最早用西洋眼光描繪日本風景，表現未經現代文明污染的純潔大自然的人。在長野縣信濃美術館的東山魁夷館裏，他以白色的、纖細的筆觸描繪了一匹在藍色森林裏遊蕩的馬，純美透明。自然觀和心靈之美是他用一生描繪的主題，對清澄的自然，對樸素、認真的人的感動，是更深層次上的自我回歸。東山魁夷去過幾次新疆，踏上絲綢之路，和田地貌的線條感，色彩的濃淡和視覺的立體，讓他想起了法隆寺的隔扇——「一條偉大的路，在於能夠連接一個人的內部故鄉和外部故鄉」。

連接着日本人內部與外部故鄉的是哪條路呢？與高野山一起成為世界文化遺產的，是我頗花了些周折前往的熊野古道。宣告日本古代的終結和中世的開始的後白河天皇，一生走過熊野古道三十四次，每次歷時一個月，後鳥羽天皇則走過三十一次，簡直像在刷紀錄一般。至今在熊野古道沿途還能看到當時御駕停留何處之類的記錄。與高野山自唐而來的「中央核心」的宗教地位有別，熊野信仰源於神武天皇時代守護勝利的觀念。當時從京都和奈良出發參拜，條條參拜之路通熊野。但從地理上説，熊野所屬的紀伊國道路艱險，是散亂而困難的交通條件，幾百年前秀吉在當上「關白」（日語，日本官名）的同一年才征服了紀伊國。

巡禮參拜之風由高野山起，日本最有名的「高野僧」，也就是泉鏡花的小説主人公，在空海去世幾百年裏四處宣講空海的事蹟。現在日本所有著名的巡禮參拜路線，比如西國三十三所、四國八十八所，都是當時因弘揚佛法而興起的，架橋、搭建溫泉的活動也自此開始。日本的神道教本來就不崇拜實物，出雲大社一聲令下，八百萬神仙就要全體出動，到處管事。模仿僧人和神靈遊玩旅行的故事，早在室町時代就流行開來。

在熊野的自然中尋求的是救贖、美感和力量。如果從京都乘船沿澱川而下，去熊野參拜，首先到達的是「紀伊路」，越過重重山嶺之後可以眺望到明亮閃耀的大海。如果從奈良的吉野山通向熊野，則是「修驗道」的聖地，被稱為「大峰奧丘道」。如果要從神道教聖地伊勢神宮前往熊野，則有可山可海的「伊勢路」。「小邊路」連接高野山和熊野古道，險峻崎嶇。我們選擇的是山路「中邊路」前行，這裏至今保留着「王子社」[13]的遺蹟，據説有熊野之神的氣息。

我一路體會到日本人的「回望」情懷，總不過就是大正、昭和和江戶，只有熊野提供平安時代的衣裝，能一下子讓人穿越回「大和式」的最初。在神佛宗教背景之外，按《方丈記》裏鴨長明的記述，嘆息末世，追求唯美，把遊山玩水和大興寺院作為第一要務，是後白河天皇發展的玩法。這構成了參道文化的「表與裏」，對外宗教信仰盛行，對內生活審美開始發達起來。裝飾大行其道，

13 這裏指阿倍王子神社。阿倍王子神社坐落在安倍晴明神社的南邊不遠處，在熊野參拜盛行的平安時代，這座神社屬於熊野九十九王子社之一。所謂王子，是和歌山縣熊野大社的分神社的意思，指從京都，經攝津、和泉至熊野的道路途中，為了供人休息和遙拜而設的神社。——作者註

現在日本的紋樣基本都來自這個時期。今天我們熟悉的「大和式」的許多藝術式樣，比如印着古典圖案用來寫和歌的色紙，以圖示畫和文字來打造文字遊戲的手繪，一直到描繪色彩和金銀的美麗的大和繪摺疊扇子，都是院政時代充滿生命力的創造。而這個時期興起的日式無釉陶瓷，還要等很久以後千利休的出現，才能獲得日本社會的普遍賞識。

被稱為「蟻之熊詣」[14]的參拜活動一直樂此不疲地進行着，直到現代鐵路和公路的開通。出發前我聽旅日作家李長聲說，熊野古道遠離主路，轉乘公共交通將極費事，於是我先入為主地將這裏定義成一個荒涼的地方。為了趕早上六點的第一班車，我們前一晚投宿那智的小阪屋，卻不經意間在這個已經存在了八十多年的小旅社裏得到了鼓勵。老闆小阪健司的爺爺戰後創立了這個小旅館，價格便宜得不可思議，宗旨是「我們既不是高級酒店也不是高級旅館，但會迅速和你成為朋友」。健司說，因為熊野大社的庇護，他從小就是個運動健將，小學加入棒球隊，到中學取得日本「陸上競技」（即田徑賽）的短距離賽跑優勝，再成為空手道高手，從大阪到靜岡的地區比賽有十一連勝的紀錄，算是個小名人，這個生機勃勃的小旅館也登上了不少專業的世界級登山「聖經」。

日本人有年輕時走熊野古道的雄心。旅館裏除了我們，住的全是高中和大學體育部的學生們，大家共住一室，卻井然有序，聽不到任何來自走廊和房間的喧鬧聲。即使在玄關處挨挨擠擠地鬧騰着穿鞋子，也顯出秩序。健司指給我看乾淨俐落的棕木色走廊裏學校張貼板一樣的牆面，上面貼滿了各大學、高中體育部的照片和留言：「去年沒有拿到名次的我今年卻成了前輩，希望後輩們得到

14 形容日本人對熊野古道連綿不絕、持之以恆的參拜。——作者註

熊野大社的力量！」「甲子園今年願望達成！」「三十五年前我們的大學社團桌球部走完熊野古道之後，入住了小阪屋，今年我們為了紀念勝利，又回到了這裏。」這些洋溢青春熱血的文字讓我對熊野古道有了新興趣。

在這條從奈良往熊野去朝拜的路的起始處，一個矮矮的小石樁上寫着「第一町」，沿途每隔不久會看到一個，這些古代的町石至今依然發揮着路標的作用。《熊野那智瀑布》是日本「參詣曼荼羅」（佛教畫的一種，描繪寺廟景觀和參拜民眾）的開山作品。要走到這「神性發源地」並不難，石板路走着走着就成了純粹的土路，越是人少的地方，路越窄小，且被雜木掩蓋，我這才發現要一路看着作為標記的町石才感到自己沒有迷路。夏天的早上不見迷霧，越往深處走樹越高，到山頂才發現天已大亮了。

那智大社的標誌「八咫烏」，是日本國家足球隊的隊徽。難怪全日本各體育社團都要以那智的八咫烏作為守護神。進山時有兩個穿校服的少女走在我後面，還背着書包，沒想到竟然是從名古屋的一所中學大老遠坐火車來體驗巫女生活的。同為十六歲的兩個女孩是學校足球部的部長和副部長，平時負責球員的組織和後勤工作，假期還要來做巫女侍奉神明，為自己的隊伍加油。兩個孩子在神官帶領下迅速穿上紅白相間的衣服，害羞又莊重，對我道歉說，要開始工作，不能說話了。

從山到海，太平洋敍事

走了幾個小時來到高處時，我猛然看到了連綿起伏的群山之外那一點反射着亮光的大海。竹久夢二說從小令自己心靈震撼的場景，就是這樣山海共賞的視角。他在石濤的畫裏看船中的人望山，兒時和祖父二人也在酒船裏欣賞大山，在山頂上看海，長大後在熊野連綿的群山上又看到了最喜歡的景象。作為畫家，他在尋求如何用日本畫的筆勢來表現山的生機與衰退。而我從高野山而來，此時才有一點領悟，海是古人在山中艱苦跋涉之後的慰藉。到紀伊的路上沿線全是半月到滿月狀的被山脈圍繞起來的天然良港，陸地上有人口不少的村鎮。我們從熊野下來一路往白濱而去。

「如果對生活失去了興趣，還有大海在等着你。」前往白濱的火車上掛着這樣的廣告宣傳語。日本人在心理上對山多敬畏，對水則多親近。阪口安吾[15]說日本人對山首先是害怕，轉而產生了敬畏和崇拜，然而日本的河流大多清淺，良港眾多，同時也是日本人餐桌上的美味來源。日本以外的文明，自古至今大多從太平洋的方向而來。從和歌山坐火車前往白濱，太平洋顯得無限溫柔，海水平靜，幾乎不見大浪。前幾年大熱的晨間劇《海女》中，在東京頹喪不振的少女第一次回到了母親偏遠至極的漁村老家，混沌和壓迫不見了，看着撈海膽的海女外婆時，少女對那碧綠幽深的海水着了魔，沒有任何猶豫地跳了下去，然後一瞬間浮了起來，又快樂又驚恐地大喊：「我不會游泳！」

會田雄次《日本人的意識構造》裏提出了「表日本」「裏日本」的概念：以本州中央山脈為界，以北臨日本海為裏日本，以南臨太平洋為表日本。明治維新以後日本不再閉關鎖國，大量科學知識從太平洋而來。太平洋畔的白濱，既有天然的原始良港，又佔據了柔緩綿長的海岸線。二十世紀七八十年代日本泡沫經濟時期，溫泉旅館大行其道，一些有優良海岸的地方率先建造了大量高十幾層、直面大海的西式度假酒店。這是日本人真正顛覆自我生活方式的第一波浪潮。在泡沫破滅後很

15 阪口安吾（一九〇六—一九五五），本名阪口炳五，日本著名小說家，曾發表〈墮落論〉掀起狂潮，與太宰治等人並列「無賴派」作家之列。

多海岸旅館的經營陷入了困境，最近幾年經濟回暖加上旅遊業復興，白濱有些老舊酒店還來不及重新裝修就迎來了新客人。回望的熱潮一來，「表日本」的沙灘上，又迎來了都市化擠壓出來的人群。

白濱是太平洋海岸線上每年夏天第一個開放的公共沙灘，日本人的太平洋熱浪以這裏作為「歲時記」的標誌。我在京都感到了傳統文化美學意識對生活的浸潤，到了這溫泉遍佈的太平洋沿岸，卻能理解為何現代以來，「風景論」「山海論」在日本大行其道了。將大堆的行李扔在沙灘上之後，我只敢去踩踩這自澳洲運來的、全日本最金貴的沙灘。太平洋沿岸到日本陸地之間，幾乎完全沒有沙，只有黑褐色的礁石，海水也深，白濱是金錢的產物，也是日本宣傳海岸風情的招牌。

腳趾頭觸及滾熱的沙灘之後，一泡到海裏，立刻就能明白，為甚麼日本人要評選這裏為「最適合光腳的地方」。再跳入免費的「溫泉足湯」小淺池，明明頭頂上驕陽似火，卻感到一種釋放。穿着泳衣、牛仔短褲和全身包裹的沙灘服裝的少男少女結伴而來，黝黑的皮膚和熱辣的穿着，讓我想起了世博園裏那個以太平洋為起點的敍述。白濱同時擁有現代和古代日本人對海的親近方式，努力讓西式海灘與和式溫泉和諧相處。

自古以來在海邊建溫泉，是日本人聰明地把短處變成了長處。海中溫泉在白濱不少，但有一千二百年歷史的「崎之湯」當真野趣十足。這個溫泉外頭有一台售票的機器，每人只要五百日圓，用硬幣換一張票就可以進入。我生怕趕不上車，看了一眼就打算走。在門口服務的曬得黝黑的大叔剛剛跟我打了招呼，就對我鞠躬：「再見啊！」我解釋說：「我要趕公車去了。」他也不留我，說：「明天見。」到公車站一看，還要等四十分鐘，想起老闆剛才那一聲「明天見」，我從山坡上又跑了下去，看他喜笑顏開，我說：「我只有二十分鐘。」

一掀開簾子，還真慶幸自己做了這個決定。太平洋的浪濤就在面前，岩石堆壘而成的溫泉與伸手可及卻深不見底的海水，沒有任何高低落差，海浪隨時撲向毫無防備的我。太陽識趣地發出白光，時而鑽入雲層，使海面和溫泉表面形成不同質感的光芒，然而太平洋太遼闊，視線所及只見海天一色。不知怎麼想起了之前看到的松下幸之助[16]在和歌山寫下的「素直」二字。

奧之細道，風景語言

或許只有當代建築師藤森照信才敢於直接發出這樣的聲音：「現在這個時代，連神也在路上。」從本居宣長開始，日本知識分子對於日本人歷來只有通過漢文化的概念才能觀察事物的觀念並不認同。明治維新以來，日本「站在東西方文化的十字路口頻頻脱帽」。西方思想給日本帶來衝擊，但既不能形成新的精神家園，也不能解決文化身份問題。對此，森鷗外[17]發出的著名感嘆是：「日本遇到了很多『師』，卻沒有遇到一位『主』。」

我一直以為「山中」只是表示地理上的概念，沒想到真的有這麼一個地名。從海風撲面的太平洋出來，走過蒼涼神秘的熊野古道，經過長時間的旅途跋涉，突然進入加賀山中的精緻世界。分藩以後的長治久安，令加賀人一直生活在安穩和富裕裏，不僅詩人松尾芭蕉在這兒玩了九天，日本美食理論的奠基人北大路魯山人也常年隱居於此地。

16 松下幸之助（一八九四—一九八九），橫跨明治、大正、昭和以及平成四世代的日本企業家，松下電器創辦人，有「經營之神」的美譽。

17 森鷗外（一八六二—一九二二），本名森林太郎，號鷗外，又別號觀潮樓主人、鷗外漁史。日本明治至大正年間小說家、評論家、翻譯家、醫學家、軍醫、官僚，是日本第二次世界大戰以前與夏目漱石齊名的文豪。

「主」還得向內尋覓。歲月乃百代之過客，芭蕉的表述再也沒有人能超過。他在一百四十三日裏的行旅中，留下了曠世的俳句，「海浪湧，星河高，橫掛佐渡島」。後世的評價很有意思，說芭蕉其實根本沒有在描寫風景，只是看似描寫，實際上，風景已經變成了芭蕉的語言。

「要知道三百年前的芭蕉，可是以拚了命的姿態上路。」我去加賀山中的路上遇到一個來旅行的俳句作者，正好要去芭蕉紀念館裏評比今年的俳句大賽半決賽的詩歌。「浮世之旅是將生死置之度外的。浪人也多愛俳句。」圍觀一幫老先生評論俳句，我無意冒犯地提了個小觀點：俳句這種日本代表性的文學式樣，在芥川龍之介和谷崎潤一郎的結構之爭裏成了典型。結構力最強的谷崎潤一郎，對於文學的結構極為強調，認為作品結構闊大才有走筆運勢之美，對俳句的所謂結構不屑一顧。有一個很形象的例子形容大多數的日本文學，「沒有層層積累的感覺，沒有肉體性的力量，呼吸深長、手腕健壯、腰身強韌都沒有」。老先生們這才和我聊了起來，「『感覺』才是日本」。

芭蕉的「觀」和「感」，是日本美學語言的高度凝練。鶴仙溪是位於山中溫泉的一條清澈層疊的溪流，處於加賀的密林之中。三百多年前，芭蕉和弟子曾良走到這裏時，已經接近旅途的尾聲，曾良因為犯了腸胃病，提出了先向伊勢國出發的請求。當時的山中溫泉已經有十二家旅館，現在規模更大，芭蕉曾享受並吟詠的「菊湯」，是個今天只要四百二十日圓就可以入浴的公共溫泉。溪水就在溫泉外只有幾米的地方，雲從山上的高樹間穿行而過，夏末的綠楓猶如綠色的小手，拉起來連成美麗的形狀，將溪水覆蓋。溪水清澈，河水中晃動着青苔、水草，明明是自然造物，卻有精緻的美。移步換景，古樸的路面，水浪高低起伏，居然有一條很長的蛇從我眼前飛速穿過。靠在川床[18]

---

18 此處應指「川床料理」之川床，即每年夏季料理店或茶屋在河床上設置的日式矮桌矮凳，或在水流之上搭建納涼台。

幾百年裏傳統的「一泊二食」是日本人最地道的享樂生活。圖為加賀山中鶴仙溪畔的溫泉會館。

上的我們都不願意起身，頭頂穿過的小瀑布，溪水裏的大茶壺中的涼茶，滿目青青，讓我不斷想起《詩經》和唐詩的句子。

「先見白鷺，後成茶人。」心無所依託，就不能詠歌。學習和歌的澤庵宗彭曾收到這樣的忠告——「和歌於修禪無用」，但澤庵回答：「夢窗造園，雪舟繪畫，弟子歌詠。」茶道只有枯燥的理念，歌道卻有感人的情調。這是武野紹鷗的貢獻，比起前人只知追捧唐物，紹鷗推崇日式粗糙茶碗的美麗，這才開創了日本茶道的獨特風格。不管是茶碗還是別的，茶人村田珠光認為，「最重要的是使和、漢的界限模糊」。這既宣告了本居宣長所不滿的狀況有了解決方法，也讓日本茶道精神有了原型。也正因為有這樣的意識，芭蕉才能將「風雅之道」進行到底。從古而來的文藝理念，完全能夠求之於庶民生活和通俗日常。

《奧之細道》的影響，一直延續到如今依然流行的「日本風土論」和「日本風景論」當中。

克羅岱爾認為日本人傳統的性格是「把自己變小」，因此才有對周圍事物的崇敬心理。如果是騎馬坐轎子走在寬闊的東海道，就寫不出精湛的詩句了。芭蕉一步步走過了鮮為人知的奧之細道，才體驗了自然與人生的真實。俳句的本質是脱俗。芭蕉之路以江戸為起點，走到了北陸地區。「心中遠望漸孤寂，枯葉芒草有明月」被認為是日本美學高手的厲害之處。老先生們説，從不起眼的地方着手，將所有的精力灌注在一個焦點，在花道裏便是枝丫。這和日本美學「觀」的原點相關——走進庭院很難描述自己看到了甚麼，但卻能意識到。

風景的發現不是出現在過去到現在的線性歷史中，而是存在於某種扭曲顛倒的時間性裏。從漢字裏提取了詞彙之後，在《萬葉集》裏，日本人開始「敍景」——發現風景。畫家觀察的是先驗的概念，懶散而零碎，好像午覺時的夢，切斷和繼續都很容易。到了芭蕉的時代，日本人的無

在加賀，古老與新潮並行。這個茶室一角，擺着一百多年前屋主人用木頭做的自行車，與室內陳設毫無違和感。

常觀也在慢慢變化，禪宗給日本人的美學意識帶來極大的影響。原本在「無」的世界，衍生出來的美學意識是侘寂，也就是荒涼、閒寂和枯淡。這種來自思想的孤獨，其實是一種力量，日本深受此種孤獨的恩澤。芭蕉代表的風雅，是以幽默為主導，也有「應該去愛」的意味，以無私的愛，包容現實生活及一切矛盾之美的情趣。再往後，日本走到市民時代，才出現了風流、遊戲、「粹」（粋）的意識。

二十一世紀的「百萬石」[19]

我到達金澤的時間是週五傍晚。二十一世紀美術館處於市中心，起伏的草坪上撐着白色的帳篷，人們拿着酒杯和餐盤排隊參加夏日市集，進入日本這些天來我終於感到了久違的摩登氣息。明治維新以後，整個日本的經濟發展就退出了日本海區域，移向太平洋沿岸。東京、大阪這樣的超級都市內，副作用也由此而生。日本海沿線被看作是日本的「裏」，比如主打鄉土的藝術節，又比如一直以來交通不便的金澤。

與日本流行的鄉村回歸熱不同，金澤展露的是一個具有古典魅力的現代都市的特點。隨着新幹線的開通，這幾年大量日本人也開始「發現」金澤。佔據金澤城高地為核心的博物館群落附近，鈴木大拙館安靜的水面迎來了全世界的遊客，隔壁本地豪族中村家的紀念館展出的是其祖孫三代收藏的日本茶具。直面日本海的「蛋糕盒」——海未來圖書館，在其中穿梭的人被柔和穿透的自然光

19 加賀第一代藩主前田利家建設整修金澤城，被後世譽為「加賀百萬石」。此後，為了紀念其豐功偉績，金澤每年都會舉辦百萬石祭。

線包裹。私人小美術館的展出與公辦博物館的精彩程度不相上下。我對能樂美術館的表演產生了興趣。能樂在日本保留下來的已經很少，上演更不容易。在很長時間裏曾經作為武士禮樂而受前田家保護的加賀寶生能樂，至今尚在不斷地公演。一九〇一年金澤能樂會成立，在明治維新傳統衰退的背景下首先恢復能樂表演。現在能樂講習會上，能樂大師既可以讓觀眾體驗面具、服裝，還能幫助觀眾鑒賞裝束，還有後台的參觀。

金澤的地形很像縮小版的京都。以金箔製造、加賀友禪[20]等傳統產業出名的地方，我以為會相當守舊。其實早在江戶時代，金澤作為加賀國的中心，就一舉超過大阪和東京，成為人均佔據飯館數第一位的城市。為了盡力向幕府表達自己絕無反心，藩主前田家把文化策略用在了最前端，崇尚奢靡的加賀友禪，以配色艷麗豐富的暖色調為主，與京都淡青的冷調相當不同。京都幾乎所有的傳統文化項目，都有加賀本地的翻版，近代以來豪商興起，奢侈之風幾度被全國禁止，但金澤的庶民文化還是極為發達。我看到不少掛着藩主御用招牌的老店，諸如森八和果子、漆器、金工等。儘管毫無政治地位，「町人」（江戶時代的社會階層）們的創造力仍生機勃勃。

三百多年來，勤勉的下層武士成了職人的雛形。比如寺西家雖是友禪的工坊，卻要在門牌上標註，先祖是俸祿一百二十石的武士，是誰的養子、誰的女婿。大量武士建築被保留下來，如嚴格按照等級修建的房屋庭院，而門前被稱為「鬼川」的水利工程已經原封不動地流淌了三百多年。這些房子儘管正在旅遊景點化，但保存得相當好，很多還是住家，並不公開。主幹河流淺野川，將金澤

20 江戶中期以後友禪染的其中一種樣式，由京友禪的始創者宮崎友禪齋移居金澤後創立。——作者註

重建的金澤城位於城中心高地之上，大小建築連同周圍的地貌都依照原樣。

分成了東茶屋街和寺院群地區，及以兼六園為地標的，新舊並存的城市核心區。一路上所見的以西鄉隆盛為主角的大河劇預告海報不斷提醒我，日本通過明治維新這個十字路口已經一百五十年。

難道真有城市如此完美地躲過了近幾十年裏的城市化套路嗎？我總存着這樣的疑問。在翻看金澤城老照片的時候，我突然發現，二十世紀七十年代，如今遊客如織的金澤城，全部被金澤大學佔據，在決定恢復老城的情況下，金澤大學整體拆除搬遷，我們現在看到的美麗的「鼠色」（ねずみいろ，即深灰色）建築，實際上是嚴格按照老城的樣子仿造的。在現代化道路上，金澤及時調整了發展軌道，大面積的町屋、水道、街道都沒有變化，只是在原有基礎上新陳代謝，趕上了時代的步調。

晚上走在茶屋街道上，前面剛參加

鈴木大拙紀念館

了「女川祭」[21]的穿着深藍色浴衣的母親，正在教兩個兒子哼唱剛剛的歌謠。木屐踩在石板路上，兩側路燈昏黃，是人間的美景。我們走到河邊，遠遠聽到優美的歌聲順着金澤主幹河流淺野川順流而來，有兩列身着浴衣的女歌者，正在邊唱歌邊打着簡單的舞蹈拍子向中間移動。為了送夏迎秋，淺野川沿岸點起了上千盞小小的紙燈，每隔半米沿河水兩岸放置，河中還有一些水泥堤壩形成的淺灘，也都以半米到一米的間隔放上小紙燈，裏面點着松節油。歌聲從對岸飄過梅橋而來，在水面上形成了輕微的波動，與日本歌謠裏典型的表示感嘆的顫音相近，岸邊的樹梢間或掛着無數盞紙燈籠，這美麗的典禮就這麼突然出現。二十世紀後半段，日本的文明全

21 日本女川町民眾的集體祭奠活動。——作者註

金澤海未來圖書館

力以赴地東移，金澤的發展幾乎停滯，直到新世紀才煥發出了「裏日本」的優勢。

加賀國和二十一世紀美術館，是金澤的兩面。二十一世紀初日本政府曾經舉辦「二十一世紀日本的構想」懇談會，吸引了各行業的人參加。「當日本的生活水準超越了所謂西方的生活時，日本失去了目標。」高度發達的城市化把百分之九十五的人口聚集到了城市，民眾不滿的情緒也由此產生。這個世紀問題，卻在默默無聞的北陸小城金澤得到了答案。當時金澤市長對女性建築師妹島和世說希望有一個「可以穿休閒裝參觀的藝術博物館」。二〇〇四年二十一世紀美術館以「海島」為原型的設計，在威尼斯建築雙年展上獲得金獅獎，並提出將二十世紀的主張 3M（Man, Money, Materialism，人類至上、金錢至上、物質至上）轉化成二十一世紀的 3C（Consciousness, Collective Intelligency, Co-existent，知覺、集體智慧、共存）。這個正圓形的館並不大，就在復原的金澤城正中，人們隨時可以從任何方向進入，在市中心最黃金位置的淺淺草皮之中，已經開館十幾年，週六早上排隊來和厄利什（Leandro Erlich）的《泳池》拍照的人排到了二百多號。

有意識地營造「超時代」的氛圍，是日本社會目前最熱衷的事。大阪的昭和時代街區，主打「大正浪漫」「昭和」舊時代風土人情，可這種展覽本身就意味着時代的終結，哪有生命力可言呢？金澤的能樂講習會熱熱鬧鬧，遠比我在大阪國立文樂劇場看到的冷清的演出要有意思得多。一個老劇碼正在和少女漫畫家做聯合的新創作。世阿彌[22]確定的能樂形式是以一個人為絕對主角，以柱子、老松作為典型的場景，加上人物的動作狀態，比如向前。在「能」裏建立的是能夠被觀眾直接

22 世阿彌（一三六三—一四四三），日本室町時代初期的猿樂（或作申樂，能）演員與劇作家。與其父觀阿彌同為集猿樂之大成者，留下甚多著作。

感受的美。我在大阪的國立文樂劇場裏感到的是高雅的冷清，在金澤的能樂講習會卻體會到了熱鬧的放鬆。《天守物語》的能樂老師又演示又講解，不停地拋出逗趣的笑話，我身邊穿着和服的老太太還是忍不住打起了盹，然而這並不阻礙她中場和夥伴們熱烈地討論，對老師恭維起來。這種活動竟能使百人左右的場地坐滿。

歌舞伎被當作古典日本形象是個有趣的誤解。江戶時代的第一代市川團十郎是個十足的新潮派。他拋棄誇張的科白，活用日常的對話，比起能劇裏大幅度旋轉身體的艷麗，歌舞伎更苦心摸索如何把神情印象傳達給觀眾。歌舞伎源於人形淨琉璃（日本傳統木偶劇）。「人形」（即人偶）的美學，本來是在舞台上，把人非人化，所以才有了「人形」和厚重的化妝臉譜。對於觀眾，這些化了妝的臉譜才有真實感。相對於「能面」，歌舞伎已經指向了現實的人。明治時期，日本由傳統向現代轉折，新知識階級習慣了這種現實人的魄力，將歌舞伎推上首屈一指的地位。歌舞伎在日本傳統文化轉型中起到了創新的作用，使臉面具有了社會性、人的尊嚴的內涵和精神意義。

遠離貴族路線的加賀，一直把京都視為偶像，無論友禪染還是各種細工，都是十三代藩主從京都挑選工匠來教授，友禪染還保留着將布留在淺野川中自然沖刷的工序。根據官方的測試，金澤女川（淺野川）和京都鴨川的水質，在礦物質、微生物等方面的數值幾乎完全一致。藩主致力於武士的教養，金澤武士們很快把文盲問題解決了，並且成了日本最有創造力的勢力。武士的茶室已經有了自己的風格。武士和鄉村趣味結合，自從禁奢令以來，很多武士開始走田園路線，農民在金澤文化地位並不低。今天金澤有很多鄉土趣味和武士趣味融合的花道作品。茶屋是藩主親自審定允許藝伎營業的場所。比如有名的「志摩」，十幾年前成為「國家指定文化財」。兼六園今天看起來有奪目的美麗，但相對於桂離宮、修學院離宮這些皇家建造的園林，大名庭院一直評價不高。十七世紀開始，大名開始興建自己的庭院，這些庭院有些取自明朝遺臣朱舜水的設計，帶有中國趣味。近代以來，因為率先向百姓開放，公園式的庭院有了新的明快風格和閒情，成了市民文化的代表。

當日本整個社會文化真的向保守而去的時候，金澤在原有文化基礎上營造出的新鮮感更加彌足珍貴。比照京都和東京，金澤一直偏安北陸，試圖尋找自己的定位。這幾年金澤成為日本美的代表。「我們今日熟悉的日本藝術的代表，實際上是貴族和武士培育的種子，在民眾的繼承和照料下結出的碩果。」辻惟雄這樣評價道。明治維新前，與歐洲文明相遇的正是這樣的日本文明。

生生不息

「即使知道了這東西早晚要腐蝕、變醜，依然還要造。」辻惟雄說日本人就是懷着這樣的物哀之心，把很多看上去不可思議的東西保留下來的。在思想上「侘」最靠近哲學，代表着知足和甘願不足。《禪茶錄》說：「侘者，物不足，凡事皆不遂我意，蹉跎之意也。」「雖不自由而不生不自由之念，雖不足而不生不足之念，雖不暢而不懷不暢之念，謂之侘。」只是一直在茶道、花道的模式裏，即使美學思想代替了哲學和宗教，在日本現代化過程中，侘寂也被攻擊過是「假窮酸」。辻惟雄說得最多的日本特質，是「風雅」和「荒涼」。「中國的自然和日本的自然非常不同，日本人最喜歡的『風花雪月』都是中國詩歌裏的主題，但我們喜歡的是這種『感覺』。」繪畫屏風上出現的是宇治周邊山脈的曲線和植物的樣式，「哦，這是日本式」的體認才得以確立。

他寫下「宣和畫譜、徽宗皇帝」八個漢字給我看。「荒涼這個詞就是從這裏面找到的，然後形

「兼六園」之名取自中國宋代詩人李格非所著的《洛陽名園記》，兼備李格非提出的「宏大、幽邃、人力、蒼古、水泉、眺望」這六大名園條件。

成了侘寂的思想。」葛飾北齋用一種無論日本人還是外國人都沒見過的畫法，擬人地畫出了神奈川巨浪，好像伸過來一隻大手，「感到被抓住了，這是典型的日本人的感受」。

在京都，這隻「手」出現了具體的形象。在小小的、樸素的貴了館裏，我見到了長艸敏明。他出身於西陣織世家，是京繡領域內公認的最先出現在國際舞台上的大師。他的起點就是給能劇服裝做刺繡。能劇講究盡可能控制外部表現，將所有的表演內化，因此能劇的裝束就是表演的重要組成部份。我能感覺到裏面歡騰的情緒，「我繡的時候是很開心的，演員穿上就會很開心，觀眾看到也會很開心」。這是日本藝術的本質「以心傳心」。他與愛馬仕（Hermès）合作的鉑金包、與伊夫．聖羅蘭（Yves Saint Laurent）聯席召開的服裝發佈會，曾引起海內外長時間的震動。日本天皇、皇后與英國女皇伉儷見面時，美智子皇后所穿着的禮服和綬帶刺繡，全是長艸親手繡的作品。

他給我看的一部份正在做的工作，其中一項是複製日本最古老的一塊繡片，紫色的底部上繡着娃娃、錢幣字樣和一些粗糙的小物件。「我想去一趟敦煌，看看這個字在石碑上是怎麼寫的。」他認為大約是照着六世紀隋朝的敦煌石碑繡的，他拿出三個「部」字給我看，字很拙樸，但猶如一位古人的古蹟就在面前，真誠而無半點虛張。佛像本身木木呆呆，字也多用圓筆，那種又想模仿又不敢逾矩的刺繡方式，倒像是哪個村婦的傑作。我看了他的「寒山拾得」刺繡中的漢字書法，他對於字體絕對有極精準的把握。從小在奈良學習與繪畫、書法和刺繡有關的一切，天份使然，這個立命館大學經濟專業畢業的人還是回來繼承了家業。可是這個字為甚麼這樣寫，區別在哪裏，這個字是甚麼意思，他說並不知道。但日本工藝追求的是「原樣」，模仿到一樣才能得到高度評價。長長的

「祇園祭」的主「山鉾」[23]上，圍着的帳幔上是關羽出遊圖。這裏的關羽是白色的臉膛，戴官帽，很富態地坐在車裏，完全不是中國形象。

「若說茶道儀式是無用的虛禮，那麼國家大禮、先祖祭祀便皆是虛禮；若是皆以功利之念來看待事物，則世上便沒有尊貴之物。」自豪於傳統的生活方式和內在的價值體系，京都人一直把提高文化教養和培養對美的鑒識能力作為自己的「責任」。日本都市近代化的發端就在京都。明治後被塑造的思想觀念，現在逐漸進入凝固狀態。

長艸很清楚時代的變化，除了他和妻子做刺繡，他的工作人員和孩子們全部都是業務員。「他們給我接的工作好像一輩子也做不完。」他說着，對太太半撒嬌地抱怨起來。他將工作與興趣對半分開，一半時間賺錢，一半時間享受刺繡本身。他將自己繡的「齊天大聖到此一遊」掛在屋內，那猴子背着手，寫「遊」的最後一筆還在用勁。畫面透着頑皮，死性不改，樂在其中。「時代意識比起自我意識來，既不太大也不太小。」長艸說。

來京都之前聽到一句外國人的議論，說京都人被美所束縛，生活中大概總不能隨心所欲。但我的房東這個典型的「京女」，卻感覺充滿活力。三個孩子全都大學畢業，離家工作，她將自家山頂兩層的房子拿出來做共用公寓，不僅價格便宜得驚人，每天早上她還提前一個小時，邊聽音樂邊準備有味噌湯、米飯、魚或肉的豐盛早餐。她說自己享受的是「照顧人的開心」。

23 祇園祭，明治時代之前又稱祇園御靈會（日語：祇園御霊会），是日本京都東山區每年七月舉行的節慶。整個祇園祭長達一個月，在七月十七日（前祭）和七月二十四日（後祭）則進行大型巡遊。京都的三十三個區，每區均會設計一個裝飾華麗的花轎參加巡遊。「山鉾」，即巡遊的花車。

日本的生活進入了保守狀態。吉本隆明說日本人進入後現代的標誌是：個人不再是社會慾望的奴隸，自由是為自己定義生活的意義。三十年前日本還停留在氾濫的消費主義文化中，以手袋、髮型建立認同。「經歷過泡沫時代的人」現在已經成了固定用語。「感性與慾望雙重驅策下的現代人，在城市的舞台化身劇場主角，追尋魅力的信息或符碼。」《路上觀察學入門》的作者赤瀨川原平將城市學興起對消費的刺激形成的過時套路看得很清楚。

在低慾望時代裏，以京都為代表的城市依然有的是吸引力。高僧松山大耕目前是京都最活躍的新時代禪師，他在網站上每日推送禪語的解釋，與以京都歲時記為內容的日曆。如處暑應該食冷的時令蔬菜，白露可以欣賞「夜長月」的明亮。個人、個性這些日本現代文化的內核超過了政治和時代的概念。人們依然要參加各種儀式，為的是不斷和自然保持一致。

隱秘的京都，是一種資訊不對稱帶來的想像。絕大多數的京都傳統產業走向商業化的步子都很迅速，稍有不慎就會被時代淘汰。上賀茂神社的草坪和巨樹之間是清淺的溪水，週日上午，孩子們在河裏玩水，看見有人光顧還要喊：「媽媽加油！」原來市集就在河邊的石子路上舉行，大概兩百來個攤位。我遇到一個和師傅一起給南禪寺造瓦的年輕瓦匠，他賣的是自己燒的瓦形的筷子架，他說：「造瓦匠很辛苦，天氣最熱最冷的時候也在屋頂上工作，不過卻可以看到一般人看不到的絕景！」

日本人和自然，彼此了解對方的意願，彼此留下對方的印記。日本人與自然互相發現對方，而這和合的趨勢一直持續。好幾個寺院都會輪流舉行手工市集。這些手工製品談不上精美，卻無不透着自己的小味道。二十一歲的大阪大學設計系學生在賣照片，拍攝的就是自家水田前面的天空。高二時父母贈送了一台尼康（Nikon）相機，她一下子就迷上了攝影，雖然學的專業不是攝影，卻特別喜歡拍照。她拍攝的大阪味道的照片，比如夏天甩尾的錦鯉、個性十足的少女，讓人感到青春的活力。這裏光是貓攝影師就有兩位，手沖咖啡就更多了。「手作」這種服從自然，把自己視為同自然一元的文化，在現代的日常京都更具有審美價值。

「間」，是所有日本藝術中的一個必備元素，就是為緩和緊張而出現的一種無聲和空白，其中卻包含着「生生不息的時間」。嵐山是一個很好的註解。很久以前我誤解它是一個擁擠而缺乏情致的地方，但來了才發現，嵐山是京都人的嵐山，這個地區保留了傳統生活的習慣，乃至生活方式。大覺寺本來是嵯峨天皇的別宮，這裏宮廟不分家，佛教與世俗也不分家。作家的落柿舍[24]，前面是自家的農田，旁邊則是一位公主的墓地。嵐山往偏僻處有不少天皇墓，頗寂寥。我溜達着走過兩邊都是住宅的小街巷，走到大覺寺的山門處，只見兩邊就成了日本難得一見的寬門大戸了。生活化的嵐山保留着近代文化和傳統文化相互融合的狀態。不發達的街區、靜謐的住宅，讓我慶幸自己從天龍寺出來，一路再也沒有往渡月橋方向前進。看完了所有《源氏物語》裏提到的地點，祇王寺、常寂光寺、大覺寺，我買了個油炸豆腐包，裏面還有一層百合包裹着蓮子。夕陽西下，人們熙熙攘攘地來買老舗子的豆腐，準備回家吃晚飯。

24 落柿舍是日本著名俳句詩人松尾芭蕉弟子向井去來的茅屋，因芭蕉曾於此駐留而著名，並因此成為俳句愛好者的朝聖地。據說日本的文學社團、文學青年很喜歡在此聚會。——作者註

日本風物之輪島塗

文：葛維櫻　攝影：黃宇

漆，在日本被譽為神之血。日本國名的英文小寫japan意思就是漆器。在金澤，我差點兒以為傳統與現代是完全可以無縫連接的，並不需要通過任何介質，後來證明只是這介質被有意忽略了。

輪島彷彿還活在一百年前，對於世界的反應是以不變應萬變。這裏的時間變得黏稠，人的動作和思想都很緩慢，甚至他們並不表達任何意見，只是在呈現無與倫比的精美作品。輪島塗是日本漆器的代表，日本幾乎所有的漆器都叫某地漆器，輪島塗卻以工序命名。

漆器一直獨立於日本其他工藝科目，儘管日本蒔繪[25]等工藝已經走到了世界最前端。漆器是日本工藝的代表，在世界古工藝美術的陶瓷、纖維、玻璃、金屬四大類之外，是東亞獨特的第五種工藝。漆，三點水旁，一個木被人為地兩撇割出了水，很形象地把漆樹採集過程表現出來。百里千刀一斤漆，中國早在秦漢就已經普及漆器，無器不髹。而日本自唐傳來的最有名的正倉院國寶琵琶，一直有「唐物」和日本製造的兩種說法。這也說明日本當時製造的琵琶已經能夠展現日本的漆技藝，與唐物不分上下。

25 蒔繪是漆工藝技法之一，產生於奈良時代，以金、銀屑加入漆液中，乾後做推光處理，顯示出金銀色澤，極盡華貴，時以螺鈿、銀絲嵌出花鳥草蟲或吉祥圖案。——作者註

髹漆之法來自中國，從故宮的漆藏品目錄中就可見幾十種完全不同的精美工藝，包括蒔繪、沉金等技巧。但是在中國各地方獨創性的漆發展過程裏，一直是百花齊放的局面。日本漆則走了完全不同的路線，它不僅成為王公貴族的愛物，也很早就成為日式生活中的一個極重要的角色。今天看到的輪島塗裏佔絕大多數的是食器。早年的禮器、祭典用具、法器、節日用具之類也幾乎全是漆器的天下。

坐了三個小時大巴去能登半島，車越開路邊景色越荒蕪。輪島塗的精緻和本地的荒涼偏僻形成了強烈的反差。我在去輪島之前也看了很多城市的美術館、博物館，但是「精美絕倫」這個詞在輪島完全被刷新了標準。洗了一天眼睛以後，再看其他漆器我都覺得只能叫「木碗」。

我們今天所看到的日本引以為豪的小產地、小規模化的手工藝製造漆藝，需要一百四十二道工序，這一模式定型於十五世紀前半期。這正是王世襄所說的在中國很難恢復的古漆藝。製作時間漫長，僅僅上漆這道工序，一隻碗就需要一年。王世襄說漆器不像家具有實用價值，做得好的漆器才有價值，做不好一文不值。日本有二十二個漆器產地，但輪島塗最為昂貴。江户時代文化發達，文人墨客在各地的旅行中，開始傳遞最新的文化信息。輪島塗的名氣就這樣在有教養、有知識的階層中逐漸推廣開來。

在漆的一個狹窄項目裏周旋，精巧小幅的畫面得到了日本美學的充份發揮。關於輪島塗的起源，説法莫衷一是，輪島美術館附近的遺址挖掘出了九世紀至十世紀的漆器。前往輪島的路上，路過了大量不高的山林地帶，羅漢樹、櫸樹之類的木材極多。再往飛彈高山的方向走，是近三四百年的近代中，日本大城市所需木材的來源地，這些地方道路不艱險而且離碼頭很近，使得運送木材的小船可以在日本海的範圍內航行。

大量聚集的「職人」把漆器工序分成了非常細的步驟並進行專業加工。在我們看來千篇一律的同一材料，要這麼多人加工，競爭極為激烈，然而大家卻保持着一種很奇妙的默契。懂行的師傅一看，就知道是誰的作品，「讓任何人都不會成為毀掉這個器物的因素」，是整個輪島幾百年來形成的高度職業化的特殊氛圍。

產地意識在輪島是個很成功的廣告概念，漆器其實產地眾多，尤其是我們來的加賀一帶，比如山中、山代都有自己的特殊漆器。輪島早期被稱為「椀講」，後來叫「賴母子講」，一直想要與日本其他的尤其是同產區的漆器產品區別開來。江户時代輪島塗還只是眾多漆器的一門，但明治維新後大量大名們御用的匠人失業，他們來到富有矽藻土的輪島，進入極其專業、極其專注的狀態裏，沒有人催促，也不提倡競賽和超越，所有的人似乎僵持在一個狀態之內，把職責兩個字做到最佳。手工藝產業的浪潮中，工匠們多達數千人。二十世紀八十年代，輪島塗趕上了日本泡沫經濟時代，但它卻身價飛升，至今仍有近千名生產鏈條中的工匠。

絕不機械，是輪島的默契。「只要做這個工作的人，無一不具有一種特殊的玩樂心理，就是能在極專注的情況下，保持輕鬆和快樂，不俏皮的人是做不成漆器的。」輪島塗在歷史上的名物

一百多道工序的輪島塗至今仍恪守嚴格的分工

眾多，漆器史上最高的國寶是尾形光琳的「八橋蒔繪螺鈿硯箱」，光琳把輪島塗提升到了藝術的層面，漆器富有的感性、韻味，在日本傳統文化裏，最能夠將藝道發揮得淋漓盡致。

前野勉是一位漆師，他聽到攝影師問一個小杯子多少錢，只假裝沒聽見。只有銷售的人會拿出各個年代各個名家的作品來比較，然後迅速報價。漆師也不介紹漆是怎麼上的，他只關心自己的細巧花紋能不能更加精美靈動，筆觸和力道是不是夠得上水準。他們甚至彼此也不交流，只是做着自己的那部份工作。漆師的工作環境絕稱不上優雅，他們黑乎乎的手指永遠洗不乾淨，在水裏摩擦，在刷子、黑灰色矽藻土和一個個碗之間周旋。我拿起一個精美的碗蓋問，是不是味噌湯的蓋子，師傅顯然很生氣，說是湯物的碗。

輪島漆器研究所的所長由「人間國寶」[26]前史雄擔任，可以開設課程並招生，但是真正的學習不是進入這個門檻這麼簡單。英國人蘇珊娜在這裏學習了三年才被告知「可以開始了」，學習到第五年才被告知「你已經完成了『開始』的學業，接下來可以正式學習了」。

拿起的一瞬幾乎感受不到重量，一隻蒔繪的藍色和銀色的小河豚瞪着眼睛在杯底看我。如何在一隻羽毛一般的小酒杯上畫這麼美的圖案？這在輪島不是問題。蘇珊娜說，更難的是如何得到一個輪島師傅做的木碗，或是傳說中用海女頭髮製作的刷子。三十四年前，蘇珊娜大學畢業，本

26 由日本文部科學大臣認定高度表現「重要無形文化財」技術的個人，即「重要無形文化財保持者」，日語稱為「人間國寶」。——作者註

來只打算來日本待三個月，沒想到一待就是這麼多年，其中二十七年她都居住在輪島，成為輪島目前唯一的外國漆師。她和丈夫、女兒都居住在輪島，一家子都入了日本籍。雖然經常被日本的電視台採訪，但是在本地卻只能算個異類。「日本人不會把秘密告訴你，尤其是手工藝，必須自己學、自己看。」

師徒制的學習過程裏，直覺戰勝了邏輯。弟子會從纖細的情感中發揮敏銳的歸納力和直覺力，師傅教導的是技術，而技術變成了藝能。

日本風物之紅葉狩

文：葛維櫻　攝影：黃宇

身穿唐織紅大口（「大口」為和服中寬的裙褲），楓葉在金底上以黑、綠、褐、白等多種顏色翩然飛舞，阪東玉三郎的歌舞伎劇碼《紅葉狩》恪守着能劇裏柔美和淒厲輕鬆切換的風格。紅葉與櫻花在日本文化裏代表的是兩種氣質。對於喜歡自然變化和感受由此產生的情緒，愛站在近處看風景的日本人，對紅葉之美，卻只能遠遠眺望，絕不是櫻花樹下飲酒唱歌之態。

《源氏物語》中最動人心魄的一幕正是「紅葉賀」。紅葉蔭下，日光如火。源氏公子歌詠妙音如迦陵頻伽[27]，美妙至極，舞步優美絕倫。紅葉紛飛，夕陽映襯下的源氏紅葉之舞，使觀者無不落淚，美得令人毛骨悚然，感覺已非人間景象，令人心中不安。這樣的物哀，是日本文化給紅葉染上的特殊性格。

宗教與神話融入了日本的審美意識，成為日常生活中的真實狀態。日本稱秋天為白秋，接下來是玄冬。色彩與季節的搭配源於本土的文化和感性。在日本，紅葉在文學藝術作品當中只承擔形象美的作用，遠遠沒有被深挖過美學內涵。明治維新以後的價值表達都是借助西洋的概念，紅葉的美，是對於生命之美的震撼和不安，卻無法恰如其分地自我表達。

27 迦陵頻伽，佛教文化中的一種神鳥，可發出美妙的聲音。

立山黑部被稱為日本的屋脊，秋天到來時這裏呈現出壯麗的景色。

「紅葉狩」也和「花見」[28]一樣會提前造勢。從北陸到中央山脈的上高地一線尚滿眼青翠時，車站已經遍地是紅葉季的海報圖。日本秋季漫長，與櫻花開放的短暫不同，從農曆七月末已經進入可以欣賞綠楓涼意的時節。由於山中小氣候，好幾處已經能看到特別鮮紅色的雞爪槭，小手一樣伸開在空中。加上楓樹、山毛櫸等樹木在不高的山脈之中盡得蔓延之勢，從白馬嶽到立山黑部再到北阿爾卑斯一線的山脈之間，長野的户隱神社被標註了一枚特殊的紅葉。這裏每年十月的第四個星期天會舉辦紅葉祭，音樂是沒有配樂舞蹈的素歌，也沒有熱鬧的吃吃喝喝，而是講述一個關於

28 花見是日本的一種民間習俗，意思是「賞花」，若無特定所指，多指觀賞櫻花。——作者註

京都的秋

千年古代性格美人的傳奇。

紅葉的魔性從古物語（故事）中可尋根源。在《大日本史》《和漢三才圖會》記載的日本傳説裏，佛教中的「第六天魔王」在平安時代化身美人紅葉，精通琴棋書畫，成為源經基的側室。後因詛咒正室，被流放户隱。紅葉能耐極大，竟然自立門户成了山大王，統領一方盜賊。也有説因為她讀書、裁縫、歌舞的才華征服了當地老百姓。天皇出動了平維茂到户隱山中剿滅紅葉，也就是後來能劇《紅葉狩》的故事原型。千年來關於鬼女紅葉的物語極多，鬼女身上有無法壓抑的魔性和令人如癡如狂的美，故事演變到後來，六道中輪迴幾百年的紅葉，轉世成為一統天下的織田信長。

「啊」的一聲：日本人找到的生活美學

文：葛維櫻　攝影：于楚眾

日本人如果不吸引周圍的注意，就無法確認自己的存在。正是因為身處集體之中、重視義理，在生活情趣和情感偏向上就越強調自我。反過來說，正是因為日本人在日常生活中追求物心如一的和美境界，才顯得對世界並不叛逆。

日本人在生活方式上審美發達，感性程度堪稱世界第一。審美需求，是我們閱讀日本的根本動力。審美是個人化的，超越了地域與時空。中國人剛到日本時總是被琳琅滿目的美吸引，但多來幾次難免覺得有反差：和紙店裏最受歡迎的商品是一筆箋，繪製着《源氏物語》或其他古典圖案，以及由奈良老店生產的美麗的一次性毛筆。然而電車上人人都是低頭族和口罩族，「生人恐懼」就是專門為日本人創造的心理學名詞。日本開展的自我研究門類精細得嚇人，他們對自己充滿好奇，並且很早就發現不能全盤以西方哲學進行解釋。「美學」這個詞由日本翻譯到漢字文化裏，一下子延展出一個巨大而混雜的概念，也深深地影響了中國。

夏目漱石說：「我們生逢這自由、獨立、充滿自信的現代社會，卻不得不去忍受孤獨之痛苦。」如此強調自我、重視自我，另一個表現恰恰是拚命要進入大集團，依附於一個集體。這份孤獨造就

散壽司外賣。外賣在京都非常講究，櫻花季節正是老店用外賣款待客人的好時節。

了獨特的審美思想，也成為日本對於世界思想的一大貢獻。

現在我們在日本吃到的冷蕎麥麵，下面鋪着的都是竹子編的小籃子或盒子。但二十世紀六十年代蕎麥麵店大量使用的卻是塑膠籃。鹽野米松[29]說，即使是很小的生活細節，現代的日本人也嘗試過改變。塑膠籃子很好清洗，經得起鋼絲球刷，而竹籃就很難洗且易壞，為了提高效率而使用的塑膠籃，本來已經普及，連劈竹篾、編竹籃的手藝人都改了行。但逐漸有人開始覺得，「果然還是竹籃裏的蕎麥麵好吃啊！」本來竹篾編好後的籃子，清洗完畢，「唰」地一甩，水滴就能全部甩乾淨。但當時能找到的竹篾產

29　鹽野米松（一九四七—），日本作家，曾用三十年時間走訪全日本，採訪了幾百位傳統手藝人，被公認為「採寫第一人」。

自中國和越南，在大料加工環節沒有去掉竹節，水滴才甩不乾淨，就容易髒。就這樣，全日本竹籃的生產工藝再度復興。

用塑膠籃還是竹籃這樣的小事，與日本現代化進程，形成了一個非常重要的矛盾的兩面。早稻田大學教授、美術史權威內田啟一說：「日本人之所以這麼孜孜以求地尋求生活當中的美，正是由於對現代化社會的一種反抗，或者說平衡。」

縱的世界

只有京都這樣的地方，才能生產出「高等游民」。從大阪下飛機到京都不過一個來小時車程，已經換了世界。京都地處山間盆地，早晚可以冷到哈出白氣。我們到達時櫻花尚未開放，除了熱門景點，京都各地遊蕩的大都還是放春假的日本本地遊客，而路上竟然有三分之一甚至更多的女性穿起美麗的和服。「在京都穿起和服也不會覺得有甚麼異樣」，是一句鼓勵女性的廣告語。傍晚氣溫驟降，大風吹着她們頭上精緻髮簪上精緻的花朵，脖子露出一點，卻不見任何瑟縮之意。

清水寺櫻花歷來是京都第一盛景。唯美派文學大師谷崎潤一郎說：「櫻花若不是京都的，看了也和沒看一樣。」

西田幾多郎開創了現代日本哲學，他在京都大學附近經常散步的步道也被稱為「哲學之路」，夏天來時多有貓咪，春天來時櫻花尚未開放。西田幾多郎的處女作《善的研究》是日本明治維新以後銷售量最多、影響最大的哲學著作。他覺得由於日本是一個島國，長久以來不易受其他民族侵略，可以放心地引進外來文化，日本逐漸形成了人即自然、主體即環境的文化。以皇室為中心，日本社會遵循矛盾自我同一的規律，作為孤立的「縱」的世界發展至今。

觀察這個「縱」的世界，到京都來是一個很合適的切入點。京都如今已經進入櫻花季的氛圍，然而幾乎沒有看到開放的花朵。估計人們都被谷崎潤一郎的那句話影響了：「櫻花若不是京都的，看了也和沒看一樣。」身着古典高雅和服的美人成雙地走在平安神宮完全沒有開花的水池邊，櫻花樹褐色的硬枝條有一種固執的優雅。現在「花見」還沒開始，然而日本人對賞櫻花的執着，似乎與櫻花本身都沒甚麼關係了。還沒出車站就看到鋪天蓋地的櫻花口味和果子和打着「花見」招牌的各種粉色酒。想起在東京時，信奉唯物主義的內田教授對我們一起吃的櫻蕎麥麵嗤之以鼻：「櫻花還沒有開，你這蕎麥麵用去年的櫻花做的吧?!」可是，一切都攔不住「花見」。

為了彌補櫻花未開的「殘念」感，京都在大量寺院所在的東山腳下，佈置了燈遊路線，傍晚時份全是不顧寒意樂開花的遊人。尤其是在眾多景點中地理位置偏高的高台寺，入口處有一位身着白無垢服飾的美女，在昏暗的紙屏風前，演繹《狐狸嫁女》這個古老的傳説。儘管隔着格子窗，觀者癡癡凝望着排隊買票，彷彿夜晚的寒冷也消散了。喬布斯（Steve Jobs）生前鍾愛俵屋旅館三百年裏的御三家氛圍，在京都小店與富山縣立山町「越中瀨戸燒」一見鍾情後，和陶藝家成了朋友。在一八五三年，馬修・培理（Matthew Calbraith Perry）首訪日本，打開一扇被隔絕數個世紀的文化之門之後，喬布斯再一次成了在西方主流價值觀裏面最大的日本廣告。

這樣的京都無論對內還是對外，展示的往往是一種一貫性，但僅僅靠這一點難以支撐其精神內核。進入日本第二古老的國立大學京都大學，就會發現有趣的史料。一九一九年，京都曾經因為都市改造一度喪失了自信，進而發生了騷亂。京都大學裏不僅有為長州藩政治家捐贈修建的「尊攘堂」，也有典型的大正時期西洋風格的「時計台」（日文：百周年時計台記念館）。

一雙腳踩在木屐上，從稻田水窪一直走到學校門口，這就是京都大學宣傳廣告中的場景。大學使日本第一次從農民、手工業者中，可以成長出一個知識的階級。年輕學生們戴着學生帽向學校而行，教師坐在京都特有的黃包車上，向路上的學生脱帽回禮。每個學生的宿舍不過「三疊」大小。小小的桌子以外就是書架，外套平平地掛在牆上，窗口用來掛洗乾淨的衣服。一九四九年，京大誕生了日本第一位諾貝爾物理學獎得主湯川秀樹，被譽為挽救了日本的民族自信心。原子爐實驗所貼出了賞櫻時間和路線，本校植物學系和食品系合作，利用植物學系培育的大麥，推出了新口味酒品，因此校門口貼着免費飲酒的告示。

京都大學至今仍然刻意保留着日本最古老的學生宿舍吉田寮。「寮」就是宿舍的意思。走進吉田寮的走廊，我簡直像走進了二十世紀八十年代中國的筒子樓。鍋碗瓢盆擺得滿地，四通八達的走廊裏破爛堆得滿眼都是，但卻沒有異味。有人以極快的手法彈奏德彪西（Achille-Claude Debussy），我悄悄過去一看，那少年背對一屋子雜物拚命練習着，全然不顧垃圾場一樣的周圍環境。外頭坐在走廊暖被桌裏的女孩長相清秀，對於我的好奇一臉淡定。這個學生自治地區，最近依然拒絕學校花錢修整，簡直是京都大學美麗優雅校園裏象徵「自由學風」的活化石。

時尚和清新隱藏在京都的街巷中，當地人在古建築以外有自己安穩的生活。

吉田寮是住的代表。千年老店就是關於吃的了，京都最古老的店舖，一家年糕舖、一家茶室賣的都是最便宜、最樸素的食物。一個段子是：年糕舖老闆悄悄告訴客人，自己隔壁家店舖易主了，而時間是「四百年前」。在京都近代化的研究領域中，如何一面把一個已經遷走的故都保持得繁盛與精美，一面還得吻合現代的需要，而不是一味地哀嘆過去的好時光？明治維新的一大改革，就是拋棄了京都。當時不僅是天皇和政府機關，所有的相關官吏、有實力的富商都尾隨權貴而去。京都歷史上第一位市長開始了對京都商人的免稅政策。此舉奠定了京都近代振興的經濟基礎。直到如今，京都最富活力的盛典依然是商人的天下，這正是日本最精彩的祇園祭的精神核心。據說不提前三個月根本訂不到觀賞位。

川端康成和谷崎潤一郎都安排女主角去平安神宮賞櫻。如今櫻花未開，可以看看電影《刺客聶隱娘》宴會後的遊廊的拍攝點泰平閣。從平安神宮向任何一個方向前進，周圍步行二十分鐘以內，聚集的都是以「京」為名的文化精粹。第一天我發現京都美術館、動物園、圖書館全部在平安神宮的大道入口處，而往裏走完全就是老百姓的大公園，孩子們隨意嬉鬧，大人們在草坪上曬着太陽。平安神宮在京都的創建，與電車開通和琵琶湖疏水道的建立，被認為是開啟了京都現代化的標誌。難怪平安神宮與各地御所、皇居、離宮的感覺如此不同。

我被庭院和門口侍者的熱情招呼吸引，走進一家美麗的老店「西尾」，吃了一碗不比任何一家小店貴的京蕎麥麵，店裏的客人也都是本地人。臨走時去門口小屋一轉，才發現當今天皇從皇太子時期就一直在此用餐，因此店裏擺出了若干不同時期的來自宮中的感謝信。

色感

來到京都傳統產業博物館的時候，正好趕上京都傳統手藝人的春秋大典（日語中指比較重要的節日）。對面美麗的京都美術館，正在舉辦雷諾瓦（Pierre-Auguste Renoir）「春之色彩」的主題畫展，我站在路中間留心數數，喜歡印象派和喜歡傳統工藝的人數居然不分伯仲。以「京」為名產生的日本生活藝術的領域，代表着一種難以挑戰的高超品位。日語「自慢」（自誇之意）似乎更能表達出那種又含蓄又驕傲的微妙神態。除了以西陣地名命名的西陣織，京派審美從京友禪、京鹿子絞、京繡、京燒、京扇子、京人形、京七寶、京瓦一直到京料理、京蕎麥、京豆腐、京果子等，蔚為大觀，將日本所有傳統面一網打盡，具有難以撼動的審美地位。德川幕府為了壓制平民勢力抬頭，實施「儉約令」。然而愛吃愛穿的京都人不僅將這種文化保留下來，更增添了一種綺麗的「色感」。

據說日本學者研究中國的《唐詩選》，發現四百六十五首唐詩中，反映男女相愛的詩歌只有十首。另一個發現是，中國的審美體系裏沒有「色感」。一到日本，人們確實覺得眼前的顏色鮮亮了起來。紅色的橋、神宮面前的紅色鳥居、綠色的屋頂、暖黃色的磚，連博物館、大學的百年以上的老標牌都是明晃晃的青銅綠色，更不用說造園造庭使用的移步換景的造型技巧，一旦加上「色感」就完全改變了模樣。都說京都依長安而建，也有說洛陽，但京都本身沒有城牆，估計四周的崇山已經起到了保護的作用。古時進入京都的大道只有羅城門一條，「絕勝京都煙柳徑」，柔軟的柳樹枝條，確實是京都道路兩旁朦朧美感的創造者。

一八七一年開設的產業場是京都傳統產業振興的關鍵。遊客少，本地人和了解其文化屬性的人居多。很多老客人專程給自己喜歡的師傅加油，不大的場合裏有幾十位在自己的小攤位前展示手工藝做法的師傅。名牌上寫着多少代目，就是店主本人。和服布料的織染皆為手工，清理翻新的師傅也已經傳承十六代了。老師傅讓我分辨一匹淡綠的和服布料兩邊的顏色是否一樣，一邊是前胸背後常常曬到太陽的位置，一邊是被腰帶等物遮擋的位置，説實話，我真不覺得面前這塊布兩邊顏色的差距有到肉眼可以分辨的程度。老先生還不死心，給我用力抻展，拿出個小手電筒反覆照亮面料。這些手藝人無論收入高低，都坐在一排，彼此也不交談，一致面對着觀賞者。不僅不拒人千里，臉上反而有一種謙和又滿足的表情，與一般商店裏銷售員的急切完全不同。

帶來色感視覺震撼的是京友禪染展覽。作品是近二十年來二十六家老店的心血之作，另一方面也可見京都的染色行業競爭多麼激烈。鹽野米松説，日本是個小地方，好和不好很快大家都能知道，審美感就是在這種百花齊放中培養起來的。

很多和服的題目只有「小鳥」「水面」「高潔」之類簡單的詞，然而我看到了大量從來沒見過的花式和顏色搭配，從這些和服的畫面，外行很難看出規律和方法。友禪染創始人宮崎友禪齋本是十七世紀的扇面畫家，他發明了用三角錐形的澀紙筒擠出「絲目糊」，沿着紋樣輪廓線擠置精細的線條，然後染出各部份圖案的方法。染色有如繡工，甚至視覺效果更立體絢爛。每一朵花都質感豐富，至少有四五個不同切面的質感，我一開始不相信這是畫的。色彩之明麗，視覺之靈動，直中現代人的審美要害，走出展館，我甚至能分辨出哪些是高級的和服了。看起來剪裁格式似乎從沒變過，但附麗其上的圖案已經不是某個主題範疇的了。圖案的寓意毫不重要，可以想像一個美人穿上這樣的和服，一舉一動會在甚麼線條下發生，明明是靜態的，可是想像力的動態空間卻沒有止境。

文化服裝學院展示的精美和服，花鳥圖案極富立體感。

二十世紀六十年代，政府號召民眾「七五三節穿和服」，極大地刺激了京都的現代手工業。儘管西陣織總是被拿來與和服的至美畫等號，但西陣織按照「染色和服帶刺繡腰帶」的着裝規則，大多製造的是腰帶。而「始為衣冠而美風俗」的友禪染，直到今天仍以和服為主旋律。和服的形制説起來複雜，其實也就是幾種固定格式。在一個範圍之內，把東西做得不斷進步，這是日本人的長項。除了日本人保留下來穿和服的傳統習慣，和服本身的生命力也能讓一場和服發佈會人滿為患，這不是一兩個大師的提倡、帶動可以實現的。

當天下午有一場友禪染和服時裝發佈會，模特居然高矮胖瘦不同，專為普通女性提供參考。日本女性到京都購買和服是一筆固定開支，台下坐的正是挑剔的客人們。

作為固定消費群體，日本人有着對於和服的執着和感悟。我們之所以看到京都大街上穿和服的人成群結隊，還有一個原因是正逢畢業典禮。畢業儀式的和服作為一個特殊的式樣留存下來，因此連接起慶祝儀式和年輕人的榮譽感。

日本對藝術的理解有自己的多重文化劃分，這個視角對於熟悉衣食住行功能劃分的我們，是一個理解日本美學的關鍵。日本為了弘揚自己固有的美學文化，一直使用藝術、藝能、藝道這些概念，感覺是表現相同文化領域的詞，視角卻將同樣的文化現象範疇化了。從最初使用「藝道」這個詞的世阿彌，到近三十年裏學者們依然在解釋學方向進行的努力，已經過去了六百年。藝術在古日本涵蓋了儒教的人世宇宙倫理，除了是實現道的必要基礎教養，還有個人娛樂的意涵。在文明開化的明治維新風潮裏，日本的藝術脱離了道德、宗教、政治範疇，相對於西方的他律性，日本反而導入了藝術和美學的自律性這樣的概念。

京都是庶民生活審美的勃興之地。江戶時代以後富商融入百姓當中的世俗生活開始了。天皇走了，老店還在。江戶時代的浮世繪裏有知名的美人與知名的和服，堪稱當時的時尚雜誌。從富人到老百姓，審美都在同一範疇當中。

商人們對於「京生活」花樣百出的貢獻，是我們今日所見日本生活方式的基礎。和我們不同的是，日本皇家因國體而一直存在，皇家品位被嚴格限制在一個小範疇之內。舉個例子，「衣紋道」的傳承者全日本只有一人並且世襲，他一生只使用兩次這種最高等級的和服着裝技法，一次是前任天皇去世，一次是新天皇登基。日本今日所呈現的美，背景是江戶時代至今幾百年裏發展起來的商品經濟和商人階層的財富自由。

甜

讚嘆日本料理，有一個形容詞是「甜」。不管甚麼東西，從蔬菜到肉類都可以被誇獎為甜。日本國土約為三十七萬八千平方公里，只有不到五分之一的土地適合農業和居住，更多的是山。據說日本一年有五季，甚至六七季的說法。按照「旬」來解釋日本料理，其實是對複雜的食物分類做了一個硬性的時間劃分。我們五點多起床趕往奈良當地人的早餐食堂，趕着七點半吃到燒檜木柴的灶蒸出的新米飯和忍冬花炸的天婦羅。雞蛋殼很厚，要敲好幾下才能敲碎，先在碗裏打散，再倒入米飯，點上奈良本地的片岡醬油，柔滑香濃，味噌湯也出奇地香甜，我情不自禁地想對這複雜又青春的味道讚嘆一句「好甜」。這個大落地玻璃窗的小食堂特意在每種食物旁邊放了介紹，大早上來的不是婆婆媽媽就是準備上學的男孩子，免費的白飯添了三碗，只要五百五十日圓，一大一小兩枚硬幣。

日本人享受四季的恩惠，而飲食的最高享受是畫面感，食物的色彩與器皿都是一種信息的傳遞。京竹筍要十天以內的，只要一點味汁就能入口。櫻鯛在鯛魚肉裏裹一絲粉色，是櫻花的味道。我到京都一家做散壽司的七十年老店吃飯。「壽司之神」把食客們搞得誠惶誠恐，然而日本二萬五千家壽司店，拿出本事和誠意來款待客人的是絕大多數。壽司店面向客人的工作環境，本來就反映了人與人之間的關係。「壽司就是要吃個痛快！」老闆這樣鼓勵我。鹽搓赤貝，在甜醋裏蘸一下，醃金槍魚早就加工好了，先隔着布沖燙一下，再把魚放進冰水，出來的色彩才能像紅寶石那樣奪目。在米飯之上，老闆不厭其煩，重重疊疊地鋪上了十來種生魚片，再撒上厚厚的鬆軟的雞蛋絲，這精美的食盒是要送給來訂餐的和服老舖子的。京都的外賣歷史悠久，價格不便宜。祇園祭的時候，老店們還要請料理店上門，老闆親自試菜。如果是關東來的客人，湯的口味過於柔和，沒有一

奈良早餐。五百五十日圓的早餐，大米、雞蛋、醬油全是當地食材。

鹿之島早餐食堂。奈良當地人一天的生活從這裏開始。

下子發出讚嘆，就是不合格。

日本的味道就跟顏色一樣，吃到味道，看到顏色，都是一點一點堆積起來的，發生了很多變化組合的奧妙，絕不是一個「一加一等於二」的過程。食物是生活美學裏永恆的主題。一片被大海包圍的三十七萬八千平方公里的狹長土地上，定義食物美味的是本土居民。我對於甜的最意外碰撞是京蕎麥店，從湯到炸豆腐都是扎扎實實的甜味，導致後來面對京果子我總是偷偷想，有沒有稍微加點鹹味中和一下的。

「甜」在日語中也可以形容人的好性格。日本美食劇之所以能在中國引起那麼大的共鳴，是因為菜式上雖大不相同，但反映人的相處特點上卻有相通之處。熱門的女性美食劇話題已經發展出三股風潮：一是快速約會，去男生選中的店第一次見面吃飯，邊吃邊聊，尋找愛情；二是早餐流行，像奧黛麗．赫本（Audrey Hepburn，另譯：柯德莉．夏萍）那樣，用清晨的半個小時豐盛時光來犒勞自己，引發了日本各種早餐店雨後春筍般從清晨六點開放；三是下班後獨自一人去居酒屋喝酒，吃下酒菜。

遷都到京都以後，和食有了起步和改變的基礎。京都是物產富饒的盆地。京都只用利尻海帶，各家不同的料理講究海帶出品的海灣。喝來喝去，日本的湯就只有那麼幾種底味。雖然海帶富含的是谷氨酸，鰹魚乾片富含的是肌苷酸，乾香菇富含的是鳥苷酸，然而海帶和鰹魚乾的王牌合作，可以讓鮮味提高七八倍，在現代化學研究之前，四國和北海道的鰹魚和海帶幾百年前已經以貢獻天皇的名義，從福井海運到京都。海帶至今仍要洗掉甘露醇（過於鮮會發苦），用蓆子圍堆，慢慢風乾。古時海帶在蓆子裏過完冬天，春天打開時就有香味。兩年後風乾成熟的海帶才能製作高湯。

懷石料理本來是和尚為了抵禦寒冷飢餓，在懷裏抱塊溫熱的石頭抵住胃。這個意象早已經被人們使用各種各樣美麗的器皿和食材搭配給替換了。從京都到奈良，料理的美感先於美味存在。我們吃到的會席料理（日本代表性的宴請用料理）充滿了宴會一樣的華麗與誠意。朱漆盤中，一疊白底綠邊的小碟鋪着三色魚肉，藍底的小碗是一塊胡麻豆腐，白色長盤畫着月籠芒草，放着三樣和果子。青瓷盤裏是兩塊燒魚上放着一片有粉色孔洞的白藕，哈密瓜盛在藍金色的盤中，配米飯的漬物在伊萬里的柿右衛門小碗中，白色有如淘米水一般，紅色則更透明，裏面的奈良漬清爽脆口。喝一口煮物裏特製的湯可以鮮掉眉毛，對於這種層疊而出，卻又彷彿始終如一的味道，只顧讚美「好甜」，顧不上在榻榻米上坐得腿麻。

小社會的生存之道

日本是以個人方式進入歷史和世界的。大西克禮[30]認為，日本人面對世界和人生的深刻探求的傾向，本質上很匱乏，很難要求其博大精深。奈良在日本古都中是首屈一指的做夢之地，我去尋找的正是一種個人方式。大清早，鹿還不多，零零散散地在「春日大社表參道」站前面散步，想看萌萌的初生小鹿只能五月至六月份前來，不過據説母鹿很不好惹。遊客往往要先去的東大寺，已經成了鹿們的早餐場所，剛一下車還沒進寺的客人們就與鹿玩耍起來。雖然傳説鹿是神的使者，科學還是解釋不了奈良為甚麼會有這麼多野生鹿長久以來與人和諧共存。周邊山地平原可沒有鹿，再能找到大批野生鹿的地方就是遙遠的鹿兒島了。

30 大西克禮（一八八八—一九五九），日本美學家，為日本學院派美學的確立者暨代表人物。

鹿與人的自然共處，為奈良增加了夢幻和溫馨感。

奈良保留下的奇蹟動輒追溯到一千三百年前。平安時代的庭院是日本貴族式的落落大方，令人心生喜悅。室町時代，國師夢窗的庭院逐漸取消了華美開闊的元素，把安於貧窮作為求道的方式，以「煙霞痼疾，泉石膏肓」之論開創了枯山水的美學風格。奈良佛教建築的樸素剛健與大氣磅礴，神教建築的華美細巧與神秘也隨處可見。全世界最古老的木質建築是法隆寺西院，而東大寺的大殿是世界上最大的木造建築。如今奈良的寺院有自己嚴格的宗教規章和禮法制度。

感性審美使奈良成為日本人精神的故鄉。我們這次前往奈良正好碰到春日大社第六十次「式年造替」[31]。春日大

31 式年造替：在神社建築中，每隔一定年限重建或翻修一部份或全部神殿的制度。

社是日本神道春日社的總社。主神位供奉四位神靈，但幾乎無人能見。通過正門可以看到的是完全封閉的社殿，我以為趕上了六十年一次的請神靈露臉的儀式，沒想到神官說，神靈並不能給凡人觀看，修復社殿僅僅是為了保護，二十年一次，今年正好第六十次。神道教創造了日本自然主義。日本人認為日本的天空是連接大地的天空，而遊牧民族的天空，與大地隔絕。遙望那送神而來的鹿群漫步去了若草山等待圓號的召喚，那種精神上的「連接」感確實在一種不可思議的氛圍裏出現了。

站在奈良縣政府六樓的房頂上，能看到自古以來各大寺院劃分嚴格的土地界限。奈良的神教與佛教和諧共存，春日大社也會請興福寺的和尚來唸經保佑。大山和森林歷史上都屬於寺院，春日大社的原始森林也成為世界遺產。不僅古蹟、古建築，這些寺院還是真正的宗教所在地。

政府工作人員說，奈良寺院等級非常高，政府要使用這些土地也都由東大寺劃撥。每一年元月若草山盛大的燒山儀式，正是為了解決彼此之間的矛盾而設，一把火燒光了山，也把各寺的祈願符一同燒掉，來年換取新的。據說每年燒山已經成了奈良的一大盛會。

「愛憐萬物」是本居宣長對日本人美感的著名說法。十八世紀的日本國學家本居宣長，將物哀概念化。審美心理本身是樸素的，缺乏深厚的哲學理論。所以他把邏輯斥為「理窟」（理性洞窟）。本居把「物哀」置換成「物心」，這個物是引起哀的物。然而這個愛憐的背後，體現的是一種依賴、孤高、義理人情、閒寂、瀟灑。當年大熱而後被中國翻拍的日劇《孤獨的美食家》，每集開篇的點題，就說明一個人享受美食是「現代社會的孤高」。

雖然奈良成為首都的時間並不長[32]，卻形成了獨有的文化。志賀直哉[33]寫過奈良的近代化：「鎌倉時代與春日大社有關的豪族聚居於此，僻靜嫺雅，後來受江戶末期大火，以及明治初期打壓佛教的毀佛運動影響而逐漸衰落。然而到大正、昭和初期，畫家、作家等陸續移居而來，逐漸呈現出了藝術村的況味。」

憑着對故國、自然和風土的理解，宗教以外的奈良以獨特的美感，創造了大量日本獨有的工藝形式。這些工藝，是美和現實世界的橋樑。比如茶筅，在茶道裏千家教師張南攬看來，唯獨奈良這一家高山茶筅最為好用，佔據了日本本國茶道百分之九十的市場。奈良的毛筆也是日本最好的，另一個一家獨大的產品是古梅園的奈良墨，據説夏目漱石專門用它來作俳句。

參觀墨的掛晾，我彷彿看到一屋子演繹着高難度動作的雜技演員，在草繩裏不繫安全帶，保持一個月的平衡。穿漂亮的草繩非常需要手工技巧。正好把一塊那麼輕的墨穿進去，中間還得留縫隙給墨乾透，又不能使它掉下來。在收集煙的暗黑的墨屋和刺鼻氣味的乾墨的房間，以不同的濕度按照時間來給墨吸水。師傅每天翻動這些墨超過四千次，而管理燈芯的時間更是長達十個小時，不斷地保持燈芯的細長，使得燒出的火焰均勻。因為越細的火焰，出來的墨等級越高。只需要很輕地用筆，顏色就會展示力道和深刻。墨分等級，貴賤差數十倍價格，我以為老闆會推薦貴而美的墨給我們，但聽説我的同事是為了給學齡前的兒子練習書法，老闆馬上拿出了孩子專用的最便宜的墨，並且一再確定孩子手的大小，是否墨會太大，使用不方便。

32 奈良古稱平城京，自公元七一〇年建都起，作為日本都城歷時七十五年。
33 志賀直哉（一八八三—一九七一），日本作家，「白樺派」代表作家之一，被譽為「日本小説之神」。

一七三九年創建的古梅園所生產的奈良墨佔據日本墨九成以上的市場

墨的掛晾

奈良有着不一樣的眼睛。「不是盯着大名物，也不是盯着作者。」近現代日本人放棄權貴獨尊的設計，以簡單滿足生活的必需。雖然這説法與柳宗悦、千利休一脈相承，看到本來不起眼的小物品受到歡迎，還是覺得不可思議。中川政七商店掛出開創三百週年的紀念牌，進去仔細看看，櫃枱背後的麻布五顏六色，可以用來在夏天做帳子，小塊的棉麻是抹布，這家以雜貨店形式存在的老舖子，沒有任何廣告。櫃枱裏是十三代店主中川淳的幾本著作，講的「小社會的生存之道」，不是生活方式美學。老店店主們秉承「顧客至上」的原則，聽不到哪個手藝人叫自己「藝術家」。奈良和京都都有很多小作坊，中川淳認為如果中小企業還需要打廣告，就是注定失敗。一塊抹布、一個杯子，放在那裏都不能引起購買的慾望，本身就是失敗的。很多老店幾百年只賣幾樣簡單的食品、貨品，如果不能讓一個家庭祖祖輩輩習慣使用，就説明老店已經察覺不到顧客的喜好和要求了。日用品必須經受艱苦。實用之美，忠順之德，失去用途的貨品稱不上工藝。

修行

下午我們緊趕慢趕從奈良往山裏跑，到了王寺站周圍一下子就靜下來了。大巴車一個小時一班，巴士司機在山路上故意開得飛快，眼看離城市越來越遠，彷彿把自己丟到了世外，緊張和焦慮都莫名地減少了。信貴山前不着村後不着店，當地人也並不都能完全了解到細小的角落。時至今日日本人依然對本國旅行熱情高漲，這不僅僅是幾十年來拉動消費的結果。

櫻花樹尚是蕭索的枝條，崇山之外，遙遠的城市閃閃發光，在陽光下近乎白金色。山裏古樹參天，修葺有致，幾個廟宇從山腳下一路排列上來，我拖着行李箱爬石台階，步步美景不同，岔路極多。每個寺院用不同顏色的豎旗自我標識，白天來寺裏幫忙的居士和山民給我指路。一氣爬上山頂，才知道這一天只有我們兩個客人。玉藏院位於信貴山頂。僧人紛紛以廟宇作為修行之地，普通人也喜愛這裏的美景和清淨。暗金色繪畫花鳥的屏障出自名家之手，是寺院裏接待客人的地方。進門來我還有些拘謹，僧人奉上抹茶、煎茶，本院特別訂製的老舖的虎頭和果子。原來信貴山的守護神是虎。在山下我就看見了像孩童玩具一樣色彩鮮艷的大虎。山上也有可愛的虎雕塑。因為聖德太子曾在此驚見神佛，認為是神佛保佑了戰爭的勝利，因此這裏成為關於勝負的信仰寺院，受到歷代武將追捧。

這間廟宇自持日本國寶《信貴山緣起圖》。日本的山説深也深。我以為廟宇必然充滿肅殺之氣，沒想到貫主（かんじゅ，方丈之意）野村密孝叮囑我夜晚的山上石燈籠美麗，可以一起去賞燈。只是信貴山的夜實在過於寒冷，只有梅花盛開。玉藏院和許多著名廟宇一樣，有自己的宿坊。野村説，松尾芭蕉把俳句和旅行結合起來，成為日本人心中嚮往的生活方式。芭蕉的俳句有幽默的意味：「下時雨初，猿猴也好像想着小蓑衣的樣子。」俳句大量使用的「焦點意識轉移」法，為了使人的狀態更明確，常用把外物投入人的修辭手法。在這樣一種不追求本質的審美方式裏，只要抓住一點聯繫，動用淡淡然的對街坊鄰居間的興趣和同情，就彷彿能把讀者拉過來坐下。日本直到現在還有以芭蕉為名的芭蕉之旅，在日本的旅遊景點，總能碰到投遞俳句的紙箱。古代社會裏日本人出門，交通住宿皆不方便，但又奇景眾多，而寺廟一直承擔着供人休息的義務。並且對人説出門去寺院，也比較容易被接受。

藍色漸漸深了，月亮在樹梢的光華越來越明朗，安了電燈的石燈籠從山頂往山腳亮起來。宿坊有專門的一男一女兩位老年服務員。野村給我看廟裏給客人準備的書架，書籍一塵不染，大部份都是社會學、倫理學、哲學的叢書，薄薄一小本，題目卻包羅萬象，從「父親力」「超少子化」、寺院與社會的結合再生到中老年自殺等等。但更有趣的是漫畫書架。日本的學校尤其是初高中，非常重視修學旅行。百來平方米的大開間就是給學生們的「合宿」準備的。

野村說，從初中到高中，再到大學畢業和初進公司，以及此後幾十年的職業生涯，專門前往寺廟修行都是日本人嚮往的生活。萬物有靈是神道教的宗旨，在日本神道教思想與佛教思想結合，形成了日本人看待事物的特殊方式。不憑靠現象形態的準確再現，而是借助精神意念的神奇想像；不停留在有形的事物做外部的考察，而以外形為線索走入內在世界；不把對外部世界的認識作為終點，而以外物景致與人的情趣的交融，天地間的氣韻與人的生命節奏的契合作為至境。

在日本繁華的都市街頭，冷不丁就會遇到一尊地藏王菩薩或是掛滿燈籠的天滿宮和廟宇。信仰在日本生活裏的不期而遇，營造了一種從內向空間走進外向空間的瞬間。別樣的信仰空間使人短暫脫離現實的痛苦，感到一種奇特的氛圍。明治以後，日本的僧人和普通人一樣可以成家、飲酒。在日本，僧人不僅是一個職業，更多的是一種家業。繼承寺廟家業對於長子來說順理成章。一個年輕師父說，他在大阪也有自己的廟宇，目前因為宗教事務而兩地奔波。

修行的內容我以為很艱澀，沒想到野村給我示範了「啊」的長出音，以及下跪、鞠躬、祈禱這樣基本的禮節。我說這不是日本人從小學的東西嗎？野村解釋說，寺廟禪修能夠糾正微小的偏差，並且用反覆的練習達到修行的目的。在日本，行為一直被看得非常重要。一位演員或僧侶，人們希望他在實踐中表現行為技巧的時候，也能反映出其人的教養和品德。

五點四十分，玉藏院的早禱僧人開始做功課，晨鐘尚未敲響。

日本的傳統文化非常重視日常生活中的藝術與行為方式，這在某種程度上反映出其人的教養和品德。處於這樣的文化氛圍中，日本近代在學校教育方面，大幅度地增加了西方的學問和藝術等內容。這樣的行為方式訓練，尤其是寺廟修行，不屬於近代學校教育科目裏的知識和技能，可是它在日常生活中弘揚了倫理之美，起到了教育的作用。

早上五點四十分，僧人開始早禱，修行者可以一起祈禱、抄經、念佛，或去寒冷的瀑布下沖洗自己。「六七十年代以後來寺院禪修的人越來越多。有些是公司職員，有些是學生，一起來的大多是公司、學校希望培養他們的精神信念，但更多是自發而來的都市人。社會壓力越來越大，大家希望到寺院來尋找平衡，跟着僧侶起居飲食，而且我們也有待客的傳統。」一野村說。早上五點多我到佛堂等待，三十多位僧人已經各司其職，只是佛堂不大，負責早禱的只有一人，其他人還要幹活。留心看看，僅僅是灑掃庭除、整理內務和幫施主祈禱已經夠他們忙了，儘管也會停下來打開一扇藏有美麗金屏風的貴客室給我看，或者給我指指哪個角度俯瞰山下最漂亮。這些僧侶要通過考試才能來任職。「信仰是用來強大自己內心的，現在人越來越脆弱了。」野村不無擔心，「很多人出國看完大千世界，經歷了泡沫經濟與近二十年日本經濟衰落，心態上是沒有自信的。」

孤高避世的優雅不是寺院修行的最終目的，享受與周圍絕妙相融的一體感，並以此為媒介尋求志同道合的友人建立新關係才是。作為一個島國，日本文化始終在外來文化的影響下，因此對固有的傳統文化更為自覺。

「瀟灑，不需要遠離塵世，淤泥裏亭亭玉立也可以被讚美。」晚上我去洗手間路過服務員老先生的房間，不經意聽到了貓王的金曲。

「啊」的瞬間

「啊」的一聲，是十五世紀的世阿彌對《易經》裏哲學概念上的「感」的解釋，並第一次運用到了審美當中。「感就是『啊』。」世阿彌認為，這是超越心智的一瞬間。然而一個日本人，成長順序是被固定下來的方法論。「道」就是一種方法論。採訪內田啟一的時候正值早稻田大學畢業典禮，女孩子們穿着美麗的和服，到學校才換上木屐，西裝革履的爸爸們幫她們提着皮鞋。早稻田的標誌建築類似牛津大學的建築風格，校園內的斜坡上站滿了開心的學生，社團吉祥物們也紛紛來湊熱鬧。「日本真是個幸運的民族啊！」內田啟一[34]感嘆道，他覺得日本沒有經歷皇室改朝換代，因此有一種一以貫之的「幸福」的價值觀。「道」在日本是不可替換的。「可以被換掉，不可以被換掉，在日本有一個縫隙。」哪些能被替換呢？「外國來的東西就可以替換。中國在明治之前是我們的老師，明治之後西洋是我們的老師。」比如日本現代藝術裏的繪畫就偏西洋的範疇了。

日本的美學是通往生活的。江戶時代在東京開啟以後，大量畫作開始以平民游治、慶典、生活為主題。庶民階層識字，使得江戶的富裕時光出現了對生活方式美學的鑽研。歌舞伎本來不登大雅之堂，但因為老百姓的喜愛，歌舞伎藝人逐漸成了時尚明星。浮世繪裏關於歌舞伎的寫真畫，成了百姓熱衷的商品，欣賞浮世繪不需要很高的門檻，屬於庶民的審美。市井生活成為美術裏重要的組成部份，也成就了日本特有的藝術形式——浮世繪。江戶以前上下層審美沒有通道，到天皇開始欣賞浮世繪，浮世繪也就變成了「肉筆畫」[35]，一次只能畫一張。浮世繪後來的藝術程度越來越高，大量生產普及開來。這種平民美學帶給江戶時代老百姓的愉悦感，包括了享樂的安逸和物質的浮華，直到現在依然是日本審美意識中重要的組成部份。因為貴族以外的審美品位容易流通，在幾百年裏對大眾有一種鑒賞能力的培養。「人在生活中的衣食住行，就是對美接受的過程。感受到美的生活才不至於邋遢。」內田啟一說。天氣轉暖，大街上，東京年輕人幾乎一水兒質地優良、行動方便的風衣，令人懷念京都和奈良的慢吞吞。

---

34 內田啓一（一九六〇—二〇一七），日本美術學家、大學美術教授。

35 即畫家們用筆墨色彩創作的繪畫，而非木刻印製的繪畫。——作者註

「日本人的審美是自發性的，而不是模仿上層和天皇。」內田啟一說。日本的階級制度至今仍在。舉個例子，優衣庫（UNIQLO）的老闆再富有，想和貴族或者老牌資本家族聯姻，都不太可能。比起英國皇室需要一個平民形象，日本皇室貴族始終生活在平民視線以外，即使現當代也很少有日本人真正對皇室有巨大的興趣。「反正天皇也不會變。但日本人自己堅持發展出了一套與國民性相符合的審美，因為江戶時代武士階層進入了平民階層，他們自身的文人修養，開始影響了平民的美學發展。日本人喜歡不斷變化的一草一木，無論是侘、茶道還是浮世繪，喜歡的人自己發展自己的興趣，不存在某種審美趣味高貴、某種低俗的價值判斷。」

眼前的美，也就是「啊」的一聲，才是日本人最在意的地方。在思想方面，日本始終缺少坐標軸。日本人永遠在追求真正的一體感，因此表現出了令西方人驚訝的、不斷追求更高境界的意識。「審美」一詞所涵蓋的具體內容，琴、棋、書、畫幾乎都是中國傳入。雖然文人喜愛的內容近似，但日本審美呈現出的卻是另一種樣式。和歌的幽玄、物語的物哀、俳句的寂、浮世繪的江戶市井的意氣和「粋」（日文，意為通曉人情世故），一直到近現代谷崎潤一郎的陰翳、三島由紀夫的殘酷、川端康成的背德和悲哀，這些都是日本特有的新穎深刻的美學思想和人生哲學。

東京作為現代的日本的代表，充份展示了其優越感。「日本只有一個東京」，是日本人關於東京的情感表達，其他國家還有政治和經濟中心分開的情況，但東京在日本的地位無可取代。岡崎陽介說，東京是全世界米芝蓮（米其林）餐廳最多的城市，三星有七家，二星有五十五家，一星不計其數。為了保住他所在的西班牙餐廳的二星，這個東京外國語大學法語系畢業的小夥子不敢有絲毫怠慢。法語系畢業以後，他就去阿爾卑斯山脈的十二家餐廳學習了四年，回國後進入這家名店，七年來一點點進步終於成為主廚。這家店的菜式素雅美麗，有一道生牛肉做得有如蛋卷的甜品，是用手拿起來吃的。岡崎告訴我：「用手吃比較過癮。」這家西餐老店開在東京老派紳士們雲集的日本橋，據説不少顧客都是醫生及其家人。這些人不受股市和經濟大勢影響，擁有穩固的資產和消費能力。日本的高級餐廳無論「和」還是「洋」，都繼承了日本服務業的優良傳統，千方百計地想留住精英們的胃口。

日本的紳士文化已經有百年以上的歷史。印在萬元鈔票上的福澤諭吉是文明開化的先驅。西村茂樹提倡靠法律、道德及諸多藝術來開闊視野，並將西方的音樂、美術及文學引入日本。特別奇怪的是日本的西餐。日本獨創了一套西式菜譜和西式餐食，把漢堡肉在鐵板上烤熟，再以牛排形式端上桌。「洋館」的式樣是西式的，內裏卻洋溢着日本風情，雖然表面是規模較大的西式建築，在細節上卻強調混合。

天與人

下飛機後在洗手間聽到隔壁母女的對話。一個童稚可愛的孩子大聲説：「媽媽，日本的廁所怎麼這麼乾淨呀？」母親沒有回答。日本的乾淨一直被理解為多神教、愛萬物的自然信仰的結果，但岡崎雄太教授問我：「你知道二〇〇八年北京奧運會和一九六四年東京奧運會召開時，哪個城市污染更嚴重嗎？是東京。」當時日本的報紙以一個城鎮冒出了五顏六色的煙而感到驕傲，認為越多顏色的煙越能證明生產力的旺盛與經濟的繁榮。「四大公害」就是在那樣一個狂飆突進的年代發生的。

岡崎在日本環境省[36]工作時，替政府當了許多年被告。因為化工廠排放污染了水裏的魚，老百姓吃了魚造成了不可逆轉的損害，污染地包括我們熟悉的大米產地新潟。他負責修改環境政策，環境污染官司打起來耗時費力，十幾年是常有的，等到補償金發下，大部份受害者已經離開了人世。就在我們採訪的前幾天，岡崎還去看了公害受害者紀念碑。他目前在上智大學從事環境學研究，按照協議兩年之後依然要返回環境省工作。岡崎說，直到七八年前，日本的環境訴訟案才全部結束。

日本人和自然之間的關係是矛盾的。一方面日本人易於察覺季節的更替，常舉行典禮慶祝那易逝的美。也因為大自然彷彿對他們懷有潛在的敵意，經常發生海嘯和地震。另一方面他們追求利益，破壞環境。很多我們看到的乾淨和漂亮，是日本前四十年裏通過巨大的代價換取的。日本街頭很少有垃圾箱，住在民宿的第一件事是學會垃圾分類，有時候因為無法處理生鮮垃圾，日本人不得不購買存放垃圾的冰箱。曾經為了生產犧牲環境和小地方的利益，到現在出台了十項越來越嚴格的環境法規。人們也常常抱怨。「曾經環境省在日本政府系統中是大家都不喜歡的。」岡崎坦陳。日本的中央政府中環境公務員大約有二千人，地方則有數十萬人。即使是一家人在村鎮裏買地建房子，也要規劃出圖紙，從外立面顏色、建築風格到可能造成的污染都有專人負責調解。四十年前日本也有大大小小的化工廠，每年 GDP 增長超過百分之十。很快老百姓開始了抗議活動和遊行。「地方政府的領導靠老百姓選舉，這個制度使領導人開始執行環境政策。」岡崎介紹道。

人是自然的，還是反自然的，東山魁夷[37]認為這是東西方哲學的分水嶺。鈴木大拙對於日本人

36 日本環境省，日本政府中央省廳之一，負責自然環境的保護及整備。
37 東山魁夷（一九〇八—一九九九），原名新吉，畫號魁夷。日本風景畫家、散文家。

「依賴」自然的心理都是溢美之詞。他認為這是日本人包容萬物的根源。人對自然的依賴性，在日本人看來是順理成章的。

日本人宣稱自己喜歡海洋裏所有的魚，但在急於實現社會經濟高速發展的功利動機驅使下，壓力更以制度性的權力方式，威脅着日本的價值重建。大概四五十年前，日本的暴發戶也喜歡購買奢華的音響、高級車和裝飾用的詞典。比起這些，更重要的是文化傳統累積在日常生活中的思考和感性被淡化了。日本人的精神世界在前幾十年的高速發展中被擠壓，失去了詩意。

日本經濟下行的二十年裏，日本人開始對現代社會問題進行自己最擅長的生活方式上的良性調試。二十世紀七十年代開始，鹽野米松這樣的少數分子，對高速發展產生了厭倦感。他們不再以金錢為目標，不再拚命加班，開始遠足，去世界各地旅行。鹽野米松八十年代到中國來旅行，看到迪廳（的士高，Disco）裏的年輕人舞姿拘謹但精神興奮，大家穿自己最好的衣服來跳舞，有人居然穿着雨衣。他記得最早到平遙旅行，古城的大街上還有豬和雞。儘管當時的日本拚命地發展工業並且以驚人的速度極快地實現了現代化，然而日本人的內心卻產生了孤獨感。

東京奧運會以後，日本人開始更多地到國外去旅行。七八十年代的法國香榭麗舍大道上，日本客人是奢侈品的大買家。現在站在東京或京都街頭，很少看到名牌加身的人。偶爾才能看到拎着大LV檔袋的老人，戴巴拿馬呢帽，穿着灰黑和服，在電車站裏排着隊。據説日本年輕學生也越來越不喜歡前往海外留學，而是傾向於學校和大公司之間的直升通道。

日本人讚賞陶淵明式的淡然放曠，博物館裏手抄《長恨歌》的書法卷軸上寫着玄宗與楊玉環的夜半私語，是人間愛情的至美。背負「憂樂觀」的中國人熱愛思考家國命題，而日本人的價值觀是自己的。在審美方面，從早期經濟發展時代的追逐名牌，到近二三十年，不僅放棄了高昂的價格，也放棄了大眾的意見。東京街頭經常可以看到奇裝異服的男女，不分年紀大小，風格也很難定義。

日本人生活中的審美傾向不是明白顯現的，而是一種不可言說的，人與人之間的感情媒介。「我去已經結婚的女兒家做客，女兒拿出平時不用的名家製作的好碗給我。我不會說謝謝，但是我會和她討論名家的優點和風格，各自又都買了哪些好東西。」鹽野米松是日本手藝的當代整理者。他花費三十年採訪整理，寫作的《留住手藝》在日本以及中國都引起了強烈的反響。他說：「我去你家，你拿出了一個好杯子給我喝水，甚麼也不用說，我就既明白了你的品位，又接受了你的心意。下次你去我家，我也會把特意為你準備的好東西拿出來。」一切發生在不能講出口的時刻。這個時刻代表了一種「我與你與美」之間的一體感。但先決條件是，對方要理解並接受自己的要求。在這樣一個看似簡單的行為裏，是日本人把享受美的人和對象融為一體的快樂體驗。

宮大工

小川三夫渾身透着一種威嚴又和藹的感覺。「邂逅」是一位他修復的寺院的和尚寫給他的字，掛在辦公室牆正中。這間地處栃木縣山腳下的鵤工舍（小川三夫成立的工匠團體），看起來有條不紊，每個人都穿着乾淨結實的工作服，領口繫着白毛巾。小川的手非常細嫩，銀白色的頭髮一絲不苟，眼神銳利，不像木匠，和他的好友北野武倒是很有相似之處。在日本，製造宮殿寺院的首領叫「棟樑」，小川因為修復法隆寺、藥師寺等國寶建築，並為法輪寺建造了三重塔而得到日本社會的信賴。

我看他調整工具的手法極輕柔，只需輕輕一動，就刨出一片薄如蟬翼的刨花，幾乎透明，帶着木頭的清香。在明治維新之後，把「宮大工」和「寺大匠」[38]做了統一名稱規劃。但實際上，兩者技術來源不同。奈良寺院完全師法中國唐代木制建築，因此法隆寺的柱基是石墩穿鑿進地面。神宮御所是純日式構造，柱子是直接夯進土裏的。但兩者都是以檜木為主材的。我以為楠木是最好的，但小川說，楠木砍伐後的穩固週期短於檜木，檜木成材利用後能在一千年裏保持平穩的水平，但一過千年，則品質驟降。他還堅持着造一座廟就用同一座山上的樹這樣傳統的方法。在一張照片裏我看他造出的屋簷極為平滑順暢，又有一點生機，覺得漂亮，小川很高興，告訴我說「這是一隻振翅欲飛的大鳥」。那個弧度是往下按一點點，然後馬上要向上彈的勢頭。

小川在師傅手下學了八年基本功，突然有一天師傅把與法隆寺同時代的法輪寺的造塔工程交到了他一個人手裏。「我想的是，一千三百年前，法隆寺的五重塔是甚麼樣子。一座原址重修的新塔，要和一千三百歲的塔看起來一樣，再過一千年，還要看起來一樣。」「小川學藝的前十年都在學習古代宮大工需要的技術，一直到今天，他覺得才剛剛領會了一點古代匠人的意識和智慧。十八歲時小川到奈良法隆寺修學旅行，被法隆寺深深感動，他找到法隆寺的宮大工西岡。當時西岡正在靠變賣土地養活家人，他已經讓兩個兒子不要繼承家業，因為寺院的棟樑地位太高，不能接民宅的活兒，那會被認為沒面子，然而只修寺院又吃不飽飯。

小川去了三次，西岡都沒有接受。到第四次，終於被納入師門，然而從那天開始，他就過起

38 在日本，宮大工指的是對成為國寶、重要文化遺產的古建築進行修理，或有寺院建設工程專業技術的工人。其中技藝高超的匠人又被稱為寺大匠。

苦行僧的日子，沒有看過報紙，沒有交過朋友，連愛人也是相親認識的。三年之內，老師甚麼也不說，只給他一片刨花。我問他後不後悔青春歲月都在刨木頭，他說自己當時的同學都進了商社，掙錢比自己多，生活也很快樂自由，但現在自己卻還能繼續輕鬆地工作，同學們卻早就退休了。「想做宮大工，也想吃飽飯」，這就是小川的簡單願望。他的徒弟們和他一起生活，一起吃飯，領微薄的薪水，以一種家庭的方式生活、工作在一起。即使只看到他的背影，大家也都很安心。小川的徒弟們沒有週末出去玩的，都在自覺工作。

艱苦和清貧伴隨着宮大工的青春，我以為他一定有非常幸福的時刻，能夠在精神上自給自足，沒想到小川說：「用幾年時間完成一座塔的修復，拆掉外面腳手架的一刻，我內心感到很寂寞。我再不能為這座塔做些甚麼了，只能讓它自己去經受千年的風霜。」

小川說：「幹我們這個工作不能有聰明人。」徒弟們各有本事，但都更像是教徒，不管多大年紀，都眼神清亮、神情專注，沒有一點戾氣。鹽野米松說自己幾次和中國的工藝美院的學生們座談，問大家怎麼看待「匠」這個字，同學們都認為是穿得破破爛爛、沒甚麼錢的低賤工作。大學生們更喜歡「設計」這個詞，自己畫圖，讓別人來做。鹽野米松說：「匠，在日語裏是有技術和有心的。」拿職業手藝人來說，從手藝人到「名人」（めいじん，專家、能手之意）是一個台階，大家會認為名人是有一定的水準了。但是要升為匠人，沒有經過長時間技術和心的雙重磨煉，是達不到的。比如兩把日本刀，一把看起來很可怕，用起來很好用，另一把看起來很平常，用起來也很好用；那把可怕的就是名人做的，匠人不會做出那麼讓人害怕的東西。當時正在舉辦的「三宅一生的工作」大展，重要主題就是「匠」。褶皺的做法，一塊布的變化，與日本傳統手工藝之間的聯繫非常緊密。

日本的手藝人雖多，自稱「匠」的卻很少。「匠代表了一種境界，所以我們喜歡給新生兒取名叫『匠』，給公司取名叫『匠』，人們看到『匠』字，有一種天然的安心和信賴感。」鹽野米松說。名人也好，匠也好，國寶也好，收入卻都是差不多的，並不會因受到追捧而身價暴漲。日本的「國寶」非常多，「人間國寶」，也就是工藝美術大師也很多，甄選規則非常嚴格。但「國寶」也不能大量生產，因此依然不是獲得財富的手段。工匠的滿足感不是錢帶來的，而是名譽和面子。據說有人為了面子，故意用高級材料虧本做好東西。匠人的驕傲，使這部份人可以稍稍偏離市場規律，在得不償失的情況下努力工作。在經濟不景氣的二十年裏，日本興起的各種小店，尤其是手沖咖啡和甜品店，在這樣的精神的支持下，屢獲世界級大獎。鹽野米松說，造瓦的人在造每一片瓦時，最關鍵的就是向上抹的最後一下。因為每一片瓦都有一個翹起的弧度，因此這最後一下，決定了千片瓦一起依附於屋頂時的姿態。在日本，老百姓也懂得欣賞生活中點滴的細節之美。而工匠受到這樣的刺激，追求美也變得理所當然。

東京奧運會以後的飛速發展，使日本人產生了疲憊的心理。二十世紀九十年代以來日本喪失了亞洲第一強國的自信。然而在這些生活的細小領域中，他們努力發揮國民性，「一生懸命」「一滴入魂」。中國現在對日本審美的喜好和熱衷也在升溫。鹽野米松說：「中國的美好像蓮子裏的芯，非得被嗑、被切才能顯現出來。」也許欣賞日本的生活美學就是一種外力吧。

印象日本：中國人的最初記憶

一個世紀前，中國前往日本東京的留學生們用細膩的筆觸留下了對近代日本的觀察記錄。一個世紀後，我跟隨他們當年的足跡走在東京的大街小巷，發現在變換的城市景觀下，昨日風物依然有跡可循。

文：丘濂、劉暢

初到東京：住宅的感觸

四席半一室面積才八十一方尺，比維摩斗室還小十分之二，四壁蕭然，下宿只供給一副茶具，自己買一張小几放在窗下，再有兩三個坐褥，便可安住。坐在几前讀書寫字，前後左右凡有空地，都可安放書卷紙張，等於一大書桌，客來遍地可坐，容六七人不算擁擠，倦時隨便臥倒，不必另備沙發，深夜從壁櫥取被褥攤開，又便即正式睡覺了。

——周作人〈日本的衣食住〉

經過三個多小時，飛機在一片細雨中降落，窗外已經是東京了。身邊都是黑頭髮黃皮膚的人，機場的標示牌即使看日文也能明白一二，並沒有太多在異鄉的感覺。直到去了趟洗手間，聽到「音姬」發出的潺潺水聲，才提醒我這是日本——一個以各種人性化細節著稱、熟悉卻也陌生的國度。「音姬」是個電子按鈕，用以遮掩使用衛生間時不雅的聲音。日本的衛生間還有不少巧妙的設計，比如帶有溫度的馬桶圈，以及將洗手水收集起來再來沖馬桶的水利用裝置。如今很多來到日本的外國人正是從獨特的衛生間文化，開始認識這個國家的。

一個世紀之前，中國留學生都是乘船前往日本，他們在船上便開始打量它了。一九一三年，郁達夫從上海楊樹浦的碼頭出發，一路觀看「偉大的海中落日」和「天幕上的秋星」，由日本海進入瀨戶內海，在第一站長崎停泊之後又繼續前進。「日本藝術的清淡多趣，日本民族的刻苦耐勞，就是從這一路上的風景，以及四月海邊的果園墾殖地看來，也大致可以明白。」他在自傳中寫道。郁達夫的船在神戶靠岸，他又改乘火車經過大阪、京都和名古屋，「且玩且行」，最後到達東京。

中國留學生多聚集在東京的文京區。這裏在江戶時代曾經有大量的武家領地，進入明治時代後，原有的幕府統治結束，廣大的武家宅邸遺址大部份轉為教育機構和軍事設施使用。一八七七年，東京大學在加賀前田氏的領地遺址上設立，四周集結了大量的出版社等文化機構，坪內逍遙、森鷗外、夏目漱石、樋口一葉等著名文人也在附近居住，文京區遂逐漸發展成東京的文教區。比郁達夫早到東京七年的周作人便和哥哥周樹人一同住在這片區域，具體位置在文京區的本鄉湯島二丁目的伏見館，是一處專供學生租住的三層木結構集體宿舍，稱作「下宿」。

進入到日常生活中，周作人馬上注意到了日本與中國的諸多差異。樂於記錄周遭事物的習慣，也和他當時去日本留學的想法有關：其他學生去日本留學是因為日本明治維新取得了成功，他們想要看看日本是如何善於吸收西方文化的，但是周作人的想法是日本先學德國，又學美國，倒是要看看它本來固有的面目對理解這個國家是否更為重要。在湯島的下宿，周作人對第一個遇見的人——女工乾榮子念念不忘，因為她赤着雙腳在房間裏走動，和中國女子纏足的風俗截然不同，從而得出了日本人在生活上「愛好天然，崇尚簡素」的印象，這種描述也貫穿了他對日本文化觀察的始終。

對於住宅的感想同樣如此。周作人在留學生活回憶中談到周圍同學對於「和室」風格的不適應：「住在下宿裏要用桌椅，有人買不起臥床，至於爬上壁櫥去睡覺。」但他卻能夠對這種「和室」住宅安之若素：「我喜歡的還是那房子的簡素適用，特別便於簡易生活。」鋪有榻榻米的房間以草蓆的塊數來論大小，「學生所居以四席半居多」；「戶窗取明者用格子糊以薄紙，名曰障子，可稱紙窗，其他則兩面裱糊暗色厚紙，用以間隔」。四席半的房間不過七平方米左右，「四壁蕭然，下宿只供給一副茶具，自己買一張小几放在窗下，再有兩三個坐褥，便可安住」。說起同時代那些中國公寓，周作人形容它們「板床桌椅箱架之外無多餘地，令人感到侷促，無安閒之趣」。而在其留學生涯中，周作人曾到日本的鄉間旅行，「坐在旅館樸素的一室內憑窗看山，或者浴衣躺蓆上，要一壺茶來吃」，就更加愜意了。

將行李放到住處後不久，我就去了當年留學生聚居的本鄉。這裏大部份是由三四層小型獨棟別墅或者公寓樓構成的住宅區，在週末的午後非常靜謐，能聽見微風拂過耳邊的聲音。很難想像當時這片區域都是木結構房屋的情景了。一九二三年的關東大地震引發的大火和第二次世界大戰期間的東京轟炸對城中的建築造成了毀滅式的破壞，唯一能夠與周作人的文字對上號的大概是「湯島聖堂」，其實是一處安放孔子塑像的孔廟。周作人說他平時出門無論去本鄉三丁目，或者去御茶水，又或是前往日本橋，都要經過它，也感慨過孔子對於東亞社會影響之大。湯島聖堂在地震中也有所毀壞，只剩下入德門和水屋兩座建築，今天看到的用來祭祀孔子的大成殿，也是後來重建的。

能夠讓人看到當年和式建築的模樣的地方，是一個叫作「明治村」的戶外建築博物館。它位於距離東京二百多公里的名古屋鄉下一片開闊的山間，集中了一批從全國收集的修建於明治時代、在災難與戰火中倖存下來的歷史文化建築供人參觀。其中一座木屋平移自東京文京區的本鄉，是文學家森歐外和夏目漱石都曾經租住過的故居。周氏兄弟後來從本鄉湯島搬家到本鄉西片町的房子，夏目漱石之前也在同一住宅待過。雖然那處房子和移到「明治村」中收集的並不是同一個，但建造於同一時代，多少會有相似之處。

這處夏目漱石寫下《我是貓》的和式住宅，具有日式傳統住宅必備的幾個元素：榻榻米、用來分隔房間的障子（隔扇），以及玄關。障子全部都拉開後，整個房屋就變得空曠通透起來，山間的風景一覽無餘。同時障子用紙張來糊製，還有保溫、調節濕度，以及讓日光溫柔擴散的功能。蕭紅剛到日本時，給蕭軍寫信，說「你一定看到這樣的蓆子就要先在上面打一個滾」，寫的是房間裏那種空空蕩蕩的感覺；夏丏尊留學日本期間，專門寫了一篇文章叫作《日本的障子》，說：「（有了障子，）陽光射到室內，燈光映到室外，都柔和可愛。至於那剪影似的輪廓鮮明的人影，更饒有情趣。」這也讓我想起谷崎潤一郎的《陰翳禮讚》，談論日本文化中那些昏暗幽深的事物所帶來的獨特美感：「我站在書齋的障子門前，置身於微茫的明光之中，竟然忘記了時間的推移。」

東京最早的鋼筋混凝土住宅於二十世紀二十年代初出現在文京區的御茶水一帶，是提供給外國人和本地時髦人士居住的「文化公寓」。二戰結束之後，鋼筋混凝土的建築逐漸席捲了全城，取代了原來的木結構房屋。但在今天現代化公寓樓的內部，仍然有和式風格的設計。在文京區閒逛，當地朋友說，和洋結合的房屋設計是大多數家庭的選擇。在家庭住房中最重要的一間房子是朝南連接着陽台式庭院的房間，它往往被設計成「和室」，人們在榻榻米上席地而坐，通過落地長窗最大限度地享受戶外景致；這種現象在六本木或者港區那種具有豪華西式公寓的地段顯得尤其突出，它說明一個鋼混結構的現代空間中，核心要素依然是和式的。而障子依然是隔斷房屋空間的理想應用，不僅在家庭當中，餐館裏用作大廳和包間的分隔也很常見。

就在我住的酒店裏，一切都是西式的陳設和佈置，僅僅七八平方米的面積，進門的時候卻有一個明確的「玄關」區域，提示客人需要脱下鞋子再進入室內。這其實是木結構建築時代留下來的習慣——日本作為島國，濕氣較重，將水汽帶入室內會損壞木建築，所以在門口都設有「玄關」，甚至去採訪時進到辦公室前也須得在玄關處換拖鞋。一百年前，在周作人看來，赤着雙腳意味着某種純樸自然的天性，今天在我看來，玄關卻是一個輕易瓦解嚴肅氣氛的場合，因為將鞋子脱掉似乎是回家才會有的行為，意味着家居和放鬆。

東京街景：傳統與現代之間

> 我們在日本的感覺，一半是異域，一半卻是古昔，而這古昔乃是健全地活在異域的。
>
> ——周作人〈日本的衣食住〉

關於日本文化的描述，經常是用一連串相互矛盾的形容詞來說明它多元融合的特點，比如傳統又現代，保守又開放，繁榮又質樸。剛到東京，由對住宅的觀察開始，繼而是在城中漫步時，被它既傳統又現代的面貌吸引。

打動周作人的是他在東京所見的傳統一面。這一方面是他在東京看到了中國消失的古風——街上招牌的某文句或者某字體讓他流連。「不單是唐朝書法的傳統沒有斷絕，還因為做筆的技術也未變更，不像中國看中翰林的楷法，所以筆也做成那種適宜書寫白褶紙的東西了。」另一方面是他接觸、感受了江戶時代的民俗藝術之美後，擔心日本在西化過程中失掉民族文化的本色。

周作人在〈日本的衣食住〉等一系列寫於二十世紀三十年代之後的文章中，多次引用同時代日本作家永井荷風關於浮世繪藝術的評論：「我愛浮世繪，苦海十年，為親賣身的遊女的繪姿使我泣，憑倚竹窗，茫然看着流水的藝伎的姿態使我喜，賣宵夜麵的紙燈，寂寞地停留着的河邊的夜景使我醉……」周作人之所以引用這番話，和他當時的研究興趣有關。他已經從激流勇進的新文學潮流中退出，埋首於中國傳統之中，喜歡尋找那些幽深、冷僻的典籍，用現代的眼光去重新詮釋。對於日本江戶時代的藝術，他也有同樣鍾情的態度。

周作人留學的一九〇六至一九一一年，日本正處於明治年代，他隱而未寫的是一個在西化政策下發生巨大變化的日本社會。我在「明治村」中看到的情景，一定程度上還原了日本明治時期的社會景象：園子裏多數的建築都具有西洋風格——江戶時代房子的建造嚴格按照身份尊卑，明治政府破除了等級制度，房屋樣式也就豐富起來。其中比較有名的比如東京帝國飯店，是美國設計師賴特（Frank Lloyd Wright）做的設計，一九六八年面臨拆毀時將入口部份挪到「明治村」來保留，並復建了其他部份。「明治村」中還有一處建築非常有趣，是一家移自神戶的「大井牛肉店」，有着希臘科林斯式立柱和拱窗做裝飾。這家店一八八七年在神戶開業，為停泊在港口的外國船隻供應牛肉，一九六八年因為當地要修地下鐵而拆除，將建築移到「明治村」後，售賣牛肉「壽喜鍋」來讓遊客體驗。這並不是純粹為了做生意——受到神道教和佛教影響，明治維新之前的日本人幾乎只有在生病進補時才會吃牛肉，明治天皇卻帶頭喝牛奶、吃牛肉，以示文明之開化。用醬油、砂糖和味醂來做調料的牛肉壽喜鍋就是這時發明的。

比周作人晚一些到達日本的中國人對日本西化的一面留下了記錄。這和日本在明治時代的積累之後，進入大正時代的繁榮穩定有關，東京成為讓人目眩神迷的東方大都會。此時到達日本的留學生寫得最多的東京地標有兩處——銀座和淺草，這和今天中國遊客最愛光顧的區域沒有區別。一九二一年，郭沫若從上海去東京，田漢約他去銀座的咖啡館商議刊物的籌備，郭沫若描述銀座「有交響曲般的混成酒，有混成酒般的交響曲……那兒是色香聲聞味觸的混成世界」。那時銀座有夜市，在中國留學生中間有着去銀座散步的風氣。茅盾就寫銀座一邊有高貴的咖啡廳和舞廳，一邊是攤販高聲叫賣。另一位同時期的日本留學生黃慧在〈洋化的東京〉一文中有她對銀座街頭的觀察：「我們隨時都能看到很少不是穿洋服的人……廚川白村在《北美印象記》裏說過，男女並肩走是北美人，女人略前男人略後是法蘭西人，男人略前女人略後是英吉利人，女人在後男人在前是日本人。現在在東京，也容易看到北美式的、法蘭西式的、英吉利式的日本青年男女了。」畫家豐子愷則在回憶中自嘲，大部份時間都泡在淺草的歌劇館、上野的圖書館、東京的博物館、神田的舊書店和銀座的夜攤兒了。

銀座是東京近代商業發展的起點。東京的前身是德川幕府時代的江戶，它並沒有經過嚴格的規劃。以當時的幕府、後來皇居的所在地為界分成兩部份，以西的地形偏高，是將軍大名的宅邸所在，叫作「山手」（山の手）；以東的地勢低窪，是工商業者、手工藝人和一般百姓居住的地方，叫作「下町」。今天的東京市內軌道交通JR（日本鐵路）山手線，基本就是沿着山手和下町的交界線來修建的。銀座得名於一六一二年所開的銀幣鑄造所。從京都遷到新都城東京來的明治天皇選擇率先在這裏建造西式建築有這樣兩個原因：一是這裏有全國第一條鐵路的終點站新橋，從橫濱坐火車來到都城的西方人下車之後對東京的第一印象就是這裏，另外旁邊的築地也有外國人的居住地，銀座就成了對外展示日本風貌的視窗；另外一個原因是一八七二年發生了一場大火，把銀座的下町民居燒成了灰燼，這裏成為可以重新規劃建設的一張白紙。火災之後，政府請來了愛爾蘭設計師湯瑪斯·沃特斯（Thomas Waters）設計了一條模仿英國攝政街的購物街，這成為銀座購物街區的雛形。由於很早就有現代規劃思路介入，今天銀座的街道有如棋盤一般規整，從北往南依次是一丁目到八丁目，中間有一條中央大道貫穿。這種整齊的街道走向在「有如狂人做的拼湊手工般」的東京非常難得。銀座原本是東京灣內的一座獨立小島，後來因為填海已經和陸地相連，但這片區域獨特的格局和氛圍，仍然讓人感到它就像東京無邊無際大海中一顆發亮的珍珠。

淺草則走在了日本近代娛樂業發展的前沿。淺草在江戶時代就是一片人口密集嘈雜的下町，尤其是在淺草寺西面的「奧山」區域，聚集有眾多的雜耍棚和街頭賣藝人。明治十五年（一八八二年），日本政府根據這一地區本身的特點開始了淺草公園的改建工程，將淺草寺西南面的廣場填平，建造了新的街區，專門作為演出遊樂的「第六區」。從此不僅將「奧山」的傳統雜耍曲藝遷了過來，這裏還引入了近代化的遊樂設施。明治二十年（一八八七年）後，從高處遠眺美景的富

東京澀谷附近的繁華街道

士山縱覽場、日本全景館、大觀覽車等遊樂專案紛紛出現，其中十二層的觀景塔凌雲閣更是把遠眺觀景的樂趣發揮到極致。日本最早的電影院就出現在六區的「電氣館」，到了明治四十年（一九〇七年）前後，已經有統計表明來看電影的觀眾超過了欣賞傳統曲藝的觀眾數量。

不過，今天當我在銀座或者淺草散步時，這兩個在東京最早開啟近代化步伐的地方，讓我感受到的卻是傳統綿延的力量。銀座不僅是國際奢侈品牌的匯聚地，也集合有東京本地百年以上的老店。比如歷史可以追溯到三百年前的江戶時代、從售賣吳服（和服）起家的三越百貨商店；一六六三年創立的以售賣和紙、專供皇家御用的線香和文房四寶為主的鳩居堂——它的名字頗值得玩味，由《詩經》「鳩佔鵲巢」典故而來，謙指本店顧客（鵲）才是真正的主人。在這裏，不僅已經擴大經營、全國連鎖的老字號大小有着一席之地，連只此一家、別無分號的小店也可以在這裏共處。周作人曾經在〈北京的茶食〉裏懷念了一番他在東京時吃到的「空也」這家店的點心：「吃起來餡和糖及果實渾然融合，在舌頭上分不出各自的味來。」我在銀座的街上便找到了這家門面極小的店。它只做一盒一盒點心的外賣，沒有堂食。要不是提前五天預訂，我也沒有運氣能夠嚐到它最有名氣的點心「最中」。那是用糯米粉烘製成的薄皮，中間夾着北海道紅小豆和白雙糖在一起磨成的餡料，夏目漱石在小說《我是貓》中也多次提到。看得出來，這家一八八四年開張的小店，一直以謙遜平和以及精益求精的態度在經營，以保證穩定的品質。我猜想，我所嚐到的清雅甘甜的滋味，應該和周作人當年吃到的沒有區別吧。

而淺草一帶，並沒有按照當年的路數發展下去，那裏現在成了江戶時代下町文化的保存和體驗區。周作人當年所感嘆過的浮世繪，在這裏就可以親自感受從木板雕刻到印刷的製作過程，教授最多的作品便是江戶末期畫家葛飾北齋的《神奈川沖浪裏》和《凱風快晴》（又名《赤富士》）。在日本擁有最多浮世繪收藏的東京太田紀念美術館，館員田野原健說，浮世繪與其說是一種藝術，不如說是江戶時代的民情寫照，是當時人們日常生活的一部份。十九世紀中期，歐洲由日本進口茶葉，茶葉的包裝紙上印有浮世繪版畫圖案，這引起歐洲人濃厚的興趣，尤其印象派畫家對此大為讚賞。浮世繪在歐洲的轟動再傳回日本，也讓本國人重新打量浮世繪的價值，因為它原來不過是供人觀賞消遣、可以無限複製印刷的圖畫，有的甚至技法粗糙。「今天，日本的當代藝術家創作時，也經常會加入浮世繪元素，這讓他們的作品在國際上有了獨特的身份標識。」田野原健說。那些傳統曲藝在淺草也沒有絕跡。周作人曾經對欣賞「落語」情有獨鍾，他本人就經常去本鄉西片町街盡頭的鈴木亭欣賞，認為其中蘊含的幽默是對當時充滿禮教色彩的中國文藝的一種啟發。我在淺草附近的一個表演場欣賞了一場「落語」，台上的人跪坐在墊子上如同單口相聲般地講着段子。它的視覺

如今東京淺草一帶是下町文化的體驗區。于楚眾攝。

效果看上去非常單一，但台下有不少日本年輕人，他們很是享受這純粹的語言藝術。

如此看來，當年周作人所擔心的事情並沒有發生，其中一個解釋是日本在經歷了明治初期短暫的全盤西化階段後，明治中晚期國粹主義便興起，一種「和洋折中」的觀念佔據了主導地位。這也和日本文化的形成和發展模式有關——它善於從自身文化核心的發展需要出發，將引進的文化改造成相似而不同的日本文化。傳統與現代並存的現象從明治維新開始就存在着，傳統依然沒有被湮沒。二十世紀七十年代，《亞洲史》的撰寫者、美國人羅茲．墨菲（Murphey Rhoads）曾經這樣描寫東京的街景：「許多小房屋都保留着一塊大小如桌面的微型日本花園……攤販用傳統聲調叫賣紅薯、板栗和烤肉串……大批身着和服的敬神者擁擠在按傳統重建的寺廟……人們選購傳統的和現代的貨品：茶和啤酒，漆器和塑膠，軸畫和連環畫雜誌。東京既充滿日本情調，又高度西方化。極少人為這種雙重色彩感到不安，日本人的民族以及文化身份安詳地漂浮在兩者之上。」四十多年又過去了，這段描寫依然恰當。

春在東京：與櫻花有關的一切

下午同友人至上野看櫻花，花盛開，艷麗香酣，頗足悅目快心，遊女如雲，有散步者，有坐矮椅上品茶者，更有種種遊戲點綴其間，雅俗共賞。聞櫻花為日本之特產，他國無之，花肥葉茂，名亦不一，最美觀者，名八重櫻，花片重疊如堆錦，燦爛奪目，日人尤心醉之。

——黃尊三《留學日記》

在這個時節到達東京，大概沒有甚麼比日本人對櫻花的熱衷，更讓人印象深刻的了。來東京不久，我便去了上野公園。因為魯迅那句「上野的櫻花爛漫的時節，望去確也像緋紅的輕雲」，這裏是對中國人來講最熟悉的賞櫻勝地。時間未到，只有一兩棵櫻樹開出花來，卻已經有日本人早早坐在樹下劃定的野餐區域內吃喝談笑。路上經過的果子店、麵包店紛紛推出了標明「時令限定」的櫻餅、櫻果凍，或者各種櫻花餡料的麵包；百貨商店的櫥窗裏換上了櫻花色的春裝，各種櫻花圖案的餐具、酒具也陳列出來了；走進地鐵，JR公司的櫻花廣告告訴你它的列車能把你帶到哪個著名或隱秘的賞櫻勝地。

與櫻花有關的消費文化是近年才有的事情，多年前來到日本的留學生們看到的更多是和櫻花相關的美景與人情。一九二七年赴日學習美術的倪貽德在散文〈櫻花〉裏記述了他在東京飛鳥山的所見：「（日本的櫻花）是隨處都繁生着的。在神社的門前，在冷僻的街道旁，都有她的芳蹤麗影，淡紅而帶有微綠的花朵，迎着春風，在向着路人輕顰淺笑。東京一隅，櫻花產生最多的，以上野和飛鳥山最為著名。那兒植着萬千的櫻木，花開的時候，遠望過去，就像一片淡紅色的花之海……他

櫻花開放之時，日本民眾都會和親友在樹下野餐聚會。

們大抵在花下席地而坐。三五個人一個團體，男女互相依傍着，調笑着。有的在舉着巨杯痛飲，有的在高唱着不知名的和歌。他們好像完全忘記了頭上的櫻花，不過是藉此佳節謀一次痛快的歡醉，以安慰一年來勞苦的工作的樣子。」郁達夫也在〈日本的文化生活〉中這樣描繪：「春過彼岸，櫻花開作紅雲，京都的嵐山、丸山，東京的飛鳥、上野以及吉野等處，全國的津津曲曲，道路上差不多全是遊春的男女。『家家扶得醉人歸』的春社之詩，彷彿是為日本人而詠的樣子。而祇園的夜櫻與都踴，更可以使人魂銷魄蕩，把一春的塵土，刷落得點滴無餘。」

魯迅在〈藤野先生〉裏說得沒錯，在號稱「櫻花王國」的日本，「東京也無非是這樣」。櫻是薔薇科的落葉喬木，適合生長在溫暖濕潤地帶，日本的地理位置和氣候條件特別適宜櫻樹生長，櫻花遍佈日本全境。櫻花可劃分為野生種及園藝種，生長在山野裏的是「山櫻」，樹齡長，樹幹高大剛勁，有的高達一二十米，花多為單瓣，分為山櫻和彼岸櫻兩個系；栽在庭院中的是「裏櫻」，是經過人工長期培育的園藝品種，種類繁多，色彩艷麗，花形各異，花的顏色有雪白、淡紅、深紅、紫紅、黃綠等多種。花瓣有單瓣，也有重瓣的，一朵櫻花少的只有五六片花瓣，多的則可以多到上百片，可分為裏櫻、染井吉野櫻、早櫻三個系。根據人工對櫻花生長的干預，櫻花的發展史可分為四個時期：上古奈良時代是野生種觀賞時代，中古的平安時代是種植時代，近古的江戶時代是品種形成時代，近世的明治、大正時代是科學研究時代。隨着時間的推移，通過嫁接、壓條、扦插等方法，園藝變種和品種的數量不斷增加。

總的説來，經過人工手段的繁育，日本現今的櫻花有二百多種，佔全世界的四成以上，比較名貴的品種有寒櫻、河津櫻、雨情枝垂櫻、染井吉野櫻、大島櫻、寒緋櫻、雛菊櫻，及一系列八重櫻等。其中最常見的是染井吉野櫻，約佔日本櫻花數量之八成，花色為粉紅色，花瓣五片。而最為奇秀的是枝垂櫻。枝垂櫻又名「瀑布櫻花」，花色為淡粉紅色，在盛開時遠看像白色，舞動着垂柳一般的纖細枝條，枝上萬花競放，猶如垂下的粉紅瀑布。九鬼周造曾在〈祇園的枝垂櫻〉中讚嘆「瀑布櫻花」令人心神蕩漾的美：「此處能遙望到春日雲空蒼青，東山橫翠葱葱，恍若能聽到綠意氤氳，似水鈴交響，潤濕新泥。在其稍高的山岑處，枝垂櫻靜佇一側，姿態流麗，待日暮仄，夜氣蔓延，雲空窈深，紺碧澄清，山色隱約，煙紫淡淡。枝垂櫻儘管周身沐浴在現代照明燈光之下，其妖艷靈眇之姿依然叫人懷疑是否此刻已然渡過人間夢浮橋，踏入了幽世。雲光石燈照櫻色，叫人親眼看到了何謂真正的美之神祇。」

櫻花開放的時間，在日本是南北不同的。在溫暖的沖繩，早在頭年的十一月就開始開花了，到比較寒冷的北海道，要在五至六月才開花，但多數地方在春光明媚的四月間開放。一年一度的櫻花開放，盛開的時間卻很短暫，只有七到十天。

在古代，櫻花的開放便意味着農耕時節的來臨，這一週左右的花期自起始時就非常重要。山櫻花開，農民就開始播種、插秧，因而這種山櫻被稱為「播種櫻」「翻田櫻」或「插秧櫻」。近代以來，櫻花開放的預告被稱作「櫻前線」，用來為全國依次而來的賞櫻、遊覽活動做準備。一九二九年，茅盾在〈櫻花〉中曾記述：「終於暖的春又來了。報紙上已有『嵐山觀花』的廣告，馬路上電車站旁每見有市外電車的彩繪看板，也是以觀花為號召。」一九五五年以後，對櫻花開放的預測日益精準，日本各地建起觀測所，在距離各觀測所四百米以內確定三株標準樹，其中五輪開花時就可作出開花宣言。這種準確的預測在二十世紀六十年代見諸報端。而現在，日本電視台的天氣預報中會對櫻樹開花時間進行預報，第一次預報是三月第一週的星期二之後，每個星期二進行日期修正，一直持續到四月的第四週。每天打開電視，都可以看到時不時冒出來的櫻花開花資訊，手機的應用軟體也非常智慧地提示各大賞櫻勝地花開了幾分。

賞櫻是日本從平安時代開始的審美活動，最初為宮中舉行的「櫻花宴」，那時只是貴族階層的娛樂風尚。洛中和洛外（此處「洛」指京都）的寺廟神社、貴族的府邸、京都外群山中的山櫻開放時，觀賞它們的貴族一定會在那裏競相吟詠漢詩與和歌。這種宮慶花宴變成賞花活動且影響到普通的日本人，是從一五九四年豐臣秀吉在吉野的賞花活動開始的。這個武家貴族將花宴這一宮廷活動廣泛滲透至庶民階層中，使之普及成了民間活動。此後，上野忍岡和隅田川河畔也成為新的賞櫻的「名所」，並作為江戶庶民春天的遊覽活動之地，彼時的景象是「或歌櫻下，或宴松下，張幔幕，鋪筵氈，老少相雜，良賤相混。有僧有女，呼朋引伴，朝午晚間，如堵如市」。如今，上流社會有「觀櫻會」，是由皇室和內閣總理大臣邀請各界著名人士和各國使節等數千人組成的盛會；普通人則同家族或志同道合的好友一起欣賞。

這些經久不衰的慶祝活動和層出不窮的櫻花產品，不僅是日本人對櫻花的熱愛，更同日本人對島國四季分明的感知有關，背後有綿延至今的獨特審美意識。日本美學崇尚四季中的自然美與色彩美，而人的生活與自然的密不可分是日本人審美意識的又一特徵。日本人在貼近和捕捉自然中，產生出對自然極其纖細而多彩的感受。在鐮倉時代吉田兼好的《徒然草》中，曾這樣精細地描繪四季的流轉：「暮春消失為夏，夏盡非秋必至。春分已催夏，夏時已孕育着秋的氣息，秋至迅即轉寒冷，十月小春天氣，草變青，梅也結蕾。樹葉的飄零，非舊葉先落而後長新葉，是舊葉忍受不了新葉自下的萌動而凋落。底物推表物，順序推移而漸次繁茂。」人以自然為友，人生命的悸動同季節的律動息息相通，在把握季節時令變化的微妙之處，體悟到人的命運。在文學作品中是「天人合一」，而在現實生活裏，便是一次次奔向自然的郊遊活動。難怪郁達夫曾感嘆：「日本人一般的好作野外嬉遊，也是我們中國人所不及的地方。」秋日賞楓葉時的勝景與賞櫻的景狀無二，而「歲時伏臘，即景言遊，凡潮汐干時，蕨薇生日，草菌簇起，以及螢火蟲出現的晚上，大家出狩，可以謔浪笑傲，脱去形骸。至於元日的門松，端陽的張鯉祭雛，七夕的拜星，中元的盆踴，以及重九的栗糕等，所奉行的雖係中國的年中行事，但一到日本卻也變成了很有意義的國民節會，盛大無倫」。

閒逛東京：神保町淘書之趣

從第一間起，依家挨户地搜索下去，到了舖子窮盡的地方，也就是電燈射出黃光的時候了。我腋下夾着一大包的獵獲品，又疲乏又興奮，那種滋味是不容易形容的。

——鍾敬文〈談買書〉

從地鐵神保町站一出站，以神保町十字路口為中心，北從JR水道橋站到御茶水站、東到JR神田站的範圍內，鱗次櫛比地排列着一百八十多家書店。這裏售賣新書，更以舊書出名，每間書店的招牌都透着歷史感。老店店面狹小，便把書一摞摞地排到過道上。一個世紀前，這裏是中國留學生淘書的樂園。時過境遷，在這個電子閱讀的時代，仍能在神保町的大街上發現黑白老照片中的情

神保町的舊書店。于楚眾攝。

景，不能不說是一個奇蹟。

神保町的書店在當年有着令留學生們流連忘返的魅力。後來成為著名民俗學家的鍾敬文二十世紀三十年代在日本留學時，一有機會便去神保町。「每當星期日，我比平常起得更早，搭上電車直到神保町那書舖街的口子……在那裏，你可託付他們代找尋所需要的書，你東翻西弄，結果空着手出去，也不至於挨受白眼。」周作人在回憶東京生活時，也感嘆在神保町買書的方便，「洋書和書新舊各店、雜誌攤、夜店，日夜巡閱，不知疲倦」。以至於他回到北平，覺得買書的樂趣少了一半，因為他覺得北平當時只有琉璃廠的古書還值得買，外國書和剛出版的新書選擇不多。而無論今昔，國人光顧神保町必去的是擁有三層樓的內山書店。這個名字與魯迅的淵源頗深，在上海，內山書店是二十世紀三十年代在華銷售日文圖書的基地。神保町這間，正是由內山完造的胞弟在一九三五年創建，專門經營中文書籍，並向在上海的兄弟書店發送日文書籍，是彼時中日文化交流的橋樑。

對當時的留學生來說，他們在神保町閒逛之時，也在從各自的視角觀察着街上往來的人群。二十世紀初，魯迅留學日本，同期赴日的留學生在東京的最多，尤以神田最甚，每晚往神保町望去，只見街上行走的大半是留學生且都頭上頂有「富士山」[39]，棄醫從文的魯迅極其厭惡這些追求升官發財的怪人，咒罵他們「眼睛石硬」。而豐子愷卻在〈東京某晚的事〉中反思更寬廣的人性。在一個涼爽的夏夜，豐子愷和「下宿」的幾位同學在神保町散步，遇見一位佝僂的日本老太婆，搬着很重的東西向他們求援，學子們不願擾了雅興，紛紛躲避，避開後卻失去了原先的從容和安閒。豐子愷對這件事思慮良久，認為老太婆的錯誤在於將陌路視作家庭，但能有個「天下一家」的世界終歸是好的。戰爭的摧殘和個人的悲慘際遇，令蕭紅在一九三六年的夏天走在神保町時備感孤獨，滿街的木屐聲令她不安。她在給蕭軍的信裏寫道：「去的是神保町，那地方的書局很多，也很熱鬧，但自己走起來總覺得沒甚麼趣味，想買點甚麼，也沒有買，又沿路走回來了。覺得很生疏，街路和風景都不同，但有黑色的河，那和徐家匯一樣。上面是有破船的，船上也有女人、孩子。也是穿着破皮衣裳，並且那黑水的氣味也一樣。」

神保町最為國人所知的佳話，是豐子愷與竹久夢二的相遇。一九二一年，豐子愷舉債留學日本，立志成為西洋畫家，然而學習西洋畫高昂的費用和日本美術界的繁盛令他望而卻步。油畫畫工繁複、完成難度高，天生詩人氣質的豐子愷面對畫布漸漸心灰意懶。失落、躊躇之時，他在神保町

39 語出魯迅〈藤野先生〉，形容當時頭頂上盤着大辮子的清朝留學生，「頂得學生制帽的頂上高高聳起，形成一座富士山」。

的舊書攤無意間翻到了《夢二畫集・春之卷》。十多年後，他仍能回憶起當時的激動心情：「隨手拿起來，從尾至首倒翻過去，看見裏面都是寥寥數筆的毛筆 sketch（速寫），書頁的邊上沒有切齊，翻到題目 *Classmate*（《同級生》）的一頁上自然地停止了。」那是一幅描繪在巨大貧富差距下，曾是同班同學的一位貴婦和一位貧賤的家庭主婦偶然相遇的漫畫。「我當時便在舊書攤上出神，因為這頁上寥寥數筆的畫，使我痛切地感受到社會的怪相與人世的悲哀……這寥寥數筆的一幅畫，不僅以造型的美感動我的眼，又以詩的意味感動我的心。」在豐子愷反覆念叨的「寥寥數筆」中，他知道他找到了符合他的畫風，「乘興落筆，俄頃成章」。六個月求學歸來，豐子愷憑藉將這種東西結合的繪畫風格發揚光大，成為中國的漫畫之父。竹久夢二也由此為國人所知。

然而，大部份國人所不知道的是，畫風寫意、內容嚴肅只是竹久夢二早期的風格，夢二當時最為日本人青睞的是他的「夢二式美人」。竹久夢二美術館的館員中川春香說，這些美人以夢二的戀人為原型，擁有一雙大眼睛，眼睛上有睫毛，臉圓圓的，溜肩膀，身體稍許有彎曲的站立姿勢，或拿傘，或持扇，與浮世繪中鳳眼細眉的女性頗為不同。而這正符合了日本明治維新以來，人們在西方審美的影響下，對美女的想像——擁有一雙惆悵的大眼睛，充滿傷感、懷舊情調的美人圖，既具有新奇的畫風，又迎合了身處近代化浪潮中百姓的心態，因而在社會上風靡。在明治維新的浪潮過後，「夢二式美人」作為一時的時尚迅速沉寂了。直到第二次世界大戰後日本重建，在又一輪的西化浪潮裏，夢二的美人圖隨着傷感的情緒又一次流行。時至今日，日本人對「夢二式美人」的喜愛更源於人物本身的俊美可愛，而夢二設計的圖案也成為當下日本的流行元素。

在一家叫作矢口書店的店舖，我看到了竹二《夢二畫集・春之卷》的舊畫冊。正像豐子愷淘到的《夢二畫集·春之卷》雖然是過時之作，但卻能給人以靈感啟迪，神保町因有價值的古舊書籍豐富知名，被冠以「古書的麥加」之名。這大概和日本人看書但不藏書的觀念有關——由於房間空間狹小，許多人看完書就將它們處理掉，這便成為舊書的來源。店主們根據各自的興趣，搜集不同門類的書籍，有交叉有互補，綜合起來神保町便囊括了各個專業領域的研究書籍和史料文獻。從初版的古籍到絕版的漫畫，應有盡有，令書蟲們心嚮往之。對二手書迷而言，視覺上最難以忘懷的，恐怕就是整牆古書全集套書上密密麻麻貼滿的黃色標籤。這種方式始於田村書店，標籤上寫的書價，原來是用舊書界通用的密碼符號，老闆發現有些書客竟能看懂，便索性大方寫明，而因黃色最易褪色，老闆們通過褪色程度便可辨別書籍擺放了多久。然而，作為可與倫敦的查令十字街、巴黎的塞納河畔相媲美的書店街，神保町不只是藏書汗牛充棟，擺放在古書周圍的，還有許多的趣味收藏。與美術息息相關的版畫自不必說，各類畫冊、海報、黑膠唱片，乃至化石、礦物、萬花筒，完全可以滿足一個收藏癖的大部份需求，而夾雜在古書店之間的電影院和擁有幾十年歷史的咖啡店，更是能讓吸滿古舊書味的雙肺，不時地換些清新的空氣。

穿梭在神保町的小巷裏，埋首舊書堆，書蟲們樂此不疲的趣味，既有「眾裏尋他千百度」，終獲至寶的喜悅，也有同店主鬥智鬥勇的樂趣。在低價書堆裏尋寶，從店門前的瓦楞紙箱裏找到心儀的文庫本免費拿走，定有佔盡天下便宜的竊喜。而識貨的店主必對顧客有着高傲的眼光，甚至池谷伊佐夫在《神保町書蟲》一書中，有專門「應付」傲慢店主的「指南」：着裝切不可過於莊重或隨意，需打扮成學者或是收藏家的模樣，若有太宰治的氣度定是無往不利；更要形神兼備，萬不能目光渙散、漫無目的地閒逛，要「一邊看書，一邊不時對照手冊，並且裝出一副沒有這本的惋惜表情」。然而，歸根結底，能讓書客們欣然承受店主的些許傲慢的，是在品目豐富基礎上，圖書的物美價廉。神保町的古書店不受不成文的公定價格約束，店主擁有定價的最後裁量權，各家書店因而能夠開出更低的價格吸引書客。而舊書店的店主不僅是賣家，也是買家，在買進顧客的書時，憑良心購書，從不殺價，對任何有關二手書的問題一定親切答覆，為書客提供便利。貼心的服務與專業書籍的藏書量，使學者、讀書客和二手書迷對神保町的青睞從未消退。

從本質上說，神保町能一直保持興盛，來自日本人對閱讀的熱愛。二十世紀初，日本人在讀書時的進取精神便令當時的留學生深感震驚。二十世紀三十年代，留日學生戴澤錕曾記述東京的圖書館的情形：「日本的圖書館，僅就東京市而言，已不下千餘所。隨處都可看到『某某圖書館』的牌子。可是，東京市的圖書館雖然多到如此，然在事實上，還感到供不應求哩！每天早上八點鐘後，每一座圖書館裏所設的百餘個位子，全都坐滿了。如果來遲的人，都得在門外靜候着，一直等到裏面出來一個，才能順序補進一個去。在每座圖書館的門首，至少都有五六十人是來遲的……不管世界上哪一個國家出版的名著，無論是政治的、經濟的、社會的、軍事的、文學的——只要在本國出版一兩個月，日本的出版界，馬上就印出譯本來。跟着圖書館裏也就購置了。」（戴澤錕〈日本的報紙及其他〉）而圖書館中的人，「靜悄悄的或是整理課堂的筆記，或是看自己帶來的先生的專門著作或由圖書館借下來的書籍，整天的工夫或半天的工夫，一雙眼睛注視在書籍上面，沒有倦容」（豐子愷〈記音樂研究會中所見之二〉）。

如今不用去圖書館，在公交設施上，就能感到日本人良好的閱讀傳統。即使在早晚高峰擁擠的車廂裏，能有一點空間的乘客仍然會拿出書來閱讀，和玩手機的乘客相比，差不多各有一半。他們手裏拿的書，多是一種叫作「文庫本」的圖書，它比正常書要小、要輕，便於攜帶，價格也只有正常書的三分之一。「文庫本」的圖書裏不乏一些艱澀的學術著作。在書店裏還能看見布做的封套售賣，在公交設施上的人，經常會把書用封套包好，既為了保護圖書，也能不讓別人知道書籍內容，很好地保護隱私。當地朋友就說，日本還有一個特點，就是小書店特別多，除了神保町這樣的書店一條街之外，走在路上，經常能夠發現門面很小的書店。這樣的書店被稱作「文化的街燈」，書店老闆開店不是為了發財，只要能維持生活即可。

東京泡湯：仍然延續的小眾之樂

> 雖風霜雪雨之夜，只有湯屋中永遠擠滿了客人。湯屋之在日本，絕不如在羅馬和我國，為品茶清談甚至於交際談判以及和訟之處，而是為洗浴而洗浴的地方。那裏並不預備茶，臥榻，而只放着一個最高的標尺和一架測量體重的磅秤。
>
> ——尤炳圻〈風呂〉

相比起在大街上常常能遇見的書店，東京的「錢湯」就不太好找了。現在來到日本旅行的人大多只知溫泉而不知錢湯，錢湯其實就是公共澡堂。相傳在日本天正年間，錢湯定下規矩，「風呂資，永樂一錢」。「風呂」是湯屋的別稱，永樂錢是明朝永樂年間鑄造的貨幣，因通商流入日本，「錢湯」也就因此得名，意思是花不多錢就能洗澡。今天在日本，米、麵、油等和民眾生活息息相關的物資限價已經取消，唯有錢湯規定價格上限，比如東京地區就不能超過四百六十日圓。

一個世紀前，錢湯是中國留學生筆下常常談到的新鮮事物。這首先與中國人對日本「清潔」的第一印象有關。周作人概括日本的習俗，列出「清潔」「有禮」「灑脱」的特點，其中「清潔」排在最首。日本文學翻譯家尤炳圻在留日期間寫下介紹日本人沐浴的〈風呂〉一文，便引用明治時代的國學家芳賀矢一在一九〇七年寫下的〈國民性十論〉片段來説明：「像日本人這樣盛行全身浴的國民，怕不復更有。東京市的浴堂，達八百家以上，此外中流以上的人家各自有浴室設備，平均百三十萬的住民之中，凡三分之一是每天洗着澡的。」在當時的中國，與其説一些地方因為水資源的匱乏達不到經常沐浴的條件，不如説風俗中並未形成這樣的習慣。尤炳圻就在文章中繼續寫道：「吾鄉雖為水鄉，也自古有多洗一次浴和多説一句話一樣，要多傷一分元氣的傳説。」於是當時在留學生中廣為傳發的《留學生鑒》中就專門有一章來談「入浴」，有「浴場之溫度」和「禁入浴之時候」的詳細指南。

在一處叫作大江戶溫泉物語的度假村裏，擠滿泡湯的客人。

另一份對錢湯的關注，來自對日本人身體觀念的好奇。江戶時代還有男女混浴的習俗，但之後就被限制，只在少數溫泉旅館還有這種情況。儘管如此，男女只在一個由隔板隔開的大房間裏同時沐浴，聲音都能相互聽到，還是讓中國人感到不適應，卻又感嘆日本人崇尚自然的天性。女作家廬隱寫她第一次去錢湯慌慌張張地洗澡，連遮帶掩地跳進浴池，只露出一個頭。然後她看着「那些浴罷微帶嬌慵的女人，她們是那麼自然地，對着亮晶晶的壁鏡理髮擦臉，抹粉塗脂，這時候她們依然是一絲不掛，並且她們忽而站立，忽而坐下，忽而一條腿豎起來半跪着，各種各樣的姿勢，無不運用自如……這時我覺得人體美有時真值得歌頌」。周作人也在〈談混堂〉中表達了「日本人對於裸體的觀念頗近於健全」的觀點。

根據「東京都公眾浴場業生活衛生同業組合」（「同業組合」即「行業協會」）在二〇〇九年發佈的數字：東京都內還有八百五十七家錢湯。倒退四十多年，也就是一九六八年，東京都內有二千六百八十七家錢湯。四十年彈指一揮間，錢湯減少了三分之二還多。錢湯減少自然和家庭裏普遍安裝淋浴和泡澡設施有關，我們通常所熟悉的淋浴與浴缸一體的西式衛浴設施只出現在單身公寓裏。在一般日本家庭裏，淋浴和浴缸是分開兩部份的，人們沖洗乾淨後再進入浴缸。一位中國朋友說，如果去日本人家作客過夜，主人一定會邀請你泡澡的。同樣一缸水先請客人來泡，接着才是主人和其他家庭成員。而如果第二天還繼續住，主人就不和你客氣了，是不是讓客人第一個享受浴缸就沒有那麼講究了。

那麼剩下的八百多家錢湯都是甚麼人在光顧呢？我在東京拜訪了一位叫作今井健太郎的建築師，他的事務所專門做錢湯的設計，他本人更是一位「泡湯達人」，整天把對於不同錢湯的體驗放在網上。從一位建築師的角度，他更看重錢湯在歷史文化方面的價值。在日本，公共浴池是隨着佛教的傳入而興起的，最早的浴池就是古代寺廟內的大湯屋。這種湯池不僅供僧侶齋戒，也是一種施善和救濟設施，收留難民後要進行「施浴」，讓他們清除身上的污垢。「施浴」是日本宗教追求純潔的觀念和倫理結合的一種形式，或許能夠解釋日本人為何酷愛潔淨和喜歡洗澡。而這種洗浴傳統對應到建築風格上，就使得最正統的錢湯看上去都好像寺廟一般，有着三重屋頂。錢湯裏面的裝飾也有意思，一般最大一幅裝飾畫都是積雪的富士山——這是日本人喜聞樂見的裝飾畫題材，也能讓熱湯中的人想像一下山頂積雪的清涼。隨着西方影響的進入，裝飾畫還有了莊園古堡這樣的繪畫內容，或者用馬賽克的形式進行鑲嵌。

今井覺得錢湯文化不會消失。因為它「價格便宜並且健康，我一週會去三次左右。要知道日本人家裏空間小，泡澡都沒有在錢湯舒服啊」！今井所做的錢湯設計會有一些不同於老式錢湯的改變，「我們根據錢湯所在的位置來定位錢湯的風格。比如位於澀谷這樣的時尚區域，富士山的裝飾畫我們就會用那種浪漫捲曲的線條，整體內部的裝修也很現代；在淺草寺附近我們也設計過一家，因為要體現原來江戶下町的風格，我們都在牆壁上裝飾有浮世繪，富士山也是浮世繪版畫的畫法；還比如在千馱木的一家錢湯，因為附近有蓮光寺、瑞泰寺、清林寺這樣的地方，內部就會營造出一種清幽寧靜的禪院色彩」。不過萬變不離其宗，雖然在裝修風格和建築材料上有所差異，但它們都是簡簡單單只能淋浴和泡澡的錢湯，不是甚麼美容院和健身房。今井推薦我去一家有着一百多年歷史的叫作「帝國湯」的地方，去體驗「屬於錢湯最本質純粹的東西」。

到了這家「帝國湯」我便明白今井所說的傳統錢湯的樣子：有如寺廟一般的外觀，採用木板來做鑰匙的櫃子，更重要的是從寫着「女」字的入口進去後，發現管理澡堂的老大爺坐在一個木製高台之上，他同時能看見男女浴池的情況，男女浴池之間也只隔着一道矮牆。於是我便如同女作家盧隱當年一樣，匆匆忙忙淋了浴，拿着一塊半大不小的毛巾連遮帶掩地跳進池子，只露出個腦袋，這才能心平氣和地觀察周遭：錢湯的淋浴部份都是坐在椅子上進行的，噴頭離地面只有一米左右的高度。有兩位大嬸年紀的人在那裏一邊淋浴一邊坐着交談，另外一位年輕一點的女子也赤着身體在那裏往身上打着香皂。男浴池那邊傳來了咳嗽聲和説笑聲。在這個空間裏，一切都是古老的，無論是掛鐘、體重秤、燙髮機，還是裝在玻璃瓶子裏供人補充能量的牛奶，我相信都沒有任何改變。後來我通過翻譯和老闆娘聊天，問她有沒有想過增加一些能夠保護隱私的隔扇，或者提供餐飲、按摩、健身這樣的配套服務，來吸引更多的年輕人。她倒是一臉驚詫：「就現在的狀態，每天都有人來的。挺好的啊！」

這便是我感受到的東京了。它具有時尚前衛的國際大都市面貌，但對於傳統，總是有人保存和遵守。於是經常突然就進入一扇窄門，輕易回到了從前的時光。

福岡歲暮的料理

文：吳麗瑋　攝影：黃宇

食材成千上萬，誰也不知道到底有多少，但是任何一種食材都有它獨特的味道。任何食材都有其他食材不可替代的原味。因為那都是天地創造的自然的力量使然的。

——北大路魯山人

日本新年的飲食與溫情

下關著名的唐戶市場是日本國內最大的河豚集散地，臨近歲暮，商戶們開始擺出各種漂亮的河豚禮盒，吸引市民預訂。

河豚的日語發音和「福氣」很接近，因此成了過年的一道吉利大菜。擺在檔口上的禮盒非常漂亮，藍色的瓷盤上面，切成薄片的河豚刺身一圈圈擺成花瓣，最中間往往點綴着一簇切成絲的河豚皮，形狀如同一朵綻放的菊花。幾乎透明的河豚肉隱隱約約透着盤底的顏色，深深淺淺，像青花瓷般素美。

日本人吃河豚的心態非常輕鬆，跟想像中所謂的「冒死」沒有半點關係。「博多い津み」餐廳是一家專做河豚的米芝蓮二星餐廳，主廚宮武尚弘是一位笑盈盈的大叔，擺擺手讓我們放心去吃，因為河豚的毒性集中在卵巢和肝臟，去除內臟並不複雜，而且隨着人工養殖的比例越來越高，帶毒性的河豚更是不常見了。

宮武尚弘在四十六年前就擁有了河豚調理師的資格。那時候他剛剛大學畢業，在著名的私立學校慶應大學讀機械工程，但因為家族已經有兩代河豚料理人，他畢業後順理成章地繼承了家業。他的祖父是河豚解禁後的第一批料理人。一五九二年，豐臣秀吉出兵朝鮮，正待武士們赴九州集結之時，一些途經下關的武士卻因為食用河豚喪命，豐臣秀吉大怒，下令禁止武士吃河豚，從此開啟了長久的河豚禁食歷史。直到一八八八年，伊藤博文到下關訪問，嚐到了河豚令人驚艷的美味，當下宣佈解除禁令，日本才再次開放了河豚市場。

宮武尚弘切河豚的手法延續的是祖父的傳統技藝。和唐戶市場的河豚禮盒相比，他切出的河豚刺身要厚很多。那些輕薄的肉片可能是用刀一劈而過切成的，宮武尚弘卻要把厚切的魚片翻過來再補一刀，將這部份魚肉搓在邊緣上，拿刀捋成圓弧狀，厚度就像剛煮熟的餃子皮邊，閃着亮光又很有嚼勁的樣子。他聽過我的描述後大笑：「我擺的造型明明是浪花嘛！」

宮武尚弘自信地說，他這種厚度才是河豚最佳的切法，「切得薄長，嚼頭不夠。短而厚，才能嚼出香味來」。魚肉的切法跟肉質的軟硬程度直接相關，白色肉質的魚硬，厚度要小於半厘米，紅色肉質的魚軟，厚度要大於一厘米。在魚類當中，河豚的肉也許是最堅硬的一種，它的厚度只應切零點二厘米。也只有河豚才能擺出複雜的造型，他切出一浪趕過一浪的波紋，空出一個扇形區填着河豚皮上分出的幾層膠質，黑白相間，彷彿捲起巨大的海浪。「魚刺越多的魚，肉質越軟。河豚沒有胸腔骨，全靠肌肉來保護內臟，所以牠的肉質是很硬的。」宮武尚弘說。

日本最有名的美食家北大路魯山人對河豚評價頗高：「美食到河豚為止。」他認為沒有任何生肉片的味道可比河豚。「河豚有一種類似酒、煙那樣讓人上癮的、其他食品不具備的特別味道。」在「博多い津み」可以吃到宮武尚弘設計的全套河豚料理，在他這裏完成對河豚的掃盲再合適不過了。

首先端上一碟河豚臉皮熬成的魚肉凍，切成粗長條，堅挺有筋骨，味道在清淡的日本料理裏算是比較重的，似乎在熬製時放了很多的調味。宮武尚弘在一旁向我們解釋說，河豚沒有脂肪，一定要靠外物才能配出好吃的味道來。「很多人都說冬天是河豚最美味的季節，其實在三月份產卵期之前，河豚肉都很不錯，之所以冬天更好吃一些，是因為調料裏面用到的柳丁、青檸檬和柚子都是冬天才有的。」

緊接着他就端上擺好盤的河豚刺身和自己配製的調料。一片河豚拖曳着在調料盒裏蘸足了汁水，入口之後是無比的清涼，在洋溢着果香的鹹酸味中，我努力咀嚼着，去揣摩本地人的心態。宮武尚弘切成豆腐塊大小的短而厚的魚片，咬起來有種摩擦着牙齒的堅韌感。我投入地吃了一片又一片，正沉浸在鮮嫩之中，可突然之間，我意識到自己舌頭發麻了。「我中毒了！」想起《孤獨星球》裏一個作者寫道，他在伊豆的餐廳喝酒壯膽後夾起一片河豚放進嘴裏，隨即，他的嘴唇和舌頭立刻發麻，臉上浮現出對死亡的恐懼感。那位主廚告訴他，為了營造戲劇性的效果，他特意在刀上留了一點點毒。

但我終究沒向宮武尚弘說出自己「中毒」的症狀，確切地說，我看到他端上來一份火鍋後，覺得很好吃，便把舌尖發麻的疑慮迅速抛之腦後了。河豚身上沒有做成刺身的魚肉被放進鍋裏煮着來

河豚沒有脂肪，一定要靠外物才能配出好吃的味道。於是河豚肉皮凍在熬製時增加了很多調味。

河豚火鍋的精華最後全都凝聚在一碗白粥中

河豚調理師宮武尚弘將河豚擺成波浪的形狀，河豚肉的堅硬使這種切法成為可能。

吃，額外配了幾塊豆腐和綠葉蔬菜同煮，煮好後配撒着蔥末的柚子醋來吃，火鍋裏魚的肉質比刺身部份厚一些，吃起來是另一種鮮美。

最後端上來的是一些生米，倒進了火鍋中，現場熬製十幾分鐘變成了一鍋稠稠的稀飯。河豚湯汁被牢牢吸進了米飯裏，顆顆米粒都充盈着水份，光亮潤滑。宮武尚弘拿出他醃製的魚罐頭讓我們配着粥一起喝，通過低溫加熱和淺脱水讓河豚肉保持軟度和鮮度，配着白粥吃完十分熨貼。我們這群第一次吃河豚的傢伙一致認為，最好吃的是這碗匯集了精華的白粥，關於頂級美味的河豚刺身，一定是在對品嚐河豚有相當豐富的經驗之後才能準確體會的吧。

新年即將到來之際，到店裏訂製

禮盒的人也多了起來。宮武尚弘製作了以九州物產為主的「赤・白・黑」三色盒子，「白」指河豚，用半風乾的方式延長河豚的保鮮期；「黑」指鹿兒島有名的黑豚豬，刷上特製的味噌醬烤出豬肉的新鮮脂肪香氣；「赤」則是福岡名物明太子，醃製之後味道纖細，是很多日式餐廳都擅長的一道拿手小菜。

這其中，明太子是大多數福岡人都會裝在年盤裏拜會親友的禮物。明太子是用香料和鹽醃製的鱈魚魚子。因為距離朝鮮半島很近，朝鮮明太子泡菜經福岡傳入日本，二十世紀七十年代逐漸有廠家開始製作日本口味的明太子鹹菜。隨着遠洋捕撈到的鱈魚魚子數量越來越少，明太子的價格應聲而起。那些外形完整的紅色魚子帶先經過幾天鹽水的脱水醃製，再撒上摻和着辣椒和香料的紅色汁液進行二次醃製。最終，西瓜紅色的明太子以成對的方式進行銷售，是過年或答謝時做足誠意的禮物。

最初的明太子裏會加胡椒，呷一口燒酒，胡椒彷彿撒進酒中，飲酒之人會覺得非常過癮。後來它的味道被改良得稍微清爽一些。現在成了被廣泛接受的一道配米飯的小鹹菜，小小一顆，就足夠撐起整碗米飯。

新年時吃醃製食物是日本人的傳統。因為有正月忌火的説法，家家戶戶在除夕時都會提前做好可以保存數日的年菜，盛在塗紅色漆的方形重箱裏，一共四層，色彩鮮艷，樣貌華麗，翻譯成中文叫「御節料理」。

我們在博多站前的大商場裏見過琳琅滿目的御節料理模型，動輒數千元起價，在陽曆一月一日新年之前做好，送到家裏享用。紅色的對蝦、蟹鉗，黃色的「玉子」（雞蛋）、炸魚壽司，綠色的

福岡特色的明太子單配一碗白飯，滋味就已足夠。

青檸、扁豆和配菜，還有晶瑩的鮭魚子、炙烤過的牛肉卷、醃漬入味的扇貝等，每種食物三五片分別裝在一個個小格子裏，過年時直接冷着吃當作主菜。御節料理中的食材包含了很多特別的意義，過年吃為圖個好彩頭。最醒目的位置一定會擺着通紅的對蝦，牠因為弓着背像老人駝背的樣子，被用來代表長壽；黑豆也是必備元素之一，因為黑豆日文中的發音和「認真」「健康」接近，寓意是一年到頭認真勞作和健康生活；昆布卷的發音與「喜」類似，所以也是祝福時必不可少的食材。

聽當地一些組建了跨國家庭的中國人說，御節料理更適合看，而不適合吃，在中國過年時是熱氣騰騰的餃子，在日本就覺得冷冷清清。我們在福岡的翻譯崔宏濤娶了日本太太，我問他太太順子御節料理好吃嗎，順子想了想說，因為每年只吃這麼一次，母親和姐姐要花好幾天時間採買、製作，工程浩大，光是這份心意就勝過了一切。

順子的老家在熊本，是一個很傳統的日本家庭，她是家裏的小女兒，她的姐姐一家現在和崔宏濤的岳母住在一起。採訪期間，我們曾跟着老崔回過一次熊本，老人家的肺病還沒痊癒，但還是親自下廚為我們精心準備了豐盛的早餐。

日本人的三餐必然有魚，早晨大多是煎魚，刷好醬汁，配一片檸檬，此外還有配着小鹹菜的玉子燒、一小碟毛豆角、醃好的白菜和火腿配炸芝士條。這麼多菜來配一碗白飯，老崔還會再磕一顆生雞蛋攪拌在飯裏吃，為了討老人家歡心，每次回家他都要努力多吃幾碗。「老娘最喜歡聽我說：『再來一碗。』」

老崔比順子年輕幾歲，又是家裏唯一的成年男子，「老娘」對他的寵愛無以言表，他一回家，家裏原本有些沉悶的氣氛立馬活躍起來。長姐六歲的小外孫步夢特別喜歡他，一進門，崔宏濤要先在過世岳父的牌位前合掌祭拜，步夢跪在旁邊，「噹」的一聲，敲響一隻祭祀的鐘。祭拜完畢後，步夢便撲到崔宏濤懷裏嘶打玩鬧起來，光腳追着老崔在屋裏跑來跑去。

每年年底，老崔和順子會提前兩天回家。除夕之夜，全家人圍在一起吃蕎麥麵，叫「年越蕎麥」，也是辭舊迎新的傳統習俗。看完類似中國春晚的NHK紅白歌會，凌晨時要到神社去祈福，到新年這天往往睡個懶覺才起。上午第一件事是全家喝屠蘇酒，是過年時解毒避穢的一種藥酒。已經化好淡妝、戴起漂亮絲巾的岳母端出紅漆面的大、中、小三段重疊的酒器，最上面一層由老人家先斟給崔宏濤喝，其他家人再各自喝一些，於是日本人安靜而溫暖的新一年就這樣開始了。

歲暮旬味與會席料理

我們在福岡採訪時，時不時會感受到含蓄的日本料理人流露出對「中國烹飪天下第一」的微妙心情。「中華料理是火，日本料理是水。」很多人都像宮武尚弘這樣講，「中國的水質不好，食材沒那麼棒，就要通過火在短時間內把味道挖掘出來，但問題是油用得過多。日本的水非常乾淨，很多食材可以生吃，這不是國外人想像的『野蠻』，而是食物太好的緣故。」

如果只能用兩個詞來概括日本料理的特點，那應該就是「生吃」和「魚」了。日本料理有一句話叫「割主烹從」，提刀切割生魚片的「板前」師傅地位是最高的，負責蒸、煮、煎、烤的其他料理師往往都要聽他調度。

板前師傅都有自己運用多年的寶刀，看起來簡單的落刀，其實需要很多年的磨煉。「不同的魚，入刀的角度和力度都不一樣，就像刨木頭，不是使大勁就能做得到的。」宮武尚弘說，從刀刃的根部到尖端順序行刀，切的時候手腕也要順勢下劃，既不破壞魚肉，也不製造多餘的刀痕，「食材都是由細胞組成的，歸根結底就是不要破壞細胞組織。首先看切口是否乾淨。吃起來如果是甜的，說明細胞完好。切蔬菜也一樣，切完葱砧板不會變綠，切完番茄不會流湯，吃起來就會很甜。」

在「河太郎．松幸」餐廳看副料理長太田記央使用出刃刀卸一條鮐魚，從胸鰭後傾斜入刀，切下魚頭，再穩穩地從魚脊骨上側將刀側着插入，毫不遲疑地劃到魚尾，剖開魚身，幾下動作要非常連貫，為了不鬆懈，往往要屏住呼吸才行。將一條魚剖成魚塊之後，要根據魚的狀態進行熟成，可能需要用紙包裹起來，密封之後放入冰中沉睡幾日，等水份散失掉味道才最好。

也有撈上來後立馬要吃掉的。「河太郎．松幸」在冬季有道招牌菜，是用佐賀縣呼子港的魷魚來做魷魚刺身。太田記央從撈魚到製作完成，只用了兩分多鐘，眼見着紅銅色的魚體掏盡內臟後瞬間變得透明，卸下生吃的魷魚肉被切成一條條細絲，鋪在魚體上，便被端走成為餐廳裏最棒的冬季美食。

我心驚膽戰地從依然扭曲伸張的魷魚肢端旁邊，夾起一條透明的魷魚肉絲，按照服務員的提示，蘸了蘸撒了檸檬汁的細鹽。沒想到入口是如此清澈的味道，涼絲絲的魚肉很甜，很有韌性，檸檬的香氣和鹽的陪伴，讓人想起夏日的青芒。想起北大路魯山人描述日本料理的追求：「食材成千上萬，誰也不知道到底有多少，但是任何一種食材都有它獨特的味道。任何食材都有其他食材不可替代的原味。因為那都是天地創造的自然的力量使然的。」日本人把食物本身的美味稱為「旨味」，並認為只有生吃才不會損壞包括香氣和滋味在內的旨味。

對季節非常敏感的日本人，在飲食上相當講究「旬」（時令，「最佳時機」之意），也就是中國人說的「不時不食」。有天早上我們混進了福岡青果市場裏看清早的拍賣，一組組市場工作人員分別站在高台之上，舉着麥克風降低音調呼喊着外人聽不懂的方言，以免有人偷溜進來看懂批發價格，擾亂市場秩序。拍賣者飛快的節奏和中氣十足的力量感簡直可以稱為一種民間藝術形式，而站在台下的批發商和超市買手則舉着小黑板寫下出價和數量。早上八點前，當天的貨物就全部售空，這個季節優質的蔬菜水果隨後就進入了菜市場和超市。九州的冬季絕不乏美味，除了能吃到其他季節無法享受的魚和海鮮，還有蘿蔔、春菊、高菜、白菜等蔬菜，草莓、柿子、柚子等水果，另外一年四季不間斷的魚和蔬果也有很多，並不是我們想像中冬季飲食的單調。

想了解日本料理中如何來體現季節與「旬味」，去吃傳統筵席是一個便捷的方式。

懷石料理是公認的日本料理的精髓和最高形式，但這種暗合禪宗戒律與茶道禮儀的飲食方式早已不在普通人生活範圍之內。目前在大眾餐飲中能找到的，是在承辦高級筵席的所謂料亭餐廳，其風格是以傳統茶室風格為參照。筵席的形式也從「懷石」變成了「會席」——兩個詞在日語裏發音相同，不同之處在於會席料理圍繞的不是茶，而是酒來做設計。一套會席料理通常會有十幾道餐食，分為「先付」「吸物」「刺身」「蓋物」「燒物」「溫物」「揚物」「酢物」「御飯」「止椀」「香物」「水果子」等，每一道都體現着對旬味的執着。

我們在「稚加榮」餐廳吃會席料理，作為「先付」的前菜是冬天的醃海參、明太子、玉子燒和鮭魚子。第二道「吸物」是主菜之前用高湯煮出的手打鱈魚魚丸，魚丸裏包着一片花邊胡蘿蔔片，像一片飄落在湯中的楓葉。第三道「刺身」通常都是會席料理中的核心，一隻紅漆大木盒子裏盛着切好的比目魚片和竹莢魚片，疊放在紫蘇葉中間，旁邊點綴着青葱段、檸檬片和紅心蘿蔔絲。堅

代表日本料理最高水準的懷石料理已經漸漸演化成了會席料理，同樣有十多道菜的流程，但內容已經變得親民。

車海老（蝦子）通常見於會席料理，因為弓背像老人駝背的樣子，代表長壽。

持以生吃體察「旨味」的魚，缺少了與之相配的醬汁會滋味寡淡。竹莢魚是冬季肥美的時魚，廚師在「切付」時特意留下了部份閃着銀光的魚皮，頂在泛着紅色和青色的魚肉上面，讓人想起拿着金絲手絹輕掩櫻唇的貴婦。竹莢魚是青色的魚，適合蘸醬油和芥末，吃起來細膩而濃郁。比目魚肉體透明，肉質比竹莢魚硬，切的厚度比竹莢魚薄，肉質堅硬的魚適合蘸刺身醬油——通常是由餐廳自行調配，將醬油、醋、白蘿蔔泥和香葱末調在一起，通過酸味的輕口感來烘托白色魚的嚼勁。「蓋物」則是煮過的對蝦、甜鯛魚、山藥和一小截高菜，但和中國料理的不同之處在於，幾種食材要分別煮完，絕不讓味道相互混雜，最後同樣要勾一個芡，但也不同於中餐，勾芡要全然無味，僅僅是要讓口感濃稠而已。「燒物」一般是烤魚，「溫物」是雞蛋羹，「揚物」指天婦羅，「酢物」是為了在「御飯」（米飯）上來前清口的酸菜，「稚加榮」做了冬季鮟鱇魚的魚肝，蘸着醋來吃，之後的「止椀」指湯，「香物」是小鹹菜，「水果子」顧名思義指甜品。

刺身通常都是日本傳統筵席中的核心，日本人重視的「旬」味通過不同季節的魚類得到充份體現。

日本料理中極少見炒菜，讓刺身以外的食物入味，全都靠吊湯來實現。吊湯也是日本料理的一個重要組成部份，沒有它，面對眾多的食材便會無所適從，宮武尚弘是「板前」名師，但他卻說，日本料理裏最難的是水的使用方法，足見湯在日本飲食中的重要性。

吊湯有兩樣神器，一個是「昆布」（一種海帶），一個是鰹魚。「味彩」料亭餐廳的主廚島田裕明極善製湯，他的秘訣是把洋葱炒一下後，與醬油、日本酒一起分別和昆布或鰹魚吊湯，他做了一道生蠔糯米團湯，用了鰹魚吊湯，另外撒了很多白蘿蔔泥，只用了極少的鹽，味道就極濃郁。

十幾道菜的日本傳統筵席在形式上做足了美感，最能體現日本人「用眼睛來吃」的飲食美學。我在「河太郎．松幸」看太田記央擺盤，他營造的冬季氣氛真是美呆了。一隻鑲嵌着金色花邊，繪着紅葉的淡黃色瓷盆作為盛器，用紫蘇葉托底，上面放兩塊魷魚卷，魷魚提前切出了花紋，捲起來像瀨戶內海的漩渦；旁邊的一隻楓葉托盤盛着鰤魚刺身，紅色的魚肉上飄一朵紅心蘿蔔做的花，撒了兩枚松針，帶來了清冷的氣息；雞蛋大小的菊苣葉托起象拔蚌，旁邊用南瓜細絲襯托出顏色，最後撒一些紫蘇花和幾片刨成薄片的淡紅色蘿蔔條，實在是賞心悅目。

很多廚師都說自己有在「料亭」裏修行的經歷，在料亭裏工作，更多是積累處理複雜問題的能力，即便你想開一間簡單的小餐廳，料亭的經驗也會在你應對突發狀況時幫到你。料亭雅致的環境也是很多顧客青睞它的一個原因，但在我看來，料亭固然有它的長處，但料理職人的專注和匠人之心，在單一類型餐廳裏能得到更多體現。

食魚的民族

北大路魯山人說人要在料理上體現出「王者的骨氣」。「一個有身份有地位的君子，如果不能理解有品位、有價值的食物，那就難免被人譏諷為素質低下。」日本人說自己的血液裏流淌着的是魚的血，即使是小學生也能隨口說出十種不同的魚的名字來。他們對魚的了解程度是我完全沒有想到的。

每個月的第二個週六，是福岡長浜鮮魚批發市場向普通市民開放的日子。我在日本只見過兩次鄭重其事的排隊，一次是在福岡天神購物區的大商場門口，男女老幼齊上陣買新年彩票，一次就是這一天的魚市場，九點鐘正式開門，我們七點半去那裏，看到已經排了上百人，讓人不由得聯想起中國春運排隊買火車票的情景。

一向謙讓的日本人此時變得有些瘋狂。九點鐘開市後，人流踩着斑馬線從露天的廣場上奔進了市場內，我擠在人群裏，不斷被身後趕上的購物車蹭到腿。他們的目標是前面的一片水產區，一個個泡沫塑料箱裏已經分裝好了，每個箱子裏有一條冬季最肥壯的鰤魚，另有一條青色的鰺魚、一條紅色的金線魚和兩條大眼睛的紅色連子鯛，都是冬季時魚。這樣一箱份量至少有七八斤的鮮魚，只售一千日圓（時約港幣五十七元），絕對是回饋市民的「福袋」了。因為當天限供五百份，這一天又是日本新年前的最後一個開放日，難怪市民們爭相搶購。

長浜鮮魚市場是福岡最大的海鮮批發市場，緊鄰着博多港。每天凌晨，從玄界灘、日本海及東海等地歸航的捕魚船便會聚於此，魚貨由市場中的兩家批發商進行收購。之後，兩家批發商再以拍賣或招標的方式將其販賣給市場內的四十六家次級批發商。長浜市場往常是封閉的批發市場，海鮮分散到次級批發商手裏之後，幾百家由零售商、超市、加工業者組成的採購方接踵而至，類似築地魚市的拍賣環節就此展開。而每個月的第二個週六，平素的遮蔽卻要在這天一網打盡似的展示在大家面前。

當我們還在感嘆購得一千日圓「福袋」的市民好福利時，長浜鮮魚市場的「市場長」西依正博催促着我們趕去看十點鐘的「金槍魚解體秀」。一尾捕撈自長崎的六十四公斤的野生金槍魚被鄭重地掛起來，旁邊寫明「紀念寫真」（合影留念），好多跟着父母來逛市場的小朋友們蹦蹦跳跳地要跟金槍魚合影。金槍魚體形龐大，光潔的表皮散發着藏青色的微光，肉質緊實得直至尾巴尖都沒有懈怠的意思，完全符合我心目中那來自海洋深處的神秘幻想。

伴隨着金槍魚的首尾被斬斷，熱鬧的競購隨即開始了。原來是魚店的老闆與圍得裏三層外三層的市民集體猜拳，贏了繼續猜，直至決出最後一個勝出的購買者才作罷。日本人很誠實，輸了就把手放下，一片混亂中也無人作弊，最後買到魚尾的是一位白頭髮奶奶，另兩個小朋友分別買到了兩瓣魚鰭。金槍魚的體重在三十至八十公斤範圍內，體重越重，油脂越厚，吃起來味道也越好，其中最好吃的是油脂最多的金槍魚腹部，磚頭大的一塊「中肥」，惠民售價也要五千日圓。

轉了一圈，發現市民日的多數活動小朋友都可以參與，他們甚至可以親自上手跟着魚販們一起解體金槍魚。金槍魚是日本魚食材裏最有代表性的一種，「金槍魚解體」也可看作日本人處理魚食材的標誌性流程，體形龐大的金槍魚至少需要兩個工匠相互配合才能分解完成，其間使用的巨大刀具至少要七八把。小朋友們在工匠的配合下，體驗着鋸木般推拉魚刀、切掉金槍魚頭部肥肉的過程，接着觀看工匠們將一把碩大的尖刀從腹部插入，沿着背部魚骨的走勢將魚完全劈開，之後按照

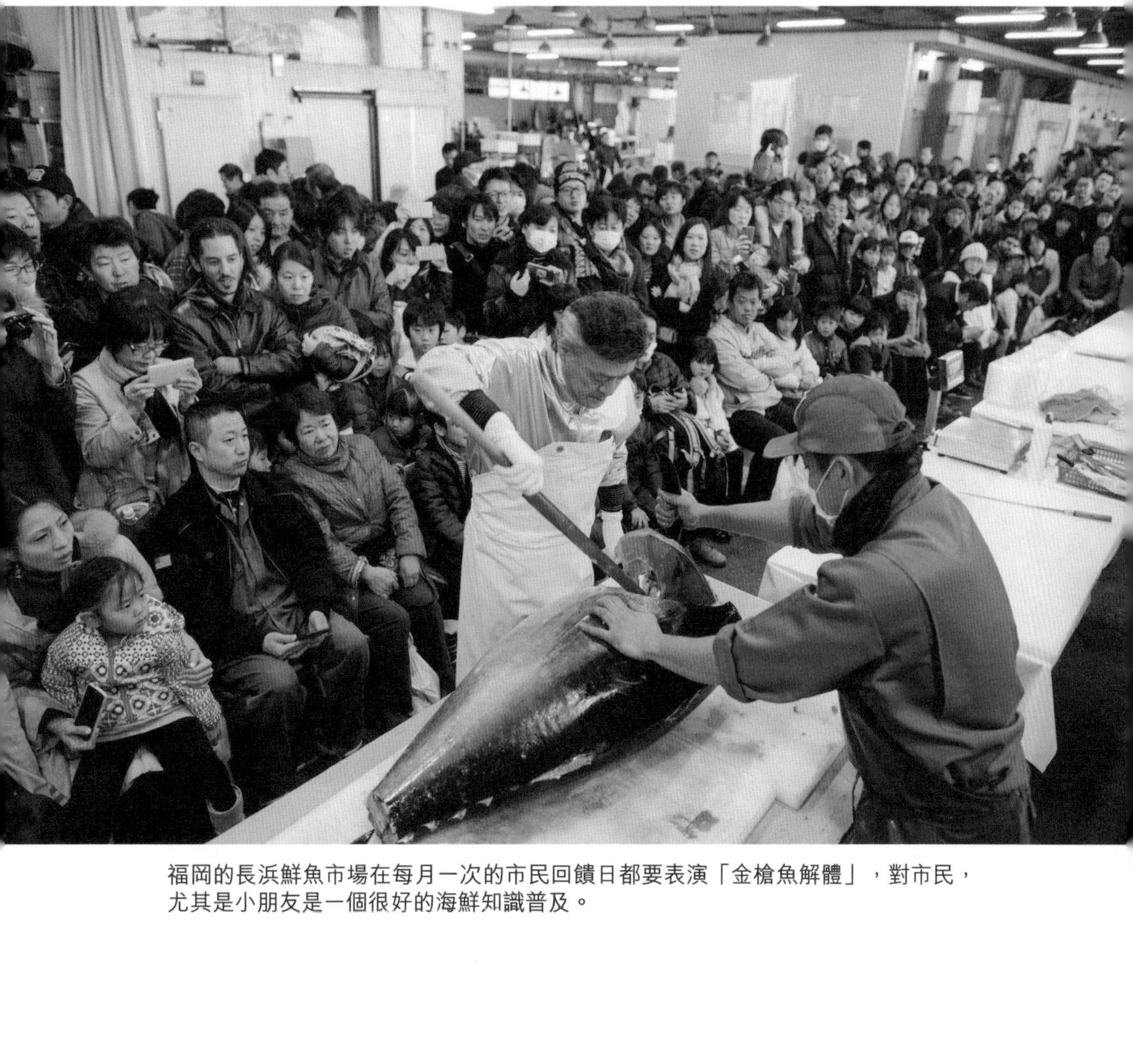

福岡的長浜鮮魚市場在每月一次的市民回饋日都要表演「金槍魚解體」，對市民，尤其是小朋友是一個很好的海鮮知識普及。

上、中、下三端，將魚切成幾份，並分割成小塊。

很難想像，我們印象中氣味腥臊、污水橫流的海鮮市場竟能成為孩子們玩耍的樂園。在父母的鼓勵下，小朋友站在水池邊勇敢地把一大條一大條的深海魚揪起來。有的攤位把魚直接鋪在碎冰上，插上小旗子，上面寫着魚的名字，方便小朋友們辨認。可是為甚麼要鼓勵小朋友們來市場呢？西依正博說：「從小就要給他們普及吃魚的知識啊，這樣長大了才會來買魚。」參觀了一圈下來，我發現為了挖掘未來的潛在客戶，魚市場做得實在是太淋漓盡致了。

首先是在二層辦公區內有間名為「觀魚廣場」的展覽館，裏面介紹了自一九二三年魚市開張以來的大事件和平均每月的魚類銷量變化，以及主要產漁區的分佈。九州地區一直都是日本重要的漁業區，長浜市場的水產來源裏，玄界灘上的對馬群島、福岡和長崎分列產量前三位，再加上佐賀、鹿兒島等地，九州地區的產量佔到了百分之六十。因為漁產實在豐富，日本人把魚做了詳細的歸類和分析。首先是當季該吃哪種魚，到了冬天，要吃鰤魚、鮟鱇魚、魷魚、海參、河豚等。吃不同的魚究竟有甚麼功效也說得非常詳細，比如沙丁魚可以促進腦力活動，預防動脈硬化和腦梗死；秋刀魚能防治心臟病、改善高血壓；比目魚則可以美化皮膚以及促進術後外傷癒合。我想在中國，大概不會有甚麼食物可以讓人如此清晰地了解它的食用知識吧。

除了懂吃，還要學會做。展覽館旁邊有間壽司教室，只有十二歲以下的小朋友才能進去學習，教簡化了的壽司做法。金槍魚、鰤魚、烏賊等八片生魚片和捏好的飯團都已經準備好，小朋友只需要掌握左手鋪好生魚片、右手窩起來捧着飯團的動作，再把生魚片貼在飯團上，左手食指和中指併攏，配合着攏起的右手，輕輕地來回擠壓兩次，一個漂亮的壽司就做好了。除此之外還有親子廚

「福魚食堂」每天清晨用當天從魚市場進的魚做早餐

房，一個帶着濃重福岡口音的老師正在教家長和孩子們如何用鯛魚和鰤魚做些洋式料理。

既然來到了海鮮市場，誰都不想錯過一頓最新鮮的早餐。趁市民排隊等開門搶福袋的時機，我們鑽進一家名叫「福魚食堂」的小餐館，後廚裏幾個忙碌的廚師正從檔口推出一盤盤以魚為主的「定食」（套餐）。看多了日本人精緻而安靜的飲食程序，這裏的煙火氣倒使人充滿親切感，像極了香港茶餐廳的模樣。小館子早晨六點開張，沒有菜單，當天送來的甚麼魚好，老闆就手寫一個餐牌貼在牆上。老闆娘野口美葉子看起來有六十多歲了，仍舊體面地畫着眉、打着橘紅色的腮紅，眼神非常乾脆俐落，她從小在魚市場裏長大，家裏做魚食堂已經四十多年，最自豪的是自己跟外婆學的一手醬汁調法。

我們去的那天鯛魚特別好，於是點了

「糖醋連子鯛定食」，裏面配了五片鰤魚刺身和一小碟魷魚「漬物」（醃製食物），以及一碗米飯、一碗蛋花湯。湯已經微涼，米飯口感也平平，但鯛魚卻蒸得漂亮，紅色的表皮脆亮，裏面的魚身金黄，絳紅色的湯汁濃稠，一筷子下去，糖醋醬油汁的味道早已浸入巴掌大的魚身裏，原本都在嚷着「我早晨吃不下整條魚啊，我們幾個人點兩份分着吃也夠了」，結果幾個人呼啦啦就把魚吃了個精光。

店裏的另一大特色是「海鮮丼」（海鮮蓋飯），一群人又在嚷嚷「我早晨吃不了這麼多生的東西，我習慣早晨喝熱咖啡」，結果海鮮丼上來所有人都傻眼了，鯛魚、鰤魚、海鱸魚、烏賊、金槍魚各一片刺身，一隻帝王蟹蟹腳，再加上半盒海膽！一份相當豪華的海鮮料理。儘管日本人也並沒有大早晨就吃海鮮丼的習慣，但魚市場勝在新鮮，連店家都說，不吃一份海鮮丼有點遺憾哦。我舀了一勺，拌着海膽和一片鰤魚，入口時，原來米飯的溫度比平時要熱一些，很快就平衡了生魚的寒涼，只剩各種新鮮交織在嘴裏，吃完開心得熱血沸騰，哪還有甚麼「早晨要吃熱的」的傻話。

壽司：魚介與醋飯的主次

壽司職人的修行有「煮飯三年，學做八年」的説法，大衛·賈柏（David Gelb）拍攝的紀錄片《壽司之神》（*Jiro Dreams of Sushi*）裏，小野二郎的徒弟甚至光煮飯就煮了多年。「為甚麼煮飯這麼重要啊？」我問福岡的壽司職人松昌民亘先生。「因為，壽司的美味是由米飯決定的啊！」啊？決定味道的難道不應該是頂在上面光彩奪目的魚介嗎？

壽司的來歷與魚的保存歷史密不可分。日本的很多「壽司專門店」都會在門簾上寫一個「鮨」

或「鮓」字，兩個字表達的意思相近，所謂的「鮓」，在古漢語裏指的是用鹽和米的發酵來醃製魚肉，從而達到長時間保存的目的。這種最早由中國人發明的醃魚方法，據說在唐朝時隨着中日文化交流傳到了日本，將鮮魚處理好後先用鹽醃三個月，再用兩層米飯夾着一層魚，用重物壓着讓二者一同發酵後食用。那時的貴族吃法是只吃魚，不吃米，在耕地面積有限的日本顯得過於奢侈，後來，漸漸有人開始品嚐醃魚的下腳料，發現發酵過後的米飯微微帶甜帶酸，還有一股酒香，口感很好，於是「一種保存魚的方法」，逐漸演變成了「魚和米飯結合的奇妙產物」。我們在福岡所見到的壽司做法都是「江戶前壽司」。日本壽司最主要的做法分為關東和關西兩派。其中關西壽司的做法歷史悠久，稱為「箱壽司」或「押壽司」，是按照貴族醃魚的方式，將魚和米飯直接放在容器中進行製作，因此壽司可以較長時間保存。關西壽司的工序複雜，內容豐富，很符合關西人追求華麗和儀式感的秉性。而關東的「江戶前壽司」則是後起之秀，產生於江戶時代後期，靠的是師傅的手感和技術，在一分鐘之內將壽司製作完成，簡單直接，很受關東武士後代的歡迎。

江戶前壽司也稱「握壽司」，顧名思義，壽司是拿手握出來的。在福岡時，我曾跟着一位老師傅學了幾下。先用中指指尖蘸一下手醋，在兩個掌心間均勻塗開，這樣可以防止米粒黏在手上。右手從一個木桶中攥起一小團煮好的米飯，在手掌窩裏微微聚攏，左手同時握一片切好的生魚片或者其他「ネタ」（製作壽司時除了飯、乾瓢[40]、海苔之外的食材），並將右手的壽司飯塞入，用右手的拇指和食指輕輕擠壓，之後捏起壽司調轉方向，用拇指的指腹按一按飯團的首尾兩側，基本就算

40 海苔卷中間的食材，由瓢瓜果實製成。——作者註

完成了。儘管在手掌上塗了不少手醋，但為了能讓壽司飯結實，用的力得適中，力量一大米粒就在手上黏黏糊糊，如果力量太小，壽司還沒捏完，米粒就已經分崩離析。想想小野二郎在四秒內就能完成一貫壽司的製作，這是何其嫻熟的技術，不然兩手迅速交替、旋轉，一不小心壽司就會被甩出去吧。

握壽司的速度與味道有非常密切的關係。「たつみ壽司」店主廚松昌民亘是福岡有名的壽司職人，他說，儘管大多數壽司的「魚介」採用的是生魚，但拿活魚做壽司味道一定不好。「水裏大約是16-17℃，魚吃起來不溫不涼。好的壽司，魚應該在3-5℃，米飯保持在30℃與人體溫接近時最好。況且鮮魚因為水份比較多，吃起來口感並不一定是最好的，所以魚片都是放在冰箱裏冷藏着的，吃哪個就做哪個，因為室溫高，就要迅速做好，以免影響壽司的口感。」

壽司餐廳的主理人尤其要注意協調用餐和享受氣氛之間的關係，在其他餐廳可以輕鬆地享受一段愉快的時光，在壽司餐廳可能會因為食物的特殊性，心情變得緊張無法放鬆下來。正統的壽司店一定是職人站在「板場」（壽司的案板）氣定神閒地握出一隻壽司，雙手托着擺在你面前的「大葉」（紫蘇葉）上；回轉壽司雖然輕鬆隨意一些，但壽司在傳送帶上晃來晃去，味道一定不對。即使沒有像二郎的兒子禎一那樣，不客氣地質問你，「為甚麼還不吃掉，還在等甚麼」，但正統餐廳裏的職人們也一定會用渴望的眼神，希望你將這貫溫度最佳的壽司立馬一口吞下去。

「たつみ壽司」以新派的創意壽司為特色，但萬變也離不開現握現吃的定律。主廚松昌民亘今年七十六歲，對於勤奮又長壽的日本人來說，這個年齡距離退休還很遙遠，他拿起「魚介」微微在手裏晃動一下，將飯粒推到魚片下面，兩手迅速交替，瞬間握出一個線條流暢的壽司，我默默掐了下錶，也是四秒鐘！

日本很多餐廳都是採用「Omakase（お任せ）」的方式，意思是主廚做甚麼，客人就吃甚麼，並沒有固定的菜單，這種模式在壽司餐廳裏最為常見。主廚把當天最好的「魚介」拿出來切，確保客人吃到他們認為最好的，而不是客人希望吃到的，這也是內容看起來頗為單純的「壽司專門店」會吸引客人不斷前往的原因之一：每次都無法預計今天將會出現哪些驚喜。

松昌民亘首先準備的是一貫烏賊壽司。以白肉作為開篇是很多壽司店的慣常出場順序，白色魚肉味道纖細，口味清淡，享用時更能感受到這種壽司的氣質。他在白色的烏賊肉條上面細細密密地切出刀痕來，彈性的肉質於是刨起了捲捲的花紋。捏好的烏賊壽司上，他抿了一小團醃製後的鰹魚乾刨出的魚乾絲，又點上一小顆暗黃色的梅肉，最後刷上鹽水汁，就請我直接吞下。

因為和松昌民亘聊完天已經接近下午三點，午飯沒有吃，早已飢腸轆轆。我迫不及待地將這貫通透得像美玉一般的烏賊壽司送進嘴裏，涼涼的烏賊肉劃過口腔的側壁，心開始興奮得突突跳。烏賊肉味道清新又有彈性，鰹魚絲有脆感，我理解松昌民亘的意圖，似乎是以此來加深首貫壽司給客人留下的印象，因為往往這一貫的記憶會因為味道清淡而被後面的紅肉壽司橫掃而過。

烏賊的味道十分甘甜，松昌民亘後來解釋說，他通過鹽水和梅肉來引出並放大了烏賊本身的甜味。在「たつみ壽司」店，服務員不需要額外為客人準備調料盤，這是松昌民亘最大的創新之處。他在烏賊壽司上刷了岩鹽，另外加了昆布配製出的高湯般味道的鹽水汁，免去了客人蘸醬油汁的麻煩。

不要說初來乍到的外國人，就是很多日本人也不一定懂得壽司的禮儀，就比如夾壽司時筷子的

在烏賊壽司上花一些心思豐富口感，這一貫壽司即使口味清淡也會給客人留下深刻印象。

手法，一定要平着出去才不會把壽司夾散，蘸汁更是不能直接接觸到米粒上，否則會嚴重影響壽司的味道。松昌民亘在烏賊壽司上的細小而精心的設計，的確與傳統的壽司店簡樸的做法非常不同。

第二貫壽司用料是青蝦。剝殼後從中間剖開，將壽司飯包裹在下面，這一次他在上面刷上蜂蜜汁水，又舀了一大勺柚子醋打成的泡沫頂在上面。青蝦黏連而柔軟，泡沫卻在嘴裏轉瞬即逝，只留下柚子的清香、醋和蜂蜜的酸甜，這一次芥末的味道嗆一些，青蝦甜而軟的餘韻在芥末味道逐漸湧出時戛然而止。吃着這樣的壽司，就覺得松昌民亘一定是個非常風趣的人。

第三貫壽司用了寒冷季節才有的鮐魚。鮐魚的魚脂豐盈，要經過鹽和醋的浸泡與幾日的沉睡，獨有風味才會被最大限度地激發出來。松昌民亘在製作紅肉壽司時用的是醬油、鰹魚末以及鹽醃製的鱿魚醬和鱿魚卷等混合在一起的醬汁，這種濃郁的醬料飽滿地刷在鮐魚片上，增加了體積感，使整個壽司顯得更為圓潤。

隨着鮐魚與米飯因咀嚼而逐漸融合，油脂開始在嘴

「たつみ壽司」店的壽司不需要額外調料盤，這是松昌民亘最大的創新之處。

裏融化，米飯裏的甜鹹味和醋酸味成為油脂融化過程中的柴火，壽司的香氣濃烈地躥了起來。這種感覺是與吃生魚片完全不同的，無論在多麼溫暖的房間裏吃生魚片都會覺得冷，壽司因為有米飯的加持，吃完胃裏非常扎實，因為有了飽腹感而覺得渾身舒坦。

我把這種感覺告訴松昌民亘，他向我更明確地解釋說，帶來這種滿足感的根源其實是米飯入口之後「像房屋倒塌般，瞬間崩裂着散開的感覺」。「壽司要一口吞進去，因此它的體積非常關鍵，每一貫大約是魚十克，米飯八至九克。如果把一個巨大的壽司塞進嘴裏，恐怕甚麼美味都嚐不出來。大小適中的壽司吃進去，米飯在嘴裏立刻散掉。握壽司的過程中包裹進米飯中的適量空氣，能讓魚肉和米粒更加均勻地攪拌在一起，充滿彈性。」

松昌民亘十五歲開始在魚店當小販，不久帶着對魚的了解正式進入餐飲業修行。一年半之後，他通過以前同事的介紹，進入東京一家非常著名的餐廳當學徒。像很多日本廚師一樣，他從在優秀餐廳當學徒開始起步，一步步成就自己。松昌民亘說，新入行的學徒都要從打雜開始，每天清晨五六點就要進入廚房，先打掃一遍，為廚師們準備廚具、煮開水，大多數時間就是洗碗，給前輩打下手，處理食材，最多是幫客人準備最簡單的醃菜。他所在的那間餐廳從早晨七點營業到晚上十點，中間只有三個小時的休息時間，而後廚一共只有六個人，他要做很多事，而且時常會被前輩們否定，「但日本的廚房是這樣的，前輩們說那樣苛刻的話其實是在鍛煉後輩，所以一切都值得忍耐」。後來他轉投了東京另一家有百年歷史的壽司店學習，仍舊從最基層開始做起，先是洗魚，接着是送外賣、準備其他食材，之後再到前廳服務。在這間餐廳，他終於遇到了一個機會，當時負責煮飯的同事要辭職，出現了一個職位空缺。雖然他從沒學過煮飯，但他和這個同事關係不錯，同事將煮飯的技術教給他。沒想到他試了試，把米和水的比例掌握得很好，於是主廚就讓他頂上了這個位置。

在煮米飯的問題上他似乎比別人更有天份，理解也更深刻些。首先要選好的米，到他自己開店時，光是為了選理想中的米就花費了幾年的時間，最後在日本最有名的大米產地新潟縣找到了穩定的供應商。「米要含有適量脂肪，挑選靠的是看成色。米粒上的白尖越小越好，白尖的地方是酥的，或者是空洞的。一開始我們也不知道甚麼樣的米好，但客人的嘴很刁，會問為甚麼米飯有變化，是客人的回饋才促使我慢慢找到原因所在。」松昌民亘說。

煮熟的米飯首先要將混合醋澆入並攪拌均勻。醋汁裏混合了砂糖、鹽、日本酒，拿鏟子翻動米飯，但米粒不能弄碎，除了混合，這個過程也是為了讓熱度變均勻；另一個更重要的要點，是要打破米飯的黏稠度，使其變得鬆軟，職人通過高超的技藝，迅速讓壽司飯保持外部緊密、中間鬆散的狀態，入口即散掉。攪拌均勻的米飯要盛在木製的米飯缽裏保溫，自然狀態下溫度保持的時間有限，於是那些考究的壽司餐廳，對客人在入場時間、用餐速度上進行苛刻的要求也就不難理解了。

壽司是由魚、米飯、食醋、鹽和醬油構成的一個簡樸的世界，松昌民亘覺得這太單純了，於是自創了新的流派，把壽司做得很豐富。壽司也有做成華麗風格的，比如我們在博多商業區附近造訪了一家名為「隆」的壽司店，社長二田隆史的風格，是將所有壽司盛在黑底繪着金色波浪花紋的平盤中推出。潔白的烏賊、肥厚的鰤魚、撒着金箔的金槍魚大肥、微微炙烤的金槍魚中腹、焯熟去殼的對蝦、海苔包裹的玉子燒等，純白、焦黃、橘紅、嬌粉、赤焰和墨綠的色彩看起來非常豪華，又應景地在其中點綴了冬季的小菊花、胡蘿蔔雕刻的楓葉，甚至還用黃瓜做出一株綠色的松柏來。只是，這種做法更偏重於視覺上的享受，那些放置時間稍久的壽司因為失去了水份，口感變得不那麼美好了。倒是邊上一盞作為陪襯的鮭魚子酒餚特別讓人叫好，鹽漬的鮭魚子任性地一粒粒在嘴裏爆開了花，味道對於不喝酒的人來說也沒有鹹得過份。更珍貴的是，鮭魚子中飄蕩出一股來自昆布的香氣，這要拜職人們加入「出汁」（高湯）所賜，襯托出了鮭魚悠悠的香味，即使沒有點酒，這樣的酒餚也非常值得來一份，活躍一下等待壽司時略顯寂寞的味蕾。

行天：隱藏在壽司中的微妙關係

至此，我以為此次尋訪的壽司部份可以告一段落了。沒想到在返程前一天，突然傳來一個好消息，福岡米芝蓮三星餐廳「行天」同意接受我們的採訪了。

在凡事需要提前預約的日本，我們突然說要去採訪誰，都會得到對方一句「怎麼不早點說」的抱怨。「行天」的預約要提前至少兩個月，我們委託了福岡觀光會議事務局、當地的華商等三撥人去向「行天」提出採訪請求，均遭到拒絕。但就像一些米芝蓮餐廳既擺出飢餓行銷的架勢，又能準確拿捏客人的心思，在我們不得不放棄的邊緣，當地旅行社的一位朋友突然通知我們，「行天」的採訪可以在晚上九點半進行。

當地的朋友說，主廚行天健二在電話裏對他一通斥責，當然是在抱怨我們的唐突。我們誠惶誠恐地提前趕到餐廳，結果被晾在小院裏等了半個多小時，其間有個高瘦的小學徒沮喪地出來跟我們道歉，因為他把雞蛋煎糊了，被主廚罵了一頓，我們因此要再多等一會兒。

這一切都讓我覺得，行天健二一定是個很難搞的怪老頭，可走過來的卻是一個穿着考究的深藍

「隆」壽司店的風格非常華麗

色和服便裝的年輕男子，圓臉大眼睛，頭髮一絲不苟地向後梳去，溫和有禮地用日語、英語和漢語分別向我們問好，與想像中的怪咖無任何相似之處。

這間無窗的小壽司店僅有十個座位，圍繞着多邊形的木製壽司台依次排開。行天健二從廚房掀簾進入，站在燈光匯聚的「板場」前，微笑着讓助手從身後的LV旅行箱裏取出從築地魚市買回的一塊最高價的金槍魚魚腹。金槍魚是傳統日本壽司店的看家招牌，整個魚腹一分為二，壽司店會將其中一塊整體購入。行天健二說，很多人覺得他生活奢侈，但他就是覺得LV的旅行箱最嚴密，最適合拿來裝冰鎮的金槍魚。他的助手打開排盡空氣的塑膠袋，取出手風琴大小的金槍魚，剝掉上面捲裹的「給水紙」（吸水紙），魚肉因為沉睡幾日已變得更加軟嫩。

金槍魚腹部的幾個部份有着邊界分明的色澤差異。包裹在最外層的是因血液充足而呈紫黑色的「血合」，深紅色的「赤身」逆着「血合」的紋理橫向排佈，「赤身」之下是粉嫩的「中肥」，「中肥」延伸出去，粉色魚體中整齊的白色脂肪呈現出均勻的風琴褶皺，這便是金槍魚最為昂貴的「大肥」部位。「大肥」又分成「霜降」和「蛇腹」兩段，「霜降」靠近「中肥」，脂肪融合在魚肉中，因紋理像霜降一樣而得名，肉質柔軟，「蛇腹」是脂肪最為豐腴的部份，白色筋肉與其他部位的粉色魚體明顯間隔分佈。

餐廳每晚接待兩撥客人，我們等客人都走後才進入，行天健二抱歉地說今天只剩下金槍魚可以給我們嘗試。他從蛇腹上削下兩條已熟成軟化的魚肉，揚起柳刃刀，用手腕的力量從肉條上橫着掃下一塊魚片，動作輕盈得就像大提琴手在抽拉着琴弓。「做幾個好呢？」他問，「中國的吉利數字是幾？」我們說「八」。於是他切了八片魚。

行天健二用金槍魚脂肪最豐腴的「蛇腹」製作壽司

原本做來為了拍照的壽司，他卻把握好的第一個先遞給我吃。我低頭沒找到筷子，洗手又來不及了，只好硬着頭皮拿髒手接下，因輕度潔癖心裏有點不爽。可是，入口的一瞬間，所有的彆扭都變得完全不重要了，因為這是我吃過的、最最好吃的一貫壽司。

我愛金槍魚油脂的芬芳！只是輕輕一咬，「蛇腹」的油脂就像被擠出的橙汁，彷彿脱離了魚肉似的開始在嘴裏融化，醋飯和醬汁的甜鹹味隨即開始吊出油脂濃郁的甘香。那一刻味蕾的滿足，讓人陡然升出一種幸福感。如果在其他餐廳吃到的壽司讓我用點頭來表示滿意，那嘴裏的這一貫就必須蜷着胳膊、攥起拳頭來説，真的是太棒了，太棒了！

可是，這與和牛粗糲肉質留下的悠長餘韻依舊不同，「蛇腹」的紅肉相當細滑，當我依依不捨地將這貫壽司完全吞下之後，「咕」的一聲，那種芬芳和幸福感就像一場夢一樣消失了，嘴裏依然清澈，纖細的肉質已經捲裹着回甘，一起流進了嗓子眼兒。

真的是太妙了！

等我從這貫壽司的回味裏恢復了神志，開始聚精會神地看他那雙在手醋滋潤和燈光照耀下顯得敦厚而柔亮的雙手。他握的速度並不算快，右手要往復幾次揉捏飯團，魚和飯交會後也要擠捏幾個回合，雙手交替着彎折、伸展，據説這就是正宗的「正手反八手」的江戶前壽司手法。

等他捏好了全部的壽司，攝影記者拍完照後，大家把壽司分着吃了。很意外的是，他這時又切了片魚片，單獨捏了一個給我。這一次金槍魚變得短而厚，輕輕一抿，油脂融化得更快了，好像還沒發動牙齒，魚便沒了，於是我被芥末嗆了一下。

終於可以跟他聊聊壽司了。二〇一四年七月，首次出版的《米芝蓮指南》（福岡．佐賀版）中，只有兩家餐廳獲得了「米芝蓮三星」稱號，「行天」是其中一家。當時「行天」在福岡只開了五年而已，行天健二也只有三十二歲，是米芝蓮榜單裏年紀最輕的壽司職人。但他並不願意跟我聊壽司的技術：「技術真的不難，只需要幾年的錘煉就可以做得到。比如『魚介』的厚度、米飯的溫度、芥末的用量，都是很容易掌握的。」他把壽司台上每一把鋒利的刀依次架在右手食指上，讓我們看如何保持平衡，嚇得他的女徒弟捏着耳朵往後退了一大步。

「但平衡很難。」行天健二説，把魚、醋飯、芥末、醬油等因素統合在一起的是握的動作，如何根據客人的特點製作適合他的壽司，這是壽司餐廳與其他餐廳最顯著的不同之處。往常，他會在壽司之前，準備一些酒餚給客人。「客人喜歡吃甚麼，哪一種食物他沒有動過，看看他喜歡鹽、醬油、鰹魚吊湯調製的醬油，還是昆布和日本酒調製的蘸料，基本就對他的喜好有一個判斷了。接下來就要基於這種判斷，捏出來最適合他口味的壽司來。」

原來在我吃他捏的第一個壽司時，他就留心觀察着我的表情。他說：「你一定很喜歡吃油大的東西，而且比較重口味。」所以，就有了之後他專為我捏的一貫壽司，難怪這一次覺得金槍魚更厚，芥末味更濃。

儘管行天健二一直面帶着微笑，但他會因為女徒弟收拾東西的噪音影響了我們的談話，瞟去一個狠狠的眼神，又自顧自地講。儘管很多人批評他生活奢靡，但他毫不在意，認為這是一個優秀職人所該享有的待遇；同時他對自己的作息和情緒進行嚴格控制，再聯想起他幾次拒絕我們的採訪，最終同意的迂迴策略，這些都讓人感覺到他其實是一個非常強勢的人。

「好吃是有界限的，關鍵是如何去了解對方的性格，營造出一種讓客人感到愉悅的氣氛。」他的眼神帶着狡黠和一絲優越感，一旦和你對視，又會非常專注，不得不說很有魅力。

我突然想起女作家岡本加乃子寫的一篇小說，一位母親為了讓自己厭食的兒子愛上吃飯，親手製作壽司給他吃，兒子不但從此愛上了吃飯，而且終於把一直以來腦中幻想的母親形象和眼前的母親畫上了等號。想到這個一吃壽司就聯想到母親體溫的曖昧暗示，我面對行天健二時突然臉紅了起來。

壽司真是一種奇妙的食物，當你與這個主廚眼神交會之後，傳遞着他手溫的壽司便可成為一種隱匿關係的指代。

好在，這種意亂情迷並沒有持續太久。當我們結束採訪正準備離開時，他讓我們為剛才的幾個壽司支付一下費用，於是我瞬間清醒了。這塊頂級的金槍魚以十公斤五十萬日圓的價格購入，一貫金槍魚蛇腹壽司的正常售價大約是五千日圓（其時約港幣二百八十多元）。我只能安慰自己說，還好我們之前說中國的吉利數字是八，我差點說一百也很好，非常圓滿的一個數字。

天婦羅：小食物裏的大幸福

在我的印象裏，天婦羅是最奇怪的一種食物處理方式。

我們在博多運河城的天婦羅餐廳「高尾」尋找「旬味」食材，看到牆上小黑板寫着一份定食菜單：佐賀有田的雞胸肉、鰈魚，廣島的牡蠣，北海道的生蠔，以及菜花、茄子和山芋三種蔬菜。一份七種當季的食材，配着米飯、醬湯和鹽漬小菜，是日本人常見的「一人食」的選擇。餐廳的廚師說起自己炸天婦羅的體會，覺得最難的是給食物掛上混着雞蛋的麵糊，保證麵糊不會跟食材分離，以免炸成了麵疙瘩和焦黑的魚。

既然這麼麻煩，為甚麼要做成天婦羅呢，拿水焯一下不就完了？你們日本人不是以「水製」的烹飪方法為傲的嗎，怎麼會有天婦羅這種與油如此濃烈接觸的食物呢？況且是炸魚、炸菜葉和米飯同吃，想想都覺得沒有胃口啊。從我第一次來日本開始，這個疑問就一直都沒有想明白。

直到我遇見「天壽」餐廳的主廚岸壽憲，才激動地發現，我對天婦羅的認識徹底被顛覆了，所有疑惑在他那裏都找得到滿意的解答。而且岸壽憲本人也是我此行最喜歡的一位廚師，儘管我們第一次見面時，鬧得非常不愉快。

「天壽」開在匯集了美術館和劇院的博多座旁邊，在一座公寓的底商內，門前有一塊精心修葺的小小園林，半開放的圍牆裏，兩三棵葉子沒完全紅透的樹木錯落排列着。幫我們聯繫採訪的是福岡觀光會議事務局的中村里彩小姐，因為她非常負責任地已跟我們確認好具體的採訪流程，所以攝影記者和視頻記者見到這個雅致的小院，架起設備就直接開工了。沒想到從店裏忽然闖出一個金髮飄逸的年輕人，憤怒地揚起手指指點點，非常不滿地嚷着。看他年輕氣盛的樣子，誰也沒想到他就

天婦羅同樣離不開「旬」味，冬天選擇鰈魚、牡蠣、生蠔等當季海鮮作為食材。

是主廚岸壽憲，因為跟他的溝通失誤，他並不知道還有拍照和攝像的環節，以為只是單純的談話，氣呼呼地把我的同事都趕走了。

好在他沒有對談話表現出厭煩。看起來只有二十多歲的岸壽憲其實已經四十三歲了，這家店也開了有十三年。十六歲時，他開始和人一起開酒吧玩，是一個不良少年，之後萌發了想做一名廚師，擁有一間自己店面的想法。他在福岡和東京一共修行了十一年，分別在兩家天婦羅店和一家料亭裏面工作。「小時候看媽媽炸天婦羅，並沒有對這種食物有任何好的印象。原本我以為天婦羅只是一種不上檔次的『定食』，可到了東京學習之後才了解，原來天婦羅和壽司擁有同等的地位，如果我自己開店，很想把天婦羅經營下去。」

日本人口味清淡，可是為甚麼要吃油炸食物呢？看他情緒稍稍恢復，我禁不住拋出了腦子裏最大的問號。「天婦羅和一般的油炸是兩個概念，天婦羅是通過油炸讓食物脫水，又不讓油滲進去。」岸壽憲其實是個挺誠懇的人，坐下來談話就變得心平氣和，「貝柱可以生吃，但那樣吃不出香味，只有等水份流失以後，甜味才能體現出來。如果生吃是為了吃出食物的『旨味』，天婦羅更加是體現食物原本的美味了。」

聽起來好高深的樣子。

這種最早由葡萄牙人帶來的油炸物，在日本經過三四百年的演化，終於變成了日本料理中重要的一種。岸壽憲用的油是白色胡麻油，這種油沒有太多香味，不會像芝麻油那樣影響食物本身的味道，也不像家用的菜籽油，吃起來會讓食物的口感變得很沉。白色胡麻油耐熬，濃度也會保持很久，如果和其他油直接對比，就會發現這種油不容易滲入到食物裏面，在需要脫水的狀況下，是一種最理想的油。

在油鍋裏做到脫水又不容易吸油，一個是要控制油溫，另一個是要充份利用麵糊。「雖然都在同一個麵盆裏蘸，但不同位置麵糊有濃有淡，和不同食材搭配，就要選擇在不同的位置蘸麵糊。」蘆筍水份多，麵糊就要薄一點；蓮藕水份少，麵糊就要厚一點；「所有的食材出鍋後仍然是筆挺的，如果是普通的炸，一定早就蔫掉了」。

因為馬上要為晚上的開業做準備，他讓我們週日再來一趟。「週日晚上七點半再來吧，週一是店休日，週日晚上剩下的食物我都可以炸給你們吃。」他說。

於是在期待中終於到了週日的夜晚。餐廳旁邊的博多座正在上演歌舞伎表演，很多觀看演出的年長者穿着和服或西裝，在寒風中昂首前行，神情姿態都非常優雅。到了「天壽」店門口，全透明落地窗裏映出橘紅色燈光，店內的狀況一覽無餘，落座的九位客人都是頭髮花白的長者，其中兩位女士穿着高檔的禮服裙，男士們都衣着筆挺，或許也剛看完演出。顯然這裏的天婦羅並不是最初疑惑中低廉的一人「定食」（套餐）概念了，我也非常好奇，他是如何僅靠天婦羅這種並不驚艷的小食物來撐起黃金地段的一家高檔餐廳。

岸壽憲穿着日本廚師在「板前」的標準服裝，襯衫加淡黃色領帶，外面是白色上衣，腰繫圍裙，頭上的桶形大廚帽把他飛揚的鬈髮通通聚攏在耳後。他正舉着一塊厚厚的蓮藕，拿長形的尖刀賣力地削着皮，看我們進來，臉上立馬露出老熟人般親切的笑臉，示意我們先坐一會兒，手上的活兒並沒有一絲一毫的怠慢。「天壽」餐廳也採用「Omakase（お任せ）」的方式，沒有菜單，客人安心地等待主廚全權做出安排。主廚在製作食物時，幾位長者便相互聊着天，食物上來，大家便安份地立刻吃掉，吃完再與岸壽憲交流幾句，廚師本人則是不斷「嗨（はい，『是』）」「搜得斯內（そうですね，『原來如此』）」，眨着眼睛頻頻點頭，面對長者畢恭畢敬。所有人都沒有任何失禮之處，氣氛相當輕鬆融洽。

給我們做的第一隻天婦羅照例是對蝦。就像金槍魚之於壽司，被日本人叫作「車海老」的對蝦是天婦羅裏最經典的一種食物。先是一隻蝦頭，蘸一點鹽，酥脆無比，是天婦羅料理中慣常的開場。而已經剝皮的車海老在蘸麵糊之前要逆着身體將蝦身掰直一些，先牢牢地裹上麵粉，再在麵糊裏轉一圈，扔進油鍋炸的時間只有二十多秒。車海老只要稍稍把水份滲出一點，甜度立馬就會出來，一旦熟成過度，反倒會破壞甜味。岸壽憲拿着炸天婦羅那種超長的銀色筷子，把一條筆直的淡淡黃色蓬鬆炸物放在我的盤子上，食物接觸到盤中墊着的用來吸油的白紙時，微微地彈了一下。

以我有限的天婦羅食用經歷來講，這絕對是我吃過的最好吃的車海老了。好的天婦羅果真能保持着口感的清爽，生蝦肉質黏軟，煮熟則變得很有彈性，做成天婦羅就覺得很甜，外面的一層麵糊非常清脆，咯吱咯吱，對耳朵也同樣是享受。想起岸壽憲之前說的，麵糊要調成一個合適的濃度，恰好能讓水分子滲出去，而比較大的油分子又進不來，看來所言不虛，吸油紙上只有兩三顆小小的油粒而已。

品嚐每一種食物時，都禁不住想拖着調子嘆一句：「好甜啊！」其中讓我印象最深刻的是貝柱，象棋大小的一顆，炸完顏色也並不漂亮，可從中間一切開，晶瑩的白色貝柱肉顫巍巍地露出來，馬上覺得食慾大開。只是簡單地蘸一點鹽，貝柱瓷實的肉質中甜味便開始流淌，非常濃郁，貝類的回甘又特別的悠長。一塊密度和厚度都很大的食材炸幾下就變熟，岸壽憲講到天婦羅的原理，原來在油鍋裏是同時進行蒸的過程，「麵衣包裹住食材形成一個封閉的空間，食物的水份有些是沒有跑掉的，反過來就蒸熟了食物。不過因為麵糊密度比較大，天婦羅比普通的蒸製時間要短得多，也能更好地保持鮮度」。我越發感覺到天婦羅這種食物的奇妙。在油鍋裏走一遭卻阻擋住了油，在別處因為不新鮮才拿去濃重地炸，天婦羅反倒是比其他用火的手法更能保鮮。

當然，天婦羅也有它的局限，比如無法使用紅色的魚，因為厚厚的油脂很容易跟水份一起滲出來，一般都是拿蛋白質少的白色魚來做，針魚、金目鯛、蝦虎魚等。味道清淡的食材就要做些補充，比如沒甚麼味道的烏賊，就拿大葉包裹着來炸，增加一些風味，還有銷魂的海膽，用海苔捲成卷狀做固定，炸過之後就會像奶油一般馥郁香甜。

那天的蔬菜也讓我印象極為深刻。當天最好的菜是蘆筍，比大拇指略粗，新鮮地分佈着淡紫色

「天壽」餐廳製作的天婦羅讓食物在油溫中迅速失水，味道由此變得非常甜美。

的芽尖。裹麵糊之前同樣要拿刀橫掃着切出一些刀口。「雖然天婦羅是油和麵的功夫，但刀工也很重要，首先不能切壞細胞，下刀的時間和角度都會影響水份的滲出，對海鮮、對蔬菜來說都是如此。」岸壽憲把炸好的蘆筍遞給我，讓我蘸一點調着蘿蔔泥的醬油料。蘆筍真嫩，沒有絲毫會咬空的地方，糯糯的甜，一口一口都覺得扎扎實實。我在之前從來不知道蘆筍會這麼好吃，內心的衝擊和感慨，就像北方人第一次到湖北喝到了藕湯，原本你以為很熟悉的食材，居然那麼陌生和美妙，有點悵惘，有點戀戀不捨。

「食材裏的水份是天婦羅的生命。」岸壽憲說，控制麵糊、油溫以及油炸的時間，歸根結底是看你對食物水份的把握，為此他只要休息就會去九州各地的農家買東西，日積月累地熟悉每一種食材的水份含量。我以為青果市場的蔬果足夠好了，但岸壽憲直搖頭說這種形式無法滿足他對食材的要求。他說：「從產地到批發市場，再從二級公司到我這裏，至少要幾天時間，這樣水份就沒法保證了。」於是他就去農戶家裏找，跨過了批發環節，價格反而更貴。日本農業、漁業和牧業都有很強的計劃性，大多數生產者都會加入當地的行業組織，既能保證穩定的收購價格，又可以避免盲目養殖造成的產品滯銷。岸壽憲想跨過這個漫長的流通鏈，但他的需求量又很有限，所以只能以高價額外收購一小部份，比如來自長崎一家農戶的蘆筍，每兩三天送一次貨，藕目前有兩家農戶供應，米也是自己找了十年才穩定下來的，在熊本的菊池，產量很少。

我們一邊吃一邊拍照，旁邊就座的爺爺奶奶們難免好奇。其中有一位是一家醫院的院長，他說，從「天壽」剛開始營業時，他就來光顧。「他啊，可是福岡天婦羅第一啊！」這位院長帶着他的幾位中學同學一起來吃，其中有位是東京的音樂人，拿出跟張藝謀的合影給我們看，兩人曾經在東京有過合作。另一桌坐的一位阿姨，聽我們不斷說「北京、北京」，就來告訴我們她的兒子和女婿都在中國做生意，還硬要塞給我錢，說買兩本雜誌寄給岸壽憲。低頭忙碌的岸壽憲時不時會仰起天真的笑臉，誠摯地點點頭，享受着各位長輩對他的愛護。每做完一種食材，他就要迅速洗手，拿抹布清理乾淨操作台，接着從旁邊的小玻璃櫃裏拿出潔淨整齊的蔬菜和海鮮，準備完下一道，又馬上洗手清理。幾位爺爺奶奶坐着看他，都禁不住說：「看這孩子，多麼愛乾淨，我就喜歡這裏的環境，做天婦羅也這麼一塵不染。」

我問他學廚是否經歷過甚麼挫折。「那應該就是我開店的前兩年吧，少有人光顧，又借了很多錢，那是人生的最低谷。」想起第一次見面時他的憤怒，應該是很擔心沒有提前準備，我們的大陣仗會惹得客人不高興，這估計讓他着急。店裏包括他在內只有三人，小店的確經營不易。臨走時他的助手送我們一人一個迷你版的銅鑼燒。「多拉A夢。」我笑着自言自語道。「對，多拉A夢。」他聽懂我說的中文，笑眼彎成了一條縫，用雙手的拇指和食指各比出一個圓圈，做出OK的手勢，樣子就像孩子般可愛。

微

異

日本的「微」與「小確幸」

文：楊璐

> 日本人的天下不過是遠東的一串島嶼。人們盤踞在蝸牛大的國土上，沉溺於瑣細的事物之中。
>
> ——內村鑒三

我們熟悉的「小」

只要稍微從北京南鑼鼓巷的遊覽路線往旁邊的胡同裏鑽，就會發現想像中的大宅門已經被瓜分殆盡了。空地在人口膨脹的時代被蓋成低矮的水泥平房，這些只為解決容身之地的房屋，毫無美感可言，跟霧霾、禿枝融為一體，像城市裏的荒漠。

難以想像這些火柴盒一樣的狹小房子如何住得下老少三代人，可日本設計師青山周平卻把其中一間只有三十五平方米的房子，改造出餐廳、廚房、衛生間、主臥、次臥、兒童房來。牆壁做成了儲物空間，屋子裏沒有家具，主臥的床是榻榻米的形式，中間可以升降出餐桌來。如果家裏的客人多，門口牆上貼着的木板可以放下來，剛好搭上電視下面的凸起，變成一張長桌子。每一樣家具或者房屋構造都是多功能的，每一寸空間都被精確地計算過。

這個設計把小空間利用到了極限，青山周平告訴我，他並不想被貼上「日本設計師」的標籤。

可是，改造屋的簡潔風格、大量使用木材、小空間的閃轉騰挪，卻是典型的日本風格。連設計師預想出的生活場景都是日本式的，所以，當我們拜訪胖大嬸家的時候，屋子實際效果不如視頻裏驚艷，因為大而化之的北方家常生活，習慣把日用雜物擺在表面上，而不像日本人一樣收納起來。

以地大物博為榮的中國電視觀眾對這個設計感到驚奇，媒體上經常可以看見「逆天改造」這樣的詞，來北京十年、在清華大學讀博士的青山周平一炮而紅。可是對他來講，改造的難度是平衡大雜院裏牽一髮而動全身的鄰里關係，至於小空間設計的技術難度，並不高。

日本的小空間利用一直有其傳統。對後世思想、文化和美學影響極大的《方丈記》，是鴨長明隱居方丈庵時所寫。小庵的邊長只有一丈，換算成日本榻榻米的計量方法只有四疊半大，高度不足兩米。在這樣狹小的居所裏，依舊有豐富的內容，東面鋪着蕨穗做床，西南吊着竹棚，上面放着三隻皮面的竹籠，裏面是和歌集、管弦書和《往生要集》，竹籠旁豎着一把琴。

二戰以後，日本經濟及城市化的飛速發展，讓地價寸土寸金。在大建築空間剩下的面積狹小、不規則的地塊上，日本人發揮想像，把這些邊角料充份利用起來。一九六六年，建築師東孝光在新宿買下二十平方米的建築用地，用清水混凝土建起了地下一層、地上五層的狹窄樓房，作為住宅和建築事務所。跟青山周平的作品一樣，房子的內部沒有門，全是開放空間，地下一層用來收納，一樓是玄關和車庫，二樓是起居室和廚房，三樓是衛生間和浴室，四樓是主臥，五樓是兒童房。因為地基面積小，外觀像個狹窄的立方體，這棟房子也叫「塔之家」，是日本極小住宅的經典作品。

除了物理上的小，日本人情感上的纖細也讓人印象深刻。青山周平觀察到胖大嬸家老少三代相處得非常和諧，改造時沒有設計門，一個是考慮到空間的多功能利用，另一個目的是讓家人溝通無

一九六六年，東孝光在二十平方米建築用地上建造地下一層、地上五層的「塔之家」，是日本超小建築的典型。

阻礙。但他還是體貼地在二樓為小女孩設計了一個相對獨立的空間，並且在一樓最寬敞處地板下設計了一個蹦床。居住的空間雖然狹小，但還是要在生活瑣事裏感受到幸福。

這種細膩的情感，就是二〇一四年之後爆紅的「小確幸」。「小確幸」是作家村上春樹的自創詞彙，指的是微小而確切的幸福，最早出現在村上一九八六年的隨筆集《朗格漢島的午後》（另譯：《蘭格漢斯島的午後》）第十九篇。原文中的語境是，村上春樹喜歡收集內褲，看到抽屜裏滿滿的整齊排列的摺成圓形的內褲，是人生中微小而確切的幸福。他還寫道：「我也很喜歡白色內衣，從頭上套下聞到撲鼻的全新純棉白色內衣的感覺，也是小確幸。」

在一九九九年出版的《旋渦貓的找法》（另譯：《尋找漩渦貓的方法》）中，村上春樹對「小確幸」有了更為詳細的闡釋：就像是耐着性子激烈運動之後喝冰涼涼的啤酒的感覺，「嗯！對了！就是這一味。獨自閉起眼睛而不禁喃喃自語的興致，這就是『小確幸』的箇中真意。我認為如果沒有這樣的『小確幸』的人生，只不過像是乾巴巴的沙漠，索然無味而已」。

「小確幸」不是作家的心血來潮，這種對個人內心的細膩描寫，與日本私小說作家志賀直哉的小說《在城崎》非常相似。這種以第一人稱寫身邊瑣事和心理活動的私小說被看作日本純文學的重要形式，它的出現有日本獨特的文化、審美土壤，所以，村上春樹甚至預測「小確幸」會被收入到日本辭典《廣辭苑》。

以小為美，以細節為美

以小為美是日本的傳統審美意識。日語中的「美麗」一詞是「美しい」，在《新明解古語辭典》裏的解釋是表達一種親情，到了平安時代，

由村上春樹小說改編的舞台劇《海邊的卡夫卡》。劇中隱喻蘊含着生命的無力感與慾望、對自由生活的嚮往等人生命題。

演變成對小的事物的喜愛。

《萬葉集》是日本最古老的和歌集，在日本的地位相當於《詩經》。它裏面吟詠的畝傍山、香久山、耳梨山都是低矮的小山，吟詠的花，也是小巧精緻的花。清少納言的《枕草子》寫道，美麗的東西就是，畫在甜瓜上的小臉，小雀兒一聽見人家啾啾地叫，就一蹦一蹦地過來，兩三歲的小孩兒急急忙忙地爬了來，他們很敏銳地發現了路上極小的塵埃，用繫着絲帶的小手指撮起土給大人看，甚是可愛。「無論是甚麼，凡是小東西就美麗。」

在十九世紀外國艦船出現在日本海岸之前，日本的文化主要受中國的影響，可這種深入骨髓的對小的事物的喜愛，卻同中國的審美不一樣。翻譯家唐月梅教授在《物哀與幽玄》一書中把「以小為美」的審美意識歸結為地理因素的影響。「日本人生息的世界非常狹小，幾乎沒有大陸國家那種宏大嚴峻的自然景觀，如上所述，日本人只接觸到小規模的景物，並處在溫和的自然環境的包圍之中，由此養成了纖細的感覺和纖細的感情。他們樂於追求小巧玲瓏的東西，而不像大陸國家的人們那樣強調宏大。」

瑣細的事物，不僅指的是體積上的小巧，還有對細節不厭其煩的強調。在日本文化典故裏豐臣秀吉與千利休是一對著名的對比：豐臣秀吉喜好紀念碑式的建築，他有上千張鋪席的大房間和當時最高的建築大阪城天守閣；千利休卻只有四張半鋪席的小茶室，他的審美情趣是「無意賞花人，山村雪間草」，美不在豪華的房間和燦爛鮮花之中，而是在茅屋和雪間雜草裏。

後世常把豐臣秀吉作為反面教材來襯托千利休的美學修養。可千利休所謂的「茅屋雜草」之美並不是恣意生長、放任自流的真實自然。有「日本文化天皇」之稱的加藤周一在文章裏寫道，千利休的茶室茅屋是極端人工的自然。地上的鋪路石、樹木，都是經過周密計劃而設置的。近似原木的圓柱也不是隨便的一根木頭，而是精心挑選的。土牆的表面以及色調都是有意識塗抹的。千利休茶室的美不僅僅是小，還有對細節的精心雕琢。

「以細節為美」，在形式上與「以小為美」一脈相承，其精神內核與日本人獨特的世界觀有關。加藤周一在《掌中的宇宙》裏寫道：「日本的民俗信仰中幾乎沒有彼岸的想法，在諸神的影響下，無論好壞都在現世表現出來，所以死後不在彼岸發生作用。」這種神道世界觀讓大多數日本人只關心現在的狀況、世俗的小世界。加藤周一認為，如果反映在美學上，就會產生對事物特殊關注的傾向，在造型世界裏就是強調細節。

《源氏物語繪卷》被稱為「日本美術之源」。它的局部用工筆畫的手法畫得非常細緻，比如畫中的一把傘，傘的竹結構非常的細膩清晰，但這跟整體佈局是沒有關係的，完全脫離於整體。對局部的關注是日本人的強項。加藤周一在《日本的美學》中寫道：「在美術世界裏，比如植物的根部、刀的護手裝飾、茶碗表面的顏色和手感以及硯盒一類日用品的細微部份，總之，日本美術容易把注意力集中到細節部份。」

那些隨着日式生活美學走入我們生活的餐器和茶器，大多形狀歪扭、不規則，表面凹凸不平。如果看對設計師的採訪，通常的解釋是，樸拙、自然之美，順應泥土、寄託心靈。加藤周一對這種風格的總結是體現了日本文化的獨創性。跟欣賞優美精緻的中國瓷器不同，日本器皿的審美原理不強調整體秩序，而是要被表面的凹凸吸引，聯想到製作者揉捏泥土的動作，被有的地方粗糙、有的地方細膩所吸引，被釉色的深淺不勻所吸引，想像力由此馳騁到天空、森林、海洋。川端康成就從志野茶碗的手感，聯想到小說女主人公的肌膚。

對細節的關注也體現在情感上，中國人很難對一抽屜摺疊整齊的內褲思緒萬千、百感交集，可村上春樹就發明出「小確幸」一詞。這種細膩敏感，其實是日本美學的傳統，他們的關注點不在客觀事物的形式美上，而是人的主觀情感判斷。美學家、曾任東京大學美學教研室主任的今道友信認為：美是關於個人體驗的、具體的個別現象。所謂美，不是視覺上的美麗，而是由心裏產生出的一些光輝，也就是說美是精神的產物。

日本美學裏的「物哀」就是一種纖細的情感，它最早是兩個感嘆詞的組合，在《萬葉集》中用於情人苦戀之後的相逢和戀愛失意的哀愁。到了《源氏物語》，日本國學家本居宣長認為，「哀」是人生種種真切的情感，用人心去體驗落花、殘月、枯枝、紅葉的美。

如果閱讀「私小說」，體會則更加深刻。作為日本現代文學的重要類型，「私小說」追求的是極度真實的內心情感剖析和日常生活的細節，所以大量筆墨都用在了細膩描寫上，形成其獨特的風格——敍事冗長、瑣碎而節奏緩慢。

更貼近生活的例子是無印良品。在解釋它的「日本式」風格究竟是甚麼時，無印良品顧問委員會成員、設計師杉本貴志說，中國的詩詞必須有主題，和歌不一樣。和歌裏有一句是「春花綠葉回望無，浦江秋暮一苫屋」，這句話裏沒有關鍵點，甚麼都沒有，只傳遞一種意象。這種意象因為引起日本人的情感共鳴而傳唱千年。無印良品的商品背後，就有這樣的精神脈絡。

日本人的時空觀

對事物特殊性的關注，可以說是細節當中有整體的理念，就是「微」。

這種視角反映在時間上，就是只有現在。最廣為流傳的例子是「一期一會」，它的字面意思非常明白，眼前的人與事不會重來，所以必須要格外珍惜這個瞬間。這個詞最早出現在千利休的弟子山上宗二的《山上宗二記》中，後來被幕府末期的茶人井伊直弼在《茶湯一會集》裏引用和發展。

喝茶在十五世紀的日本是一種豪奢的遊戲，權貴們聚集在一起，賞玩從中國進口的書畫和茶具，茶水由僕人們泡好端進來。十六世紀，喝茶流行到富裕的商人階層，他們主張主客同席，親自泡茶。武野紹鷗創造了四張半鋪席的茶室建築，門口有簷、方柱、白牆，屋子鋪了地板，不光使用精緻昂貴的中國茶具，也有朝鮮茶碗和日本質樸粗糙的茶器。千利休讓這種樸素更加極端，他的茶室只有兩張鋪席，門口沒有簷，用原木柱代替方柱，用土牆代替白牆，用「樂燒」[41] 代替進口的高級精美茶器。

這種草庵茶室的外觀雖然簡樸，可細節都花費了大量的心思，樹木的選擇、茶碗的凹凸在手中展開的姿態、土牆表面的顏色和觸感的不同，這些精心佈置的偶然讓那一天、那一時刻與眾不同，變得無法複製。這種草庵茶室無法抵禦地震和颱風，沒有耐久性，有種建築無常、人生無常的意味。

每一杯茶都是一心一意、一絲不苟的。「要把茶的味道點好，炭要準備好，能馬上把水燒開，

41 樂燒是桃山時代最具代表性的茶陶，最初是由千利休定型，京都的陶工長次郎燒製而成。——作者註

茶室應該冬暖夏涼，室內插花保持自然美，時間以早為宜，即使不下雨也要準備好雨具，以心待客。」無常感和誠心的準備，讓茶會成為「一期一會」之緣。井伊直弼在《茶湯一會集》裏寫道，即便主客多次相會，但也許再無相會之時，為此作為主人應盡心招待客人，不可有半點馬虎，而作為客人也要理會主人之心意，並應將主人的一片心意銘記於心中，因此主客皆應以誠相待。這就是一期一會。

時間既不涉及過去，也不涉及未來，所以並不費心去做耐久建築，而是把注意力放在當下，一絲不苟地奉上一杯好茶。日本設計師黑川雅之用哲學家柏格森（Henri Bergson）和巴舍拉（Gaston Bachelard）對時間的闡述來說明日本人的視角，柏格森認為時間是線性的，而巴舍拉認為時間是點的集合體。巴舍拉看到的是自己體內流淌過的時間，這種時間永遠只有「現在這個瞬間」。也可以說，在「現在」這個瞬間中，蘊含了漫長的時間。

如果從更大的格局來看，這種「現在主義」滲透到了日本文化的很多方面。日本傳統的音樂並不像西洋音樂一樣是結構性的。結構性的音樂可以更換樂器，雖然音色不同，但是只要不更改結構，依然可以領略音樂之美。日本傳統音樂關注的是「音色」，不用從頭聽到尾，「音色」的魅力在各個瞬間都可以脫離整體而存在。因為這樣的原理，加藤周一分析，演奏日本傳統音樂的音樂家非常重視停頓，因為停頓決定了下面發出聲音的音色效果。歌舞伎的表演則重視亮相，演員的動作並不是從頭到尾行雲流水，而是要在一個姿勢轉化為動作之前，不看着打鬥的對方，面向觀眾，擺出好看的姿勢。

「微」的視角反映在空間上就是只有「這裏」。出身日本建築世家的設計大師黑川雅之少年時代在日本傳統建築裏長大，他說：「我耳濡目染地開始逐漸注意到日本的審美意識。從水屋的簾子後窗吹入的微風，日本庭院一角蹲踞微小空間的細膩，從茶室向外看見的風景，開始意識到這一系列的安排組合妙不可言。」

只有這樣深諳日本審美的邏輯，才能真正體會到茶室的玄妙。黑川雅之在《日本的八個審美意識》裏介紹了日本茶室的正確欣賞方法：「視線從室內的榻榻米延伸到走廊，再從走廊延伸到庭院，然後再到圍牆，甚至一直到遠處的群山，全部被計算在內了。」每一個去過京都的人大概都到過龍安寺看枯山水，在東西長二十五米、南北寬十一米的長方形地面上，全部鋪上白砂，上面放置大小不一的石塊。遊客們都坐在面向石庭的地板上，只有這個角度，才能體會到震撼心靈的白茫茫一片，猶如面對浩瀚大海和星星點點的島嶼。從一個微小的位置去看整個世界，意味着「這裏」「那裏」以及無數的向外延展構成的宇宙。

日本人的空間邏輯形成了獨特的道路規劃。黑川雅之對比過西方和日本城市規劃的迥異。西方是整體中有局部，先有了城市的圍牆，然後是廣場和街道，建築再沿街建起來。日本是先有微觀的房屋，一個個房屋的結合體就形成了城市，而道路是連接這些房屋的。從門牌編號的方式也可以看出這種區別，整體思維的編號是道路兩旁按照奇偶數排列，而日本是一個區域先有大編號，區域中的房屋再賦予詳細的編號，這是因為日本的街道並不是建築的軸心，而是為了走到門口而設置的通道。

日本人關注「這裏」、關注「局部」的空間觀形成了「擴建思維」的建築習慣。桂離宮是「日本之美」的典型，德國著名建築師陶特（Bruno Taut）評價它是純粹而原生態的建築，直擊心扉，如孩子般純潔。可對於中國人來講，很難像描述紫禁城一樣來描述它的整體形狀。桂離宮的構造極其複雜，先是一六二〇年智仁親王興建了一座「古書院」，然後整頓庭院，引桂川的水入園，在池中島架橋、栽植，搭設茶屋。一六四五年智忠親王擴建了這座別墅，一六六二年為了迎接後水尾天皇駕臨，又建造了御幸御殿。它現在被建築界稱為多種風格的綜合體，可這是多次擴建來的，建築師最初並沒有設想出它應該呈現出來的整體樣貌。桂離宮不是特例，加藤周一對日本傳統建築的評價是：「只要不是仿照中國或西方的形狀，在日本建造的建築都不是從整體，而是從部份出發的。」

在日本建築師眼中，即便一個單獨的建築，其外觀也不是從全域性的、整體的眼光出發而考慮的。日本建築大師伊東豐雄曾經說，建築是室內空間的延伸，因此給人非常和諧的感覺。日本建築的內部與外部並不是二元對立的，而是一個連續的空間。

非對稱性

回到當下的語境裏，日本美學走向世界，很大程度上是通過設計師的作品。二十世紀八十年代初，深受日本傳統美學影響的服裝設計師川久保玲在巴黎舉辦時裝秀，她的不對稱結構作品讓看慣了優雅精緻服裝的時尚界震驚，雖然被嘲笑成「廣島原爆裝」，但很快，山本耀司、三宅一生、高田賢三這些作品帶有日本基因的設計師在西方世界掀起浪潮。第二次世界大戰之後，伴隨着經濟復甦和高速發展，日本人迫切希望脫離榻榻米、紙拉門的和式生活，快速向歐美式的現代生活奔跑，在設計上也以西洋風格為時尚。直到一九七六年，從法國留學回國的三宅一生在第二十二屆每日設計獎（Mainichi Design Awards）上提出源於日本傳統美學的「一塊布」的概念，得到許多設計師的

川久保玲是日本時裝設計師的旗幟，非對稱性是她的設計風格。

共鳴和盛讚。日本設計師田中一光曾經總結當時的背景，日本戰後在單純歐美文化環境中成長的設計師逐漸走向成熟，從盲從歐美風格到重新審視自己的位置。在這種重新審視中，設計師們意識到日本風格的東西其實會有更豐厚的設計生命力。

川久保玲、山本耀司所使用的不對稱結構，正是日本美學的特徵。中國人講究「好事成雙」，日本人卻崇尚奇數。和歌、俳句的字數是奇數，歌舞伎的劇名字數是奇數，日本料理的擺放也不是對稱排列、平均佈局，而是講究「三分空白」「奇斜取勢」。中國人送禮要送一對，日本人相反。唐月梅[42]回憶，一次她拜訪川端康成的夫人秀子，臨別時女傭送上一袋新摘的橘子，秀子親自數了數，確認是奇數才送給客人。如果留意日本庭院的佈置，也可以看到對非對稱性的強調，寧可犧牲行人的便捷，鋪路石也要故意破壞對稱，擺出複雜的形狀。

非對稱美學最明顯的體現是在建築和庭院設計上。日本對稱性的建築是早期的佛寺，因為佛教從中國引入，佛寺的佈局也模仿中國的軸線對稱、前殿後塔格局。可是很快，日本佛寺也採用非對稱結構了。日本的神社雖然受到佛教寺院的影響，但卻是一種「日本化」的風格，並沒有遵循對稱性的原則。

這種非對稱性是沒有用全域眼光，只關注「局部」的空間觀的體現，黑川紀章曾經說過，建築語彙和庭院規劃根本沒有所謂的「對稱」。桂離宮那種想到哪裏就建到哪裏的擴建方法，不是孤例，從日本農家、武家，到庭院，全部是沿着強調非對稱的方向發展的。建築的魅力不是整體的形

42 唐月梅（一九三一—），中國著名翻譯家，翻譯大量日本名家小說。

象，而是每一部份的裝修細節，從視窗看到的不同風景，小景觀、小區域的心思。在日本人的意識裏，對稱性是人為的秩序，而陽光射在窗格上形成的陰影、陶瓷器皿上不規則的釉色、春天山上的小花、秋天庭院裏的落葉，這些美好並沒有給對稱性留下餘地。他們崇尚自然，而自然是不對稱的。

現在的日本建築師依舊強調非對稱性，這種設計理念也影響到其他國家。一九三五年，瑞典建造了北歐的第一座日本茶室瑞暉亭。它的設計靈感來源於立體剪紙。為了對非對稱性進行強調，不但每一面牆都獨立設計，互相毫無關係，而且窗戶和門全部故意設計成上下不一的形式。北歐的設計師們曾經參觀這個建築，並在其他的別墅設計裏運用了這種風格。

類似的標誌性的建築還有一九七二年黑川紀章設計的中銀艙體樓，它用現代科技來實現日本的傳統建築美學。他把一百四十個艙體懸掛在兩個混凝土筒體上，混凝土筒體是永久性的結構，而艙體可以隨時更換。黑川紀章後來回憶，艙體的懸掛為了遵循日本傳統，特別強調了非對稱設計。艙內的空間是傳統茶室的空間，但是經過仔細的規劃計算，牆、床、天花板合成一體，家具和設備單元化，沒有一寸多餘的空間。

日本鬼怪：非人的「憐」與「恨」

文：何瀟

狐狸變作公子身，燈夜樂遊春。

——與謝蕪村《春》

笑與可愛的鬼

念研究生的時候，我在東方文學課上聽到一個關於「鬼笑」的故事，出現在日本的傳說《鬼子小綱》中。這個故事說一對夫婦的獨生女被妖怪抓走，母親找到鬼家裏。在鬼喝得爛醉之後，母女倆逃出來，卻被吸光了河中水的鬼再次抓走。此時，女尼出現相助二人，衝母女大喊：「把重要的地方露出來給鬼看！」鬼看到後，大笑不止，前仰後合，不停嘔吐剛喝下去的河水，無暇理會她們，三人順利脱逃。

與我們日常讀到的恐怖鬼故事不同，這是一個十分無厘頭的故事。「鬼笑」通常是一種可怕的存在，即使在日本的故事裏，也有「天狗狂笑」：在人跡罕至的深山老林中，忽然聽到驚天動地的狂笑，比見到妖怪更令人驚恐。柳田國男在《笑文學的起源》裏說：「笑是一種進攻形式，是鬼與人的正面交鋒，具有主動意義的行為。它是針對弱者或者不利地位者的攻擊，或者說是一種勝利者的特權。」

然而，在《鬼笑》裏，鬼因為捧腹大笑，顛倒了力量，從強勢變弱了。笑在這裏產生了一種相對性的效果。笑是一種人性化的存在。笑可以讓神接近人類，也可以讓怪物和妖怪從另一個方面接近人類。笑的作用在哪裏呢？在於「開啟」。人與鬼（妖怪），原本有着絕對性的差異，但因為笑的存在，讓絕對性變成了相對性。笑消解了恐怖與莊嚴，拉近了人與鬼之間的距離。

我想這個故事很好地體現了日本鬼怪故事中十分獨到的一個特徵——非人的「異物」也有着滑稽可笑的一面，有時甚至是可愛可親的。用當下的話來說，就是「可萌」。妖怪的「萌」屬性，體現在許多受歡迎的動畫和漫畫作品中，宮崎駿的電影、《夏目友人帳》《陰陽師》《犬夜叉》《鬼燈的冷徹》等。在這些作品中，人們看到了許多可愛的「自然異物」。它們與人類相異，又與人類共存，都是自然的產物，靠自然供養。

在「自然異物」的幻想世界裏，大眾最熟知的是「鬼」。「鬼」是一個由中國傳過去的漢字，指代廣泛，既包括鬼卒、幽靈、邪神和不明怪物，也包括形貌醜陋、形體不全之人。古時的日本人認為鬼吃人，在《風土記》和《伊勢物語》裏，都可以看到相關記載。「鬼吃人」的法子，很像我們現在吃壽司，是一口吞下去的。

在日本的「鬼榜」裏，有一個古今名鬼，叫作「酒吞童子」。之所以叫「酒吞」，是因為這個鬼嗜酒。不僅如此，他還好色，經常到京城掠走姿色美麗的女子，最後朝廷只得出兵征討。源賴光及其手下的「四大天王」，就因為降伏了「酒吞」而名垂青史。

據稱，平安朝的人不愛在深夜出門，因為擔心遇到「百鬼夜行」。在大德寺真珠庵的《百鬼夜行繪卷》中，可以看到「百鬼夜行」的畫面：領隊的青鬼首先開路，接在其後的是群妖跟着火球，四處跳躥。除了貓、狗、狐、狼這些由動物變成的妖怪，還有許多器具變成的妖怪，也就是人們所說的「付喪神」：琴、琵、傘、扇子、銅鑼、櫃子……不一而足。畫面很像是日本妖怪版的《愛麗絲漫遊仙境》。看着可愛，實則並不好惹，據說遇到的人必死無疑。《今昔物語案》裏，就記載了藤原常行如何躲過百鬼夜行的故事。連大名鼎鼎的陰陽師安倍晴明，遇到百鬼夜行的時候，也只得將車馬隱藏起來，以躲過劫數。

妖或半妖，各顯神通

與「鬼」並駕齊驅的另外兩大妖怪，是天狗和河童。一個生活在山間，一個生活在水中。宮崎駿電影裏的高鼻大眼的湯婆婆，原型就是大妖怪天狗。魔界中，稱得上「君臨天下」的，就是天狗了。根據江戶時代中期的《天狗經》記載，在日本全國的山林之中，棲息着十二萬五千五百隻天狗。佛教僧人生前若是過於傲慢，誤判佛道，或者帶着邪心死去的話，將無法往生極樂，會墮入魔道，這個魔道就被稱為「天狗道」。即使如此，生前善良的人，會轉換成「善天狗」；而懷有惡念的人，則會成為「惡天狗」。

水裏亦有一個妖怪家族，妖數眾多。排名第一的自然是無人不知的河童。河童外表看起來像一個小孩，年齡在兩歲到十歲之間，最愛吃的東西是小黃瓜，但是非常討厭玉米和葫蘆。另外，還非常討厭猴子，宛若天敵。然而，也有一種河童長得像猴子。日本的河童與人類一樣，有着地域差異，生活在不同地域的河童呈現不同的外貌。我們最常看到的河童，是電影《河童之夏》裏面，頭上留着流蘇一般的西瓜皮頭、背上背着烏龜殼的那種。這種河童大多生活在山梨縣，也被叫作「山

日本動畫電影《河童之夏》劇照

梨河童」。

人魚是另一種生活在水裏的知名妖怪。與安徒生故事裏美麗的小美人魚不同，日本的人魚相貌極其醜陋，上半身是人形，下半身是魚形，是一個標準的怪物。然而，這個不倫不類的怪物，卻有着一身「唐僧肉」。傳說曾經有人吃了人魚肉，活了幾百歲，依然宛若少女。因此人魚肉又被叫作「禁忌之肉」。但並非所有人吃了都可以長壽，體質不耐者，可能會變成另一隻怪物。

一些動物變作的妖怪，也在妖怪榜單上聲名遠播，出現在許多作品裏，比如犬和狐狸。《幽靈公主》中的莫娜就是有着三百歲的智慧、能說人語的犬神。《夏目友人帳》裏變成胖貓的貓咪老師，真身是一隻狐妖。狐狸擅長變化，不僅能變人，還能變物，比如將樹葉變作銅錢。狐狸娶妻也是妖怪界的一件盛事，娶親隊伍會舉行大遊行。至於娶妻當天是晴是雨，還是掛上彩虹，則因地制宜了。

人與動物妖怪結合生下的「半妖」，在虛構作品裏，經常被描繪成超凡絕倫的人中龍鳳。比如高橋留美子的《犬夜叉》中的主人公犬夜叉，就是大妖怪犬大將與人類公主十六夜所生的半妖。在民間傳說裏，大陰陽師安倍晴明也是人狐相戀所生，其母是來自山林的白狐葛葉，因此，安倍晴明天生就可以看到鬼怪。

異類妻子、怨女與隱身而去的女人

如果將與人類相異的妖看作自然的一種化身，我們會發現，在日本人那裏，人與自然處於十分微妙的關係之中。誕生之初，人與自然是合為一體的。因為種種原因，在某個時間點上，人類與自然分開，認為自己與之不同，卻依然想去了解自然，可自然卻未必願意接受這種了解，二者處於若即若離的曖昧關係之中。於是，在妖怪的世界裏，動物或者自然的其他現象化身為人類，與人類結為連理。這其實是一種人類與自然恢復關係的表現。

「異類妻子」的故事，就是描寫自然中原本不是人類的東西化身為人，與人類男子結合的故事。在這類故事中，妻子的本體可能是各種動物，比如蛇、魚、狐狸、貓、鶴之類；也可能是自然現象，比如雪。雪姬是日本傳說裏十分著名的一個妖怪。據稱，在大風雪過去之後，滿月的黑夜裏，會出現一身雪白、年輕貌美的女子，就是雪姬。

小泉八雲將這個故事收在了《怪談》裏。傳說在武藏國的一個村落裏，住着一個叫巳之吉的年輕人。一天夜裏，他與同伴外出，遇到暴雪。巳之吉見到一個雪白美艷的女子，這個女子搭救了他，離去時對他說：「不要將見到我的事情告訴任何人，否則我將結束你的性命。」年輕人應允得救。不久，他遇到另一個皮膚雪白的女子，結為夫妻，共同生活了許多年，生下了十個孩子。奇怪的是，多年過去，妻子依然容顏如故，不見衰老。某天夜裏，巳之吉看着妻子的側影，忽然想到了多年前風雪夜的奇遇，將之告訴了妻子。誰知妻子神色大變，告訴他，她就是當晚的雪姬。考慮到孩子，雪姬不忍將丈夫殺害，便化為白雪，消失不見了。

在日本的民間傳説裏，可以看到許多類似的「隱身而去」的女人。她們是自然的化身，幻化為人形，與人類結為夫婦，最後，卻因為各種原因消失散去。有時隨風而逝，譬如雪女；有時駕月東升，譬如輝夜姬。《鶴妻》裏被丈夫偷看了衣櫥，隱身而去的仙鶴，也是其中的例子。《日本人的傳説與心靈》的作者、學者河合隼雄説，這是為了讓讀者產生「憐憫」的情感。

枝頭怒放的花朵，倏地整朵滾落下來，是非常可愛、可憐的，面對這樣的情景，產生的就是一種「憐憫」之情。「憐憫」是如何產生的呢？往往是在故事即將完結的一刻，整個故事突然終止，因而引發了一種美學情感。「方才開始，就馬上結束了。」為了讓這種「憐憫」意識形成，故事中的女子最後必須隱身而去。這中間還夾帶着一絲「緣已盡、情未逝」的遺憾，更顯哀寂。這被看作是日本文化中的「宿命」。

女子化身為鬼，往往因為「怨恨」，許多日本女鬼，實則是「惡靈」。這種「惡靈」又被稱為「物」（もの），看不見形體，卻會害人。「物」有時是不明物或者是植物之靈，有時則是人類的亡靈，甚至是「生靈」，即活人的怨靈。最有名的當屬《源氏物語》裏的六條御息所。因為嫉妒，她靈魂出竅，化為「物」，在夜間纏住光源氏的情人夕顏，令其香消玉殞。源氏的正妻葵之上，也為六條女御的生靈所害。

怨恨的產生，有許多原因。嫉妒是較為常見的一種。除了六條女御，另一個因為嫉妒而變為鬼的古今名鬼是「橋姬」。據稱她是由一位年輕的單身女子變成的，盤踞在橋上，如果看到美貌的年輕男子就會將他拉到水裏去。橋姬非常善妒，若是讓她看到有婚禮隊伍從橋上經過，這對夫婦就會遭遇不幸，以離婚收場。

另一個重要的由頭，是「恨」的另一面——「羞恥」。在著名的能劇《黑塚》裏，可以看到這種羞恥感是如何被表現出來的。這是一個關於女鬼與僧人的故事。一個和尚來到安達原，向女房主乞求住上一晚。女子應允，條件是不可看其閨房。和尚犯了禁令，偷看了女子的香閨，卻嚇得「心亂肝失」：只見「閨房」裏屍體堆積，遍地膿血，腐臭沖天。女子見到秘密被發現，便化身為厲鬼，追殺僧人。最終和尚唸經，女子離去。離開之時，女子説道：「隱居在黑塚，卻因為隱藏不深而嚇到旁人，真是羞恥啊。」

「無窮的羞恥令她變成了鬼。」《鬼的研究》的作者馬場秋子認為，《黑塚》中的女子原來不是鬼，而是秘密被發現後變成的。女性因為殘酷的背信行為，深感秘藏的閨房為外人看見，極端的羞恥感令她成了鬼。「這個故事濃墨重彩地描寫了淒涼美麗的人性。這是一種恨，也是一種人生。」

「憐憫」與「恨」，是十分有意思的一對概念。「憐憫」是突發的情感，譬如朝露，時日無多，而「恨」則是希望過程可以永遠延綿下去，是對於「消失」的抵抗，「此恨綿綿無絕期」。為了產生「憐憫」，必須犧牲掉女性的存在。而離去的女性為了對抗這種宿命，則留下了「恨」。以《黑塚》的結尾為例，在佛經面前，癡、瞋、恨、怨本該全部消失，但在講究人情的民間故事裏，人們卻給「恨」網開一面，讓這些女性捲土重來。

《意識的起源與歷史》的作者、榮格派分析學家埃利希．諾依曼（Erich Neumann）認為，女鬼與英雄象徵了日本與西方的不同心理意識。因「恨」變成鬼的女性形象，象徵着新事物的出現與新故事的展開。這些因為「悲憫」開的女性，借助「恨」開啟了新故事。打敗怪物的男性英雄，象徵了西方的自我意識，而日本人，則是在留下怨恨離去的「女性」身上，尋找自我。

這些怨靈化作的女妖，是日本傳説裏讓我印象最為深刻的一部份，即使許多故事是在年幼的時候看的，依然記憶至今。看到般若的能面，我總會想到女人的怨靈，因此生出深深的寒意。走在春光爛漫的櫻花樹下，也會想起「櫻花樹下埋死人」典故。故事説，沾染了怨女之血的櫻花，格外鮮艷。「四古的櫻花，為何紅顏？四古的櫻花，要告訴你一個故事。」

以非人女性為主角的故事，也並非都惹人憐憫或招人怨恨，也有團團美美的兩相歡。《怪談》裏有一個「屏風少女」故事，是名叫白梅園鷺水的作家講的。

在京都，有一個叫篤敬的年輕書生，被一扇畫有美麗少女的古老屏風迷住，日日打量，寢食難安。他向一百家酒館買了一百壺酒，獻給畫中人，少女便從畫上下來了。兩人立下誓言，結為七世夫妻。「你要是負心，我便回到屏風裏。」那少女説。那少年彷彿真是良人。直到如今，屏風上少女倩影的留痕處，依舊一片空白。

日本動畫電影《黑塚》劇照

日本動漫裏的能劇式哀情

若吾起舞時，麗人亦沉醉；
若吾起舞時，皓月亦鳴響；
神降合婚夜，破曉虎鶫啼。

文：王丹陽

一九八九年五月，日本漫畫家士郎正宗在講談社青年漫畫刊物《週刊青年 MAGAZINE》上開始連載一部注定不凡的作品《攻殼機動隊》。

光從直搬過來的日語漢字來說，這部作品的名字有些讓人費解，但它的英文譯名「Ghost in the Shell」就好理解得多，寓意是破殼而出的靈魂。一九九五年，動畫導演押井守把它搬上銀幕，成就了它一代傳奇之地位。二〇一七年，派拉蒙公司的美版《攻殼機動隊》出爐，由施嘉莉．祖安遜（Scarlett Johansson）扮演的那個只有靈魂是真實的義體人草薙素子恍然把人拉回二十年前。

動畫版《攻殼機動隊》的背後，除了押井守，還有一個重要人物，就是作曲家川井憲次。電影的成功讓兩人從二十世紀八十年代起就形成的合作關係更加牢固，就如同宮崎駿和久石讓一樣，押井守和川井憲次是動畫界另一對「神一樣的組合」。

現代都市的泛神主義

從東京市區一路向南，經過一些略顯荒蕪的風景，來到另一片鋼筋水泥的叢林，品川區的新城建設方興未艾。聽説品川在二十年前只是擠擠挨挨的小街町，可現在如果從大崎站下車，你會發現自己正身處一個巨大的太空城般的建築內，各種空中走廊與商務樓連接，如同身上插滿天線的機器人，在這冰冷的機器的硬殼內很容易讓人找不到南北。我和川井憲次約了一個短暫的採訪，那天我很慶幸自己早於預計時間一個小時出發，果然在那座太空城的肚膛內重複上下了好幾回。在東京的陌生人，顯然是無法一時間摸透這個城市密密麻麻的機關的，一不小心就會捲入無形的閘門，身不由己地滑到另一個「次元」裏。

就因為一九九五年那部《攻殼機動隊》裏的《傀儡謠》，我萌生了想見到這位作曲家的念頭。在論壇上，有「動漫宅」把他奉為「大神級」的人物，確實，一曲《傀儡謠》讓人念念不忘二十年，必得有神異之功。從他助理那裏，我知道他每天要在錄音房裏工作十二個小

電影版《攻殼機動隊》，施嘉莉．祖安遜扮演義體人。

押井守拍攝的動畫版《攻殼機動隊》劇照

時，他的時間是刻度化的。旅日三十年的華人揚琴演奏家郭敏是川井憲次的老朋友，十年前他們一起合作電影《墨攻》的配樂時就認識了。郭敏告訴我：「找他配樂的電影都要排隊了，他最近在歐美挺紅的。」

品川的天際線上佇立着無數簇新的大樓，東京的「高度」也是從如今的東京站開始慢慢向周邊延伸的。村上春樹有一部短篇小説與品川有關，名為《品川猴》。小説裏，一個住在品川的家庭主婦總是突然間忘了自己的名字，家中一個中學時代的掛脖子上的姓名牌也丟失了，後來區政府土木工程科的科長在地下水道裏找出個會説話的猴子，該猴以偷人的名牌為樂，總偷那些讓牠心蕩神迷的女人的名牌……這個故事被收錄在《東京奇譚集》裏。這本故事集總讓人感到即使在東京這樣的都市，日本人的神靈觀還是那麼淋漓充實，在高樓的縫隙間也是無處不能搭道場的。

當「傀儡」兩個字在中文的含義裏已經脱離了古義，在日語裏它還是保留着木偶戲的意思。「傀儡」仍在日本人集體無意識的文化心理中若隱若現，可能和能劇依然在上演有關。所以，《傀儡謠》的誕生本來就源於傳統文化，動漫讓傳統元素歷久彌新地凝結在主流文化裏。也許，神靈觀在現代日本人的腦海中揮之不去，才會有像《攻殼機動隊》這樣的擁有未來主義本位，卻又充滿泛神哀泣的動畫片。我在拜訪川井前，先去了品川神社，瞻仰這個他從小玩耍的地方。

神社在與御殿山山坡相連的一處台地上，走上五十三級台階，是一片林子，不大的神廟本殿就在林木掩映中，側邊有個映着松竹障子的戲台，一切因無人問津而清幽。本殿邊上有個小神龕，從十來個密挨着的玲瓏的鳥居穿過就來到跟前，那過程就像童年時玩過家家遊戲，簡陋卻充滿儀式感，就這麼一小片淺短的橙紅，把神界與俗界分割開來。神龕裏供着司掌五穀生產的「阿那稻荷神」，稻荷神在神譜裏是名列前茅的大神。

每年六月五日到七日，品川神社會舉行例大祭，又稱「北之天王祭」的祭奠活動，各種小吃、遊藝、玩具都會出攤兒，熱鬧得像廟會。最吸引川井的要數六月七日的抬神轎，動作會根據笛子與太鼓的節奏來變換。很多年後，這種日本人在神樂裏稱為「音頭」（おんど）的音樂就出現在他的作品裏。

不衰的《傀儡謠》

神社外的東海道線本線已經走過明治、大正、昭和、平成四個年代，一八八九年東京到神戶段開通運行，是連接當時的江戶（東京）和京都的主要路線。而品川是從日本橋出發後五十三站的第一個站，成為重要商埠，是旅客來東京後的第一個食宿地。沿線仍然保留很多小寺廟和神社，是個香火繁盛、神靈信仰堅固的街區。川井就是在這樣的環境下長大的。如今，他的工作室在離家十分鐘路程的一條小巷子裏的三層別墅裏，大鐵門嚴實地關着，讓人難以想像裏面是個玩電子樂的地方。

他的頭髮已經從幾十年如一日的黃色染成了銀色，脖子上掛着銀飾，看起來絲毫不覺他已年屆六十。某種程度上來說，他的生活從早到晚都是在錄音房裏度過的，在日本，這樣的電子樂製作人叫「棚蟲」。他從錄音房裏走出來，一時間回不過神，講話又輕又慢，説起上一次來中國，還是二〇一七年六月作為《繡春刀2》的配樂製作人出現在宣傳會上，他上台打起一個閒置着的大鼓。大鼓是他除了吉他和電子琴外最拿手的樂器。宣傳以外，他不愛出國旅行，自認是個討厭麻煩的人，平日裏連電影都不看，除了需要配樂的樣片。

《繡春刀》的導演路陽是聽着川井的動畫音樂長大，所以請他來配樂。但川井坦言，在日本，「御宅族」有時並不那麼在意一個動畫片的配樂，所以在本國他更像個職業音樂人。川井生於一九五七年，大學就讀的是東海大學工學部原子力工學科，但他説自己並不愛讀書，經常蹺課，逃到無路可逃了，就選擇退學在家裏玩吉他。之後自己組建了樂隊，經常為一些廣告和電子遊戲配樂，還拿了個獎，就這樣稀裏糊塗地走上職業配樂道路了。他表示自己並不是學院派出身，至於很多中國「動漫宅」在論壇裏説他後來轉向對日本邦樂（日本傳統音樂）的研究，他坦承並沒有，他根本不懂民族樂。

「若吾起舞時，麗人亦沉醉；若吾起舞時，皓月亦鳴響；神降合婚夜，破曉虎鶫啼。」川井一共為《攻殼機動隊》創作了三首《傀儡謠》，最早的一首創作於一九九五年，音頭為太鼓和鈴間或一奏，突然引入一段叫「鬼音」的女聲合唱，以鶴唳般淒厲的聲線攝人心魂，尾調拖得很長，是動畫電影裏從未有過的神樂風格。相傳鬼音源自中國唐代，是一種如泣如訴的唱腔，是由女子清音模仿幽靈哀嘆的古老樂曲，在日本屬於祭祀音樂的範疇。「押井守指定要在音樂中用太鼓和鈴，但我覺得光這兩個元素形不成旋律，太單調了，所以想如果能唱出來（就好了）。」他說。

「鬼音」在民謠裏出現過，但一般是獨唱，可是川井弄來了十幾個民謠歌手唱起了合唱，套上一種引領作用的「音頭」就開始唱了。音頭在不同的地域有分別，東京音頭、東北音頭、秋田音頭、秩父音頭……川井說他沒有特地學過，只是聽到一個起調，後來的旋律就在心裏自然而然地流出來了。這三首謠曲的詞，是他整天泡在圖書館裏參考《萬葉集》寫出來的。

這位在二十世紀八十年代玩吉他，後來接觸電子樂的配樂家起先的夢想是做混音師，而不是編曲，他坦承自己「視譜」很慢，並不如科班出身的同行能夠同步讀譜演奏。七八十年代的日本，古典、爵士、電子、搖滾等各種西方音樂形式紛紛傳入，披頭士非常流行，比如村上春樹曾寫過自己年輕時對西方音樂潮流來者不拒，零花錢統統用來買唱片，一有機會就去聽現場。走過那個時代的日本知識分子有太多西樂的發燒友，川井則更偏向法國流行樂，憧憬雷蒙德．勒菲弗（Raymond Lefèbvre）、法蘭西斯．萊（Francis Lai），還有美國的伯特．巴卡拉克（Burt Bacharach）……

傳統日本邦樂、雅樂、神樂都是日本人潛意識裏的文化記憶。郭敏曾經在《墨攻》中給川井憲次錄過揚琴的部份，她說，編曲和研究不同，更多時候一個編曲家的成功在於一種先天的直覺和天才。「他可以不懂邦樂，但他創作出來的東西就像邦樂，春祭、秋祭、盆踴時街上隨處是跳和唱的，在這種氛圍中自然就會有樂感。」

「縱使無月照日夜，虎鶇悲啼亦如昔，驀然回首百花殘，宛似心慰杳無蹤，新生之世集諸神。」這是另一首謠曲的歌詞。歌詞裏的虎鶫是平安時代的一種妖怪，聲極悲愴，被稱為招魂鳥，日文漢字裏寫成「鵺」。《太平記》記載着這種鳥的模樣：陰曆八月十七日，皓月當空的夜晚，突然從山邊飄來一大片的烏雲，接着有怪鳥開始不停地啼叫，啼叫時會從口中噴出火焰。閃電也伴隨着出現，那炫目的光貫穿宮殿的竹簾，天皇嚇得不敢睡覺。

根據十三世紀鎌倉時代的《平家物語》的描寫，虎鶫頭似猿，身體像狸，尾巴像蛇，四隻腳像老虎……日本人喜歡把對異世界的恐懼具象化，所以在日本美術史上，鬼怪不僅橫行於世，而且還平易近人。中古時代誕生的妖怪在江戶時期更加大膽，在街頭昂首闊步。那些妖怪衍生出新的故事並被圖鑒化。有頭是婦人頭、身體是青煙的枕邊人，有當作手提燈籠的鬼頭，劈柴燒火的狐狸，隔障窺伺的骷髏……幽靈也被畫在掛軸上，在戲劇世界也很活躍。江戶時代的浮世繪大師葛飾北齋以《神奈川衝浪裏》聞名於世，他的《百物語》是鬼怪的「百科全書」。

鬼道上的末世情懷

很難想像一個玩吉他和電子樂出身的烙有「賽博朋克」（cyberpunk）印記的日本人能到傳統裏挖掘到一線靈光。在川井憲次二〇〇七年的作品音樂會上，壓軸曲就是《傀儡謠》。由十五個身着白色祭祀服、扮作神女的歌者組成的民謠合唱團，站在演歌式的舞台上，身後是樂隊，在劇場中儀式感極強地唱着淒厲到要震破屋頂的謠曲。

日本人喜歡聽太鼓、鈴、三味線等單調的聲音。日本寺廟裏的青銅鐘並沒有和聲，但他們鍾情於這種單獨的清音。聆聽單個樂器本身的音色起伏，似乎能喚起一種傷春悲秋的季節性感受。日語中將樂器演奏間的停頓叫「間」，如能樂中的小鼓、大鼓、太鼓，在交替的、差異細微的音響效果中，存在一種「間」的作用；如《傀儡謠》中，鬼音似是踩着篤篤的步伐出現的，於無聲處驚起落下。日本人喜歡將高音和旋律做自然的間離，和諧交融反而成了一種幼稚。這裏面有一種不能用音程關係來表述的不協調的「空間」，就是「間」。

「間」的存在彷彿是為了讓下個音更生動，室町時代的能劇理論家世阿彌在《風姿花傳》中特別論述過它。他認為一個演員在台上動作定格的時候是最傳神的，「動十分心，動七分身」，凝固在咫步裏的招式往往讓能量達到飽和。招式間的靜止、鼓與面具裏低吟的空隙，就叫「間」。這種「間」的概念在「幽玄」「侘寂」裏都是必不可少的元素。

一九九五年的《攻殼機動隊》動畫電影中，本身就有很多模擬的街道畫面，刻劃環境之壓抑沉悶、言語之晦澀都與《傀儡謠》一同傳達出一種末世哀戚。即使今天來看，它所蘊含的哲學高度也是超前的。二〇二九年，高科技與資訊化氾濫，使人可以通過義體的替換讓自己的身體不斷變得強大，可以通過身體上的介面連入網路，隨時下載資訊，甚至能夠進行全身的義體化，將記憶拷貝至電子腦。電子腦在提供便利的同時，也將大腦這一控制系統暴露在網路中，催生了新型駭客及新的犯罪手段。為了應對非常規的突然狀況，政府成立了特殊的秘密部門「公安九課」。女主角草薙素子就是公安九課中的一個全身改造過的義體人。

在這部作品裏，公安九課幾乎所有人都是義體人，他們的研發者和所有者就是政府。電腦裏的駭客程式「傀儡師」宣佈自己是一個真正的 ghost（鬼，鬼魂），所需不過一具軀殼，而素子的義體在祭祀般靜謐神秘的唱腔中逐漸成形，抱膝漂浮於水中，並在一次次的成形中質疑自己。作品中未來賽博世界（cyber world）的傀儡依然煥發着日本中古時代的哀世情調，在任何時代，日本人對於靈魂、精靈、生靈的情結都綿延不絕，這些 ghost 永遠有着身不由己的怨念。

能劇裏面有「現在能」和「夢幻能」之分，可見其中來世今生的轉換的觀念。「夢幻能」的主題有點似中國的「黃粱一夢」，鬧哄哄一世，最後寂滅成空。「夢幻能」的套路一般是一個旅人到達某地，遇到被亡靈附體的主人公，這個人開始以第三者口吻講自己的事；到了後段主人公以自己本來面目出現，再訴過去的場景。作為觀劇人，被層層代入後置身於亡靈的視角，生死無界。

押井守的這部《攻殼機動隊》，曾震驚荷里活，西方人發現其中的傀儡已超越一種簡單的教喻，不再是以人的全知視角來牽動傀儡的命運，最終給出善惡的教訓。《攻殼機動隊》背離了人本位的視角創作，更像一出精靈道上的揭竿起義，素子作為可把靈魂裝進卸出的義體人，以非人的視角思考着人類的墮落和貪婪，並說着人類的語言：「我的記憶屬個人獨有，我有我自己的命運，我雖感受到限制，卻能在束縛中伸展自我。」這就是這部二十年前的作品的立場，導演在批判機械化冰冷的現世和建構未來世界的奇幻玄妙時流露出的感時傷懷，就如同古代能劇、傀儡戲穿上一件人工智慧時代的外衣。

在日本，押井守的地位與宮崎駿相當，都是Japanimation（日本動畫）的代表，卻探討着截然不同的倫理困境，他以哲理的思辨和尖銳的審視形成自己的特點。《鐵達尼號》（*Titanic*）的導演占士．金馬倫（James Cameron）看了《攻殼機動隊》後專門撰文表達對他的敬意：「押井守的電影是先確立世界觀，再設置人物和角色，這在荷里活是沒有的，他從內部審視科技的發展，抱有反烏托邦情結……」電影中的背景設置在看板林立的中國香港九龍，繁華背後是一個被高度控制的社會，各種監視眼在空中盤旋，污穢的空氣、骯髒的河流和集市，傀儡們躲在堅硬的機械軀殼裏橫行於世，思考着自己的未來。讓人想起現在的東京，盂蘭盆節時滿街的精靈舞——兩者都在同一片文化心理土壤上，一個是拚命往土裏扎，一個是往空中發出新芽。

物

哀

日本文化的「崇物」與「物哀」

高雅的東西是，淡紫色袙衣，外面着了白襲的汗衫的人。小鴨子。刨冰放進甘葛，盛在新的金椀裏。水晶的數珠。藤花。梅花上落雪積滿了。非常美麗的小兒在吃着覆盆子，這些都是高雅的。

——清少納言《枕草子》

文：何瀟

從和紙說起

去東京時，在銀座地鐵站旁邊的鳩居堂裏，買了幾張和紙。一張純白的，隱隱露着些草木的形狀；一張墨藍色的，淡淡地印着仿古花紋。彼時跟自己說，這些東西美麗而無用，不要太過迷戀。然而回來之後，再拿出來觀看，又悔恨沒有多買幾張。想起周作人說，「我們看夕陽，看秋河，看花，聽雨，聞香，喝不求解渴的酒，吃不求飽的點心，都是生活上必要的——雖然是無用的裝點，而且是愈精煉愈好」，就更加覺得遺憾了。

如果要選一件東西來展現日本的物之美，我想最好的物件還是和紙。「潔白的紙本身就是一件藝術品。」著名的民藝理論家柳宗悅說，「真是不可思議，明明只是一張書寫用紙，光裸無瑕的表面，卻蘊含着另外一種美感。美紙招來美夢。」和紙溫潤的色澤裏，有着未經掩飾的自然風貌。天

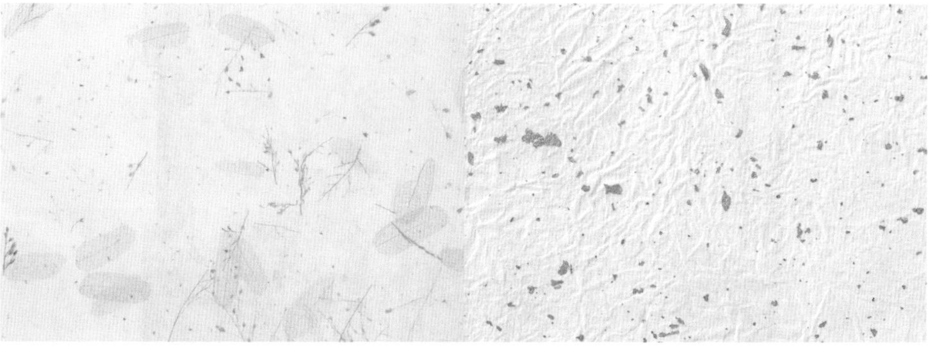

日本和紙

然的顏色，經過日光的烘照，散發出迷人的韻味。一旦你從紙上看到了自然，便會發現每張紙皆美。這就是和紙的力量。

看似單薄的一張紙，實則各具生命，各有性格。手工和紙多以長纖維的韌皮部為主要原料，再加上短纖維混合炒製而成，由於原料和成份比例的差異，紙張呈現千般面貌，有着不同的紋路和肌理。原色雁皮紙是用雁皮的樹皮纖維製作的，光滑而透明，講究剔除雜質；白玉手工紙則紙質柔軟，結構結實，顯得「有骨有肉」；明艷和紙適用於山水畫，利用原色澤木漿搭配不同的纖維炒製而成。紙張的纖維原本不是白色，使用者為了追求視覺效果，有時會對其進行漂白，雖使得紙張變白，卻也破壞了紙張的纖維，不利於保存。

清少納言寫雪天的信紙，也很有意思。書簡是由隨從模樣、「細長漂亮的男子」，撐着傘從側門裏送進來的。信寫在純白的和紙或色紙上，末筆的顏色很淡，「封緘地方的墨色好像忽然冰凍了的樣子」。信捲得極細，開封來看時，「細細的有好些凹進去的摺文」，墨或濃或淡，很有趣味。

信應該在下雪或者月光明亮的晚上閱讀，在皎潔的月光與潔白的雪的映襯下，紙張的美可以更好地展現出來。「極其鮮

傳統和紙製造工藝

明的紅色的紙上面，只寫道『並無別事』，叫使者送來，放在廊下，映着月光看時，實在覺得很有趣味的。下雨的時候，哪裏能有這樣的事呢？」這名挑剔的女官對於雨天常常懷有微詞，比如，她覺得信紙在雨天打濕了之後，就露出不好看的樣子來了。

「紙沒有私慾。它並未憎恨世上某個特定的對象。於是，紙張有股親切的特性。不仔細觀察的人，也許漠不關心；親近紙張的人，則會感到一股難以割捨的緣份。每當我展示心愛的紙張之時，見者無不為之傾倒。見紙之人，均有所體認。好紙惹人憐愛。惜紙加深人們對於自然的敬念，以及對美的愛憐。」在《和紙之美》一書中，柳宗悅這樣寫道。

崇物

日本人對於「物」懷有崇敬之心。在日本，不僅崇敬有生命的東西，即使是沒有生命的「物件」，譬如裁縫用的針、書法用的筆，也會有人將之好好收放，甚至建一塊供養之碑。思想家岡田武彥在《簡素：日本文化

的根本》中說：「我們不應該忘記物所給予人類的恩惠。」粗暴對待物件的孩童，會遭到大人的訓斥，這或許也是出於人與物之間的親近之情。日本人在物的名稱之前，經常冠以「お」「ご」這樣的敬語接頭詞，以表達敬畏之情，如「お月さん」（月亮）、「お陽さん」（太陽）、「お湯」（熱水）、「お砂糖」（砂糖）、「お茶」（茶葉）、「お料理」（菜餚）、「ご飯」（米飯）等。

岡田武彥認為，「簡素」和「崇物」是日本文化裏根本性的哲學範疇。「簡素」是簡單平淡的價值追求和內外功夫，「簡素精神」是崇尚思想內容的單純化表達。表達越單純，內在思想就越高揚。他認為，與之相輔相成的「崇物」是「日本思想文化的根本理念」。

在日本人看來，「物」並非單純的物質，而是有着生命的靈性，有靈魂與情感的存在。岡田武彥這樣說「崇物」二字：「物即命，命即物，人雖為物之靈長，然一旦無物，生即不復存在。有了對物的崇敬之念，便產生對於生命的崇敬之念。」正是因為懷有對物之生命的崇敬，才會對物產生感激之情，從而轉化為共生共死、萬物一體之仁的理念。這種「崇物」理念，不僅使人成為物的一部份，也賦予了物主體性和倫理性。

日本人的「崇物」，與中國道家的「觀物」和「造物」，有着很大的區別。道家主張順應造化，物我合一，是對「物」的「造物者」的崇拜，歸順的是自然，是「出世」「無我」的隱士哲學。而日本人的「崇物」，是對「物」這個自然對象本身的崇拜。它不「出世」，而是「入世」的庶民哲學。它所主張的「物我合一」，是大我與小我的合一，而非「物我兩忘」。

「天人合一」是中國人和日本人共有的自然觀。在側重點上，卻並不相同。中國人側重於「人」和「我」，日本人則側重於「天」與「物」。如果說相較於西方文化的「人類中心論」，中國文化偏向於「非文化中心論」，那在日本人那裏，便是「萬物中心論」了。日本哲學比中國哲學更偏重於「物」，甚至將自然之物與人文造物等量齊觀，都作為崇拜的對象。

「崇物」的思想，歸根結底來自日本人對自然的崇拜。日本神道以天地萬物為母，將自然視為人類生命的賜予者，對其懷有感恩之情，近乎一種宗教情結。在這種情結的引導下，他們自覺地愛護自然。自然界的萬物，也被視為具有超人的力量，具有神性。日本神道宣揚多神論，神社裏供奉着自然界的萬物。在崇物思想的支配下，自然界與人世間的一切，都成為頂禮膜拜的對象。「付喪神」的存在，也可以看作是這種思想的體現。

在一些極其日常的事物上，也可以看到日本人的哲學思想和宇宙理論，比如食具。在日本，流傳着許多關於筷子的神話傳說：大神降臨凡間，一位老者將米飯盛在米葉上，並放上杉樹枝條來款待大神。大神十分高興，飯後將筷子插在了地上，筷子落地生根，長成一棵參天大樹，一直存在到如今。這棵神樹，代表着連接太陽和大地的「宇宙樹」。「插箸成樹」的行為，是由不可能變為可能，體現了神與聖的力量。

《今昔物語集》中，有許多筷子與樹的故事。多武峰的聖僧增賀在路邊，折斷樹枝當筷子，他自己吃，也讓身邊的僱工吃。折枝當箸的習慣，一直延續到現代。小朋友出去郊遊，發現便當盒裏忘記放筷子，便折斷樹枝來用。吃完後，將用過的樹枝扔在附近，這些「筷子」最終會回歸自然。如果使用西方餐具裏的金屬製成的「刀叉勺」三件組合，就不可能做到這一點。筷子與三件組合的象徵對立，體現了日本與西方不同的宇宙觀。

「崇物」是日本文化裏的重要概念之一

物哀

或許因為對物懷有崇敬之心，日本人特別能體會物之美。最能體現這一點的文學作品是《枕草子》。你可以在其中看到清少納言是如何發現日常物件的細微之處的：清潔，是「土器。新的金屬碗。做蓆子用的蒲草。將水盛在器具裏的透影，新的細櫃」；漂亮，是「唐錦。佩刀。木刻的佛像的木紋。顏色很好，花房很長，開着的藤花掛在松樹上頭」；可愛的東西則多半細小，「雛祭的各樣器具。從池裏拿起極小的荷葉來看，又葵葉之極小者，也很可愛。無論甚麼，凡是細小的都可愛」。

見到美好的東西，心生愛慕，便買下來，擱置在家裏，時間長了，雖保留着過去的形貌，卻已顯得可憐，從喜愛生出厭棄了：「雲間錦做邊緣的蓆子，邊已破了露出筋節來了的。中國畫的屏風，表面已破損了。有藤蘿掛着的松樹，已經枯了。藍印花的下裳，藍色已經褪了……几帳的布古舊了的。簾子沒有了帽額的。七尺長的假髮變成黃赤色了。蒲桃染的織物現出灰色來了。」物如此，人亦如此。「畫家的眼睛，不大能夠看見了」，「好色的人但是老衰了。風致很好的人家裏，樹木被燒焦了的。池子還是原來那樣，卻是滿生着浮萍水草。」如是這些，都是清少納言所說的：「想見當時很好，而現今成為無用的東西」。即使如此，人與物依舊保留着其可愛之處，是可為之哀憐的。

言及至此，就不得不說一說日本文化裏的「物哀」傳統。本居宣長在討論《源氏物語》時，對「物哀」這個概念做了詳盡的解釋和說明。所謂「知物哀」，是對所見所聞的事物能有所感動，觀之以心，動之以情，能感知「物之心」和「事之心」。字典裏的「感」，註釋為「動也」，而

「哀」，則是這種「動」的表現。看到櫻花開放，覺得美麗，就是知物之心，因為櫻花的美麗而感到高興，就是「物哀」。

「所謂『物哀』，也是同樣的意思。所謂『物』，是指談論某事物、講述某事物、觀看某事物、欣賞某事物、忌諱某事物等，所指涉的對象範圍很廣泛。人無論對何事，遇到應該感動的事情而感動，並能理解感動之心，就是『知物哀』。而遇到應該感動的事情，卻麻木不仁、心無所動，那就是不知物哀，是無心無肺之人。」本居宣長這樣寫道。

「物哀」是一種移情：「蟲聲唧唧，催人淚下」，「聽着風聲、蟲聲，更令人愁腸百轉」。在《源氏物語．法事》一卷中，寫了這樣一個場景。此時紫上已經非常虛弱了，然而，消瘦增添了其姿容之優艷。傍晚，秋風蕭索，紫上倚靠在矮几上看到庭前花木，吟詠了一首和歌：「秋風吹來了，荻葉上的露水啊，就要消散了。」源氏聽罷，悲痛不已，和歌一首：「世間的露水啊，終歸會很快消散，先後都一般。」明石皇后也吟詠道：「萬物似秋露，易逝豈止葉上霜，人生難長久。」當晚，紫上便去世了，宛若秋露一般。

戀物實則是戀人，所謂「人物合一」。不論是睹物思人，抑或人物同哀，都是相似的情感。一些美麗的事物，會引起人對過去美好的懷念，譬如：「枯了的葵葉。雛祭的器具。在書本中見到夾着的，二藍以及葡萄色的剪下的綢絹碎片。在很有意思的季節寄來的人的信簡，下雨覺着無聊的時候，找出了來看。去年用過的蝙蝠扇。月光明亮的晚上。這都是使人記憶起過去來，很可懷戀的事。」

另有一些事物，則是無可比喻的：「夏天和冬天，夜間和白晝，雨天和晴天，年輕人和老年人，人的喜笑和生氣，愛和憎，藍和黃檗，雨和霧。」清少納言這樣寫道，同是一個人，沒有了感情，便覺得像別個人的樣子了。無可比喻的事物，總是一期一會，令人備感無常，生出哀寂。看到院裏枯牆上的光影斑駁，「物哀」起來，想到《枕草子》裏「一直在過去的東西」：使帆的船。一個人的年歲。春，夏，秋，冬。

「哀」裏的心有所動：論物哀

既然一切美好終將消逝，那麼一切美好，也唯有死亡可以祭奠吧。

文：張月寒

有時候我們要懂得欣賞一種「一碗白粥」的美。因為越是白粥，則越是難以烹飪、越見功力。「物哀」其實就像日本文化體系裏的一碗白粥。清白、寡淡、渺然，但有時遇見極驚喜純熟的一碗，則會讓你瞬間忘了許多過於矯飾的色彩。

「物哀」的日語是「物の哀れ」。據葉渭渠、唐月梅《物哀與幽玄——日本人的美意識》一書，「哀」的理念在八世紀日本有文字記載後誕生的《古事記》《日本書紀》和最早的歌集《萬葉集》等作品中就開始萌芽，及至《源氏物語》等日本「物語文學」，逐漸形成「物哀」的理念。

十八世紀的日本學者本居宣長是物哀理論的重要奠基者。他認為「物哀」概念的最高峰是《源氏物語》。這一日本乃至世界上最早的長篇小說，出現於十一世紀。後來十八世紀的本居宣長從《源氏物語》中提取了「物哀」的概念，寫了著作詳加論述。如今，「物哀」已是日本文學、詩學、美學理論中的一個重要概念，在日本人的生活中處處有其影子。

「物哀」，於今日之感，某一層面可理解為「哀傷、可憐、淡淡的憂鬱」。但它的意思當然遠不止於此。據本居宣長論述，「哀」的意思在最初是「人的各種情感」，同時又是一種唯美的感動，超越了是非善惡。「心有所動，即知物哀。」他在《〈源氏物語〉玉小櫛》中這樣說。而在《紫文要領》中，他又進一步闡述：世上萬事萬物的千姿百態，我們看在眼裏，聽在耳裏，身體力行地體驗，把這萬事萬物都放到心中品味，內心裏把這些事物的情致一一辨清，這就是懂得事物的情致，就是懂得物之哀。

香港女作家方太初在《浮世物哀：時尚與多向度身體》中說，「物哀」原是日本人為擺脱中國道教思想影響而提出的一種獨立的美學觀點。

日本人喜歡看櫻花，一在其美，另一在其轉瞬即逝。這也是一種「哀」的體現。

文學

在《源氏物語》中，從紫式部的角度來說，物哀分為三個層次：第一層是對人的感動；第二層是對世相的感動；第三層是對自然物的感動，尤其是季節帶來的無常感。比如《源氏物語》開篇，皇帝對逝去嬪妃桐壺更衣的極度悲傷的懷念，就是第一層的物哀。而在「帚木」卷源氏和頭中將在「雨夜品評」一節，把女子按出身、才藝、容貌來分類品評，又頗有「世相」的哀。源氏和明石姬在吉明神社相遇時的「夜幕漸晚，正是晚潮上漲之時，鶴於海灣中引頸長鳴，淒厲之聲催人淚下」，則是很顯然的第三層物哀了。

三島由紀夫的小説《潮騷》，描寫了日本一種很典型的純淨的海洋漁村文化。在那個叫「歌島」的美麗小島上，人和自然是怎樣互相依存、鬥爭、和諧相處，以及生活在這片土地上的人是怎樣被環境影響，而同樣的潮聲和海水又是如何澆築出一個個迥異的人格，這些人格相遇時又是怎樣碰撞、處理的……可以説，在物哀的三個層次中，《潮騷》所表現的第三個層次的物哀，尤其讓人觸動。

同樣，物哀的集大成者川端康成在小説《雪國》中對自然的物哀之情也頗濃重。「山頭上罩滿了月色，這是原野盡頭唯一的景色，月色雖已淡淡消去，但餘韻無窮，並不使人產生冬夜料峭的感覺。」在這篇小説中，整個雪國的色調，就是「白」。夜空下一片白茫茫，山上還有白花、杉樹，並配以白色的月光。而日本本身，也是一個尚「白」的民族。

物哀是靠「情緒」去感受自然，亦即中國的「感時花濺淚，恨別鳥驚心」。因而所有景色在人的眼中，都是主觀的。

《源氏物語》可以説是了解日本物哀文化的一個非常好的開端。今天我們去日本，以及閱讀、觀看日本文藝作品時所感受到的很多難以名狀的氣質，似乎都可在這部小説裏找到萌芽。在《源氏物語》中能清晰瞥見日唐交流，作者引用唐玄宗和楊貴妃的故事來刻劃小説中皇帝和桐壺更衣的戀情。書中也多次出現了吟唐詩、寫漢字的情節。

日本人對於漢字的觀感其實是直覺性的。《源氏物語》中，當時貴族階層寫信時如用漢字，會被認為是一項非常了不起的特長。澤木耕太郎在他紅極一時的遊記《深夜特急》中也描述，當年他一個日本人，坐着顛簸的泰國境內的火車，最能撫平他心緒的反而是一本中國古詩集——李賀的集子。他説只要看到那些漢字堆積在一起，就覺得無來由的舒適熨貼。可知日本人對於漢字本身的愛，是一種天性。

然而，讀完整部作品，還是可以發現，「物哀」其實是一種基於日本本土的獨立產物，是一個只有在日本才能形成的特殊的美學概念。

雪中的京都醍醐寺

一列狹長群島。一邊是寂寞深邈的太平洋，一邊是中國。白雪在太陽下化了。春雨，也就這樣飄浮在神社門前的台階。夏夜空蟬。冬日皚雪。覆蓋住一切。又孕育了一切。

日本文學中的「物哀」，其實都是淡淡的、不可言傳的、似有若無的。它並不是真正的頹廢、絕望，而是一抹飄浮的薄雲。相較之下，被印於日本紙鈔上的作家夏目漱石，他的「物哀」，又有着一種深層之嚴肅。被稱為「日本的魯迅」的夏目漱石，有着日本人傳統的悲劇內核，又建立了自身獨特的美學色彩。譬如他的《心》，用詞枯淡清冷，用一種細膩白描的語調表達了對日常感情流淌的反省。具備「私小説」一貫的要素，全書大量充斥心理描寫和意識分析，在近乎「瑣屑」的細節闡述中，形成了一種獨特的物哀氣質。在他的另一部作品《三四郎》中，主人公面對繁華現代的東京都市生活，產生了一種窘態，也可以説是物哀超越古典美學的一種更現代性的體現。

人生結局慘烈的作家三島由紀夫的作品有一種出了名的能融化人的壓抑哀傷，特別是他的絕筆之作。這個被認為是「日本的海明威」的悲傷作家，讀他的作品時，幾乎總能被一股強大的哀傷沉沉壓過去。

松樹的綠還是淺淡時，靠岸的海面已經被春天的海藻染上了紅赭色。西北的季節風不斷從港口吹拂過來。這裏賞景，寒氣襲人。

《潮騷》中的這段句子，瞬間就勾勒出一種畫面感極強的意象，也無來由地營造出一種淡淡的「物哀」。然後，三島由紀夫接着寫到「薄暮下的桃花」、沉默的年輕人、白色搪瓷大盆裏瀕死的比目魚流出來的血、黎明時分半明半暗的雲在海面上映出的一片白茫茫的樣子。凡此種種，將我們所能觸摸到的關於「物哀」的那抹暗痕，印刻到極致。

可以說，物哀，更像植根於日本人心中的一種感受。川端康成幾乎所有的作品都表現了一種傳統物哀的美，尤其是《古都》這部很有古意的作品。小說主角千重子和苗子，於文中並沒有極大的欣喜若狂，也沒有極痛的刻骨銘心，而只是一抹淡淡的宿命感，以及在這淡淡的宿命感中所凸顯的遼遠而純粹之情。

《雪國》最末一段也是時常能讓我感到這種難以道明的「哀」的一個瞬間。「待島村站穩了腳跟，抬頭望去，銀河好像嘩啦一聲，向他的心坎上傾瀉下來。」此時，葉子的死、駒子的失常，以及島村抬頭望去的那片無垠的天，都好像在之後定格了一般。這段文字的畫面感極強，讀到的一瞬間幾乎讓人忘了身處的現實。整部小說的「虛無」之感也是它最大的魅力所在，也是我認為的最完整地呈現了川端康成物哀思想的一部作品。

對四季特有的美的感觸，也是物哀的一個表現。清少納言的《枕草子》有這樣一段美不勝收的句子：

春，曙為最。逐漸轉白的山頂，開始稍露光明，泛紫的細雲輕飄其上。

夏則夜……

秋則黃昏。夕日照耀，近映山際，烏鴉返巢，三隻、四隻、兩隻地飛過，平添感傷……

冬則晨朝……有時霜色皚皚，即使無雪亦無霜，寒氣凜冽，連忙生一盆火，搬運炭火跑過走廊……

《源氏物語》中，在「紫夫人的春殿」裏，「鴛鴦等各種水鳥，雌雄成對，浮在羅紋般的春波上」。這種春的感覺，又豈是尋常之眼可以看出的？

與這些文筆厚重的作家相比，一九八三年出生的日本女作家青山七惠則展現出一種年輕、輕快、更富時代感的「物哀」。在《一個人的好天氣》這部排版字數只有四萬餘字的小說裏，一種彷彿故事遠沒有結束的「物哀」感讓這部小說讀起來非常清新、迥異、爽脆。她的文風大都如此。看似沒有波瀾壯闊的情節，但一本書總能很快翻完，不忍停下來。這是翻譯的功勞，也是因為青山七惠所營造的那種淡淡的「物哀」氣質，它是可以超越語言的東西。不然這本小書在中國也不可能一直追加印數，二〇一〇年的銷售就已超過二十萬冊。它的氣質，特別像雨中一盞昏黃的小燈，或彎曲小河中漂浮的一隻夜航船。微暗渺淡的樣子，但是又很能「抓」人。

後來，她的著作越來越多，但每一本似乎都有這種淡淡的「哀」的影子。尤其是她作品中對於四季風物的描寫，「物哀」感尤其強。《一個人的好天氣》裏，就有春天的櫻花、夏天的雷雨、秋天的落葉和冬日的白雪。而主人公的心境也隨着這四季的變化，經歷了一種成長和成熟。情緒映襯景色，是一種很典型的「物哀」體現。

究其內核，也非常具有日本文學中的古典美，「哀」的人物無處不在。《一個人的好天氣》的主角是離開家鄉和父母來大城市尋找未來的知壽；《溫柔的嘆息》裏是工作數年卻似乎每天都在重複同一種日子的江藤；《離別的聲音》裏的真美子，夾纏在一種「疏離感」之中；《碎片》則是不得不面對婚後生活產生的「改變」的杏子。

曾經留學日本的魯迅，其作品中也有「物哀」精髓。最明顯的一部便是《傷逝》。《傷逝》有着一種很明顯的杏黃和土灰交織的絕望中又萌生希望的調子。首先，小說的季節背景，便是很有物哀特色的「暮春」。整部小說初讀時不覺驚艷，但讀後總能被莫名攫住，以至於多年後的某天深夜還能想起，是少數能深刻印在腦中的文字。「然而我知道她已經允許我了，沒有知道她怎樣說或是沒有說。」這一段無疾而終的感情，其實特別具有現代感。不總是大喜大悲的結局，或許是因為生活本身就是不悲不喜的，就是「物哀」。

其次，小說中的很多語言也充滿着宿命感。「負着虛空的重擔，在嚴威和冷眼中走着所謂人生的路，這是怎麼可怕的事啊！而況這路的盡頭，又不過是——連墓碑也沒有的墳墓。」

這段話，又令人突然想起我們中學語文課本中令人印象深刻的《藤野先生》。當時面臨國破家亡的魯迅，又留學異鄉，作家本身敏感的體質，在那充滿變革的時代裏，感受到的會是一種多麼豐富深重卻又不勝負荷的情感體驗啊。

形而美

多篇理論文章都闡述過「物哀」這個詞是只可意會不可言傳的，很難通過某種描述或定義來闡釋個清清楚楚。這確實是的。美學、審美本身就是一種直覺性的東西。我們覺得某個東西、某個景物、某個人很美，是很難說出任何具體道理的。所擁有的，不過是一種通透的感受。

不僅是文學，就連風靡世界的日本動漫產業，本應是喧嘩熱鬧的，但其間仍有不可避免的「物哀」。中國讀者很熟悉的《名偵探柯南》中有一個人物「灰原哀」。雖然是漫畫，但這個人物一出場，配合着她獨特的氣質、對白、身份，再加上極富身份感的名字，就使得讀者可以輕易觸到她身上也是日本文化深層所力透紙背的一個「哀」字。她的雙眸為冰藍色，髮色為茶色，值得一提的是，在漫畫中，阿笠博士原本希望為她取名為「愛」，而她本人則將其改為「哀」，恰恰就是「物哀」的「哀」。這個有着陰鬱之美的角色，受歡迎程度甚至一度超過了第一女主角小蘭。也許每個人心中，都潛藏着一股淡淡的不可被忽視的「哀」的成份吧。

漫畫《最遊記》，是整個亞洲文化圈都非常熟悉的《西遊記》中四個主角的現代版。整部漫畫其實有一種非常濃重的宿命感，不是一般漫畫的那種淺顯和盲目搞笑（當然其間也有搞笑成份）。這種太過熟悉的作品的重新改編，因為大部份讀者都約略知道每個人物的命運，再看他們重新在一種新的背景、外貌、對話中進行着一段人生，總有一種俯視的悲憫感。

再看日本的神話。同樣是神話，日本神話就沒有希臘神話那般悲壯雄闊。初代神伊邪那岐和伊邪那美的故事，雖然是悲劇，但多了悲哀，少了悲壯。

「物哀」在日本服裝界也有餘韻悠遠的滲透。三宅一生的「褶皺」「禪意」幾乎是一種呼之欲出的直覺性哀感。設計師在用色上偏冷色調，對黑、灰等晦暗色彩的偏愛也使得其大部份作品極為消極陰鬱。三宅一生的作品有一種消極被動的、充滿神秘色彩的感覺。日本由於多地震等自然災害，它本身其實就是一個不相信「永恆」的民族。

設計師川久保玲刻意鬆開織布機的螺絲使成品無法估計最終形態的做法，以及她的「千瘡百孔」風格都是一種很明顯的物哀。一九八二年，川久保玲以她的品牌Comme des Garçons（宛若男孩）發表了著名的「殭屍新娘」裝。一件黑黢黢的怪異毛衫，蜂巢一般的窟窿滿佈全身，有一種死亡的黑色典雅，和一種「滿不在乎」的態度。川久保玲也掀起了一種「爛衫」文化。她的作品，表面上是設計的「不完美」，實則是物哀精神的布料展現。

在我們目光所掠過的日本事物中，日式布料總是能讓人產生一種油畫般的震撼。細細品味，哀也滲透到日本的布料美學。張愛玲就曾經在作品中敘述了日本布料觸目驚心的美。

浮世繪也是日本一種特別體現「物哀」之感的作品。周作人曾經在《知堂回想錄》中引用永井荷風的話說：「我愛浮世繪，苦海十年，為親賣身的遊女的繪姿使我泣，憑倚竹窗，茫然看着流水的藝伎的姿態使我喜，賣宵夜面的紙燈，寂寞的停留着的河邊的夜景使我醉，雨夜啼月的杜鵑，陣雨中散落的秋天樹葉，落花飄風的鐘聲，途中日暮的山路的雪，凡是無常無告無望的，使人無端嗟嘆此世只是一夢的，這樣的一切東西，於我都是可親，於我都是可懷。」

浮世繪中最具辨識度的《富嶽三十六景》之《神奈川衝浪裏》，從色調上看有一種很明顯的物哀感，但是，其翻滾的波浪所呈現出的那種奔放，又充份言明了物哀的含義遠不只「哀傷」而已。它不是那種單純的消極。《富嶽三十六景》中的《御廐川岸見兩國橋夕陽》描述的是非常平淡的生

葛飾北齋《富嶽三十六景》之《神奈川衝浪裏》

葛飾北齋《富嶽三十六景》之《御廄川岸見兩國橋夕陽》

活中的一景，色調跟《神奈川衝浪裏》很相似，場景則更市民化一些。通過對這一平凡場景的描繪，也表達了生命周而復始、每天的生活似乎都很相似的那種物哀。《東海道五十三次》之《蒲原》是一幅被雪覆蓋的孤寂小村客棧場景，不知為甚麼總讓人聯想到《雪國》。這也再一次證明了川端康成的作品具有古典美。

其實居酒屋文化也一直有種「哀」的氣氛。在日本，無論是甚麼樣的居酒屋，或熱鬧，或清冷，或位於鬧市，或遠居小鎮，幾乎都可以說是最濃烈地體現日本人與物關係的一處場景。日本已逝導演小津安二郎的幾乎所有作品都有居酒屋場景。而小津安二郎的空鏡頭則是出了名的物哀例子。他的鏡頭通過機位與人物的位置、距離，方寸的拿捏之間，體現了一種或疏遠或親近的心與物的關係。同樣，酒也是非常能抒發人類感情的一種事物。小津也總是藉着各式各樣的居酒屋表達他對生命的思考：苦戀、寂寥、慨嘆、憂思。酒在任何民族表達情感時，似乎都是一樣不可或缺的媒介。小津安二郎的作品《東京物語》，沒有用過份真實的情節來營造日本戰後人民的生活狀態，而只是用一段段居酒屋裏的家常對話，來凸顯戰後人們精神的沉重、壓抑、分崩離析。這恰是物哀之情的娓娓道來。特別是兩個老人坐在海邊的那一組鏡頭。廣闊的海水、彎曲的峽灣，給人非常空寂、寥廓的感覺，而兩個孤獨的老人就這樣坐在正對海水的一條呈直線形的石壩上。石壩的僵硬直線切割了海水的柔，在鏡頭外的我們看來，正是一股不可言明的物哀感。

生死，家庭，歡樂，落寞……其實在一家小小的居酒屋，就可呈現。

從《深夜食堂》的漫畫，到電視劇、電影，其內核也是一種寂寥的日本飲食文化，物哀隱含其中。新宿街頭的一條後巷，有一家「飯屋」（めしや），營業時間由深夜十二點到早上七點左右。深夜十二點，很多人的一天都已經結束。而就是有這樣一群靈魂，睡不着，十二點恰恰是他們生活的開始。於是發生了一系列寂寞的晚歸人的故事。人生，到最後，溫暖人心的似乎只剩食物而已。

由小林薰主演的電視劇版《深夜食堂》，一開始就出現男聲用日語演唱的片頭曲，瞬間營造出一種深夜低迴的落寞都市氣氛。街頭掠過新宿繁華的街景、人群，然後，一輪彎月出現，一家小居酒屋的內部，一個落寞的中年男人在出奇寂靜地做着一道料理。切白蘿蔔、掰章魚、滾油入鍋、各種食材置入翻炒……

從漫畫至影視，《深夜食堂》的一大出彩之處就是「食物」。章魚形狀的誘人紅腸，半熟的烤鱈魚子，方整細嫩如豆腐的玉子燒，金黃的炸竹筴魚放入深厚油中一掠即出，味道交融通透的隔夜咖喱，嗞嗞作響的鐵板意大利麵；從戶外端入的甫離火的燙手大砂鍋，燜着瑩如白玉的米飯，趁熱盛出，敷上一層剛磨好的濃稠山藥泥……這部日劇據說當時是在夜間的冷門時段播出，於是我想這一切是多麼能讓深夜觀看的人產生一種莫大的食慾。然而，在這些美好的食物背後，卻是一個個寂寞的故事、一種種不同類型的人生。這種因食物而產生的物哀感，不得不說立刻加深了整部作品的深度。

在《深夜食堂》，食客各異。有邊吃一碗麵邊翻看漫畫的人，有穿着齊整的上班族，有拖着行李箱剛從中國澳門歸來、訴說生命中又一段艷遇的脫衣舞女郎，有戴墨鏡的進來說「照老樣子弄」的黑幫大佬。幾乎每一個人，都是獨自來深夜食堂吃飯。每個人點出菜單上沒有的、吃法各異的菜，老闆像變戲法一樣一一做出。其實整個日本居酒屋文化的精髓就是這樣。小小簡陋的屋子，令人驚喜的溫暖美食，以及一個個性情迥異、擁有不同人生的食客，就在那一刻，恰好被濃縮在同一個環境中。因為食物和酒精的美好而聚到一塊兒。因為無處可去或「就是不想回家」而被聚到一塊兒。人們在城市中尋尋覓覓、身心俱疲，也不過是希望深夜中還能有這樣一個去處，讓自己可以放下任何負擔和過去，而且它的環境又極具接納性。任何人去到那裏，都不會有人評判。

北京其實也能找到幾家這種深夜食堂般或與小居酒屋文化類似的日本館子。有一次我去了某居民社區裏的一家飯館。酒蒸花蛤、茶泡飯、日本串燒……居然也做得有滋有味、頗為熱鬧。老闆娘的丈夫是日本人，這家小館子本來是他們招待朋友的一個客廳，漸漸卻發展成一個往來不絕的小居酒屋。我那次去時已是深夜十一點，離開時將近淩晨四點。然而還有幾桌客人未走，坐在暖爐開得極暖的日式榻榻米上，邊喝着一種用日本威士忌調的雞尾酒，邊吃炭烤牛舌。那一刻我突然深刻體會到了《深夜食堂》中所凸顯的物哀感。深夜不歸的人，本身就有着某種無奈、寂寥，或內心太過獨立、太清楚知道自己想要甚麼，只不過是在現實生活中始終不可得罷了。

中國台灣地區這種居酒屋更多，風格或許更接近日本。之前朋友帶我去了內湖一家她私藏的居酒屋。冷冷的沿街店面，門是那種懸空的塑膠簾，晚間坐下，一絲一絲的冷風還經常從塑膠簾底部的縫隙中灌入。窗外，是台北那種永遠不會睡眠的夜。綠茶可樂、明太子雞肉串、海膽壽司、芋燒酒、麥燒酒、黑糖燒酒……台灣的居酒屋有着一些我在大陸沒有吃過的食物，而酒則是一種全世界共同的溝通工具。

物哀的直接延伸還有能樂。初聽能樂的人應該都會為其悲愴詭異的調子而驚詫。第一次聽有可能讓人感覺怎麼這世界上還會存在這麼詭異的聲音。但聽久了，卻能聽出一股真正低迴的哀沉。與中國某些戲曲能無端使聽者墮淚一樣，能樂也可使聽者落淚，因其是將日本物哀美學融會到聲音裏的一種展現。那種「知物哀」的人情並不是從宗教教義和倫理社會中生產演化來的人情，更近似於一種先驗感知。

其實，說白了，物哀就是一種氣質般的東西。喜歡的人很喜歡並且能瞬間認出。不喜歡的人也只是處在一種自己所永遠不能抵達的世界，隔着一層霧般看那些「物哀」之謎。

哀之極致

本居宣長在《紫文要領》中說：「最能體現人情的，莫過於好色。因而好色者最感人心，也最知物哀。」這種觀點和《源氏物語》是直接相關的，因為《源氏物語》基本就敍述了一個長相俊美的貴族公子和他周圍的人不停、不停、不停尋花問柳的故事。

而物哀文化的這一特點，似乎仍很大程度上影響着今天的日本文化。日本作家渡邊淳一一直以來就以其豐厚細膩的描寫性愛的情節而著稱，並一點也不諱言自己現實生活其實就和作品很相似。他的成名作《失樂園》中描述了一對出軌男女焦灼而熱烈升騰的情愛史。可以說，男女主人公的相遇從一開始就注定是毀滅的。小說的語言從敍述的最初就暗含了這種宿命，直至驚詫式結尾，一切可謂達到物哀美學「轉瞬即逝」的頂點。

村上春樹《挪威的森林》一段時間曾因性描寫過多而被眾多中國家長列為禁書。但是真的，如果砍去那些情節，整本書也失去了必要的美感。從永祿年間寫作《好色一代男》和《好色一代女》的國民文豪井原西鶴到十九世紀末的作家永井荷風，他們的人生也幾乎遍踏花街柳巷，整日和藝伎歌女為伴。《感官世界》中，阿部定的「陽具迷戀」也成為影響日本後世文化的一大主題。這一部非常「官能」的電影，其間所包含的物哀色彩卻也是任何理論家所不能否定的。日本是世界上最成功地將「性」變成產品的國家，與這個民族骨子裏分不開的「物哀」觀念，或許有某種關聯吧。

盞中宇宙：尋訪曜變天目

文：賈冬婷　攝影：張雷

某種意義上，這幽玄閃耀如星夜的黑釉茶盞，不僅是宋代從中國傳到日本的茶道名盞，更是權力、信仰與財富的象徵。

世界上僅存的三件完整的黑釉瓷盞曜變天目都收藏在日本，且被奉為「國寶」文物。趕在三大曜變天目同期展出的五月，我從滋賀的美秀美術館（Miho Museum），到奈良國立博物館（Nara National Museum），再到東京靜嘉堂文庫美術館（Seikado Bunko Art Museum），一一尋訪。某種意義上，這幽玄閃耀如星夜的黑釉茶盞，不僅是宋代從中國傳到日本的茶道名盞，更是權力、信仰與財富的象徵。

曜變天目與破草鞋

燈光暗下來，彷彿置身佛寺中。身着灰黑色袈裟的小堀月浦和尚掃了一眼席地而坐的人們，聲音蒼老而謙遜：「感謝各位遠道而來，大家參觀過曜變天目了嗎？」他話鋒一轉，「這些東西對我們佛教徒來說算不上是寶貝呢。國寶天目茶盞的曜斑是泥在火裏炙烤出來的，會破碎，會消失。這些眼睛能看得到的事物，我們不會稱之為寶貝。那麼，甚麼可以稱之為寶貝呢？是一個人給另一個人倒茶的心意啊。每天汲取自己心底的水源，過上充實的生活，這也是坐禪的目的。」

這天一早，我們從京都開車一個多小時到滋賀，由城市到鄉村，周圍漸漸被新綠季節的山林環繞，再穿過一條長長的隧道，便如陶淵明筆下的武陵人一樣，豁然發現眼前的「桃花源」美秀美術館了。本來，我們完全是衝着京都大德寺龍光院在此展出的曜變天目茶碗來的，沒想到，正好遇上龍光院現任住持小堀月浦和尚在此舉辦坐禪會，這也是一期一會的緣份。

小堀月浦師父緩緩介紹坐禪之法，如何挺直肩背，深呼吸，盤腿坐。「閉上眼睛，但請不要睡着哦。」「如果想要獲得香板敲打，我到面前的時候，請合上掌心。敲打很痛的哦，但反覆敲打會更接近釋迦大師的體悟。」隨着一聲清脆的「叮」，三十分鐘的坐禪開始了。黑暗中只聽到老師父的腳步聲，每走一步停頓一下，似乎在檢查面前的人是否挺直了身板。一陣陣打板子的聲音在靜謐中格外的響，令人不由得更加正襟危坐，生怕他手裏的香板冷不丁地打到自己身上。腳步聲越來越近了，又忍不住想嘗嘗被「打板子」的滋味，於是咬牙合掌。老師父在我面前站定了，舉起香板，「砰——砰——砰」三下，落在左肩上，立即感覺火辣辣地疼。他喘口氣，又用力打向另一側，「砰——砰——砰」，這次輪到右肩也灼燒起來。奇怪的是，盤坐帶來的痠麻也因為這疼痛而減弱了許多，終於堅持到又一聲「叮」響起，坐禪結束了。燈光亮起，小堀月浦欣慰地道謝：「大家來到這大山深處，一同坐禪修行，可謂至幸。大家都沒有辜負曜變天目。」

從坐禪會走出來，覺得有點恍惚，彷彿不是來看一個美術館裏的展覽，而是推開了一扇禪宗世界的大門。展館海報中，小堀月浦手捧着曜變天目，走出寺門，鄭重地將寺院秘藏四百年的寶物呈現給大眾。時任美秀美術館館長、日本茶道專家熊倉功夫説，這隻曜變天目是龍光院的象徵，現任住持小堀月浦和尚是唯一有資格觸摸這件曜變天目的人。茶盞捧在住持蒼老的手中，曜斑奪目，內

由世界著名建築大師貝聿銘設計的美秀美術館

壁上幾道深淺不一的劃痕未加掩飾，那是四百年前使用過的歷史印記。

同行的日本茶道具研究者、早稻田大學建築學科古谷誠章研究室研究員方愷說，龍光院是大德寺下轄的二十四個子院之一，是一座秘庵，從不對公眾開放，這隻曜變天目也只在一九九〇年、二〇〇〇年、二〇一七年展出過，這次是有史以來第四次對外公開。熊倉功夫對我們說，小堀月浦和尚和他本人私交甚篤，他到任美秀美術館館長之後，兩人很快達成了共識。除了這隻曜變天目，龍光院還第一次將寺院裏傳承的茶器、書畫，包括牆上的匾額、茶室的拉門都拆下來，幾乎把全數「可移動」的文物都送往美秀美術館，並且住持小堀月浦親自來坐禪，就是有意識地要呈現給公眾一個完整的禪宗世界。

展廳入口是複製的龍光院大門，讓人有一步步進入隱秘禪寺的儀式感。展品以龍光院第二代住持江月宗玩的收藏為中心——他本人收藏的書畫、茶具等，以及他引領的文人圈的相關遺存。除了曜變天目，還有油滴天目附螺鈿唐草紋天目台、唐物丸壺茶入附菱形內黑外屈輪紋盆、大德寺住持一休大師的墨跡、南宋畫僧牧谿的《柿栗圖》，以及日本國寶、龍光院密庵茶室裏南宋禪師密庵咸傑所寫的《法語·示璋禪人》，也是現存唯一的密庵咸傑墨跡。美秀美術館學藝部長畑中章良說，曜變天目縱然舉世無雙，但江月宗玩才是龍光院真正意義上的精神象徵。

熊倉功夫說，這隻曜變天目最早的記載來自大阪「天王寺屋」，那是江月宗玩的家族產業，他的祖父在室町末期得到這隻曜變天目，從此成為傳家寶。祖父死後，江月宗玩的父親津田宗及修建了大通庵，庵中供奉此碗。津田宗及是著名茶人，曾任織田信長和豐臣秀吉的「茶頭」，與今井宗久、千利休並稱三宗匠，留下很多珍貴收藏。後來德川家康為一統天下，發起了決定性戰役「大阪

大德寺龍光院藏國寶曜變天目

夏之陣」，居於大阪的西陣豐臣家落敗，天王寺屋和大通庵也化為灰燼，不過一些藏品已經提前轉到江月宗玩所在的龍光院了。江月宗玩是次子，但大哥宗凡早逝，他便繼承了包括曜變天目在內的家族舊藏，奇蹟似的將它們一直保留在他任住持的龍光院裏。

四百年間經歷了很多變故，大德寺的很多子寺都變賣了土地和藏品，為甚麼龍光院藏品可以保存至今？畑中章良認為，一方面，龍光院的供養人是戰國名將黑田長政，他後來從豐臣陣營倒向德川陣營，一直支持着龍光院。另一方面，則是靠江月宗玩的精神力量。江月宗玩不僅是禪僧，還是有精準眼光的鑒定家，身邊聚集了一大批文人和藝術家，把龍光院變成了文化沙龍。在這種精神的傳承下，龍光院將寺院及藏品「封印」起來，在一代代住持手中守護着，四百年都沒有變換主人，如今寶物才得以重見天日。

館方安排我們在閉館後參觀，這時人流散去，黑色展廳中央只有一束光，從正上方打在曜變天目的盞心，像是黑夜裏的星辰。在三隻傳世曜變天目裏，龍光院這隻並不是一眼看上去最耀眼的，但和它的歷史一樣，是最幽玄魔幻的，具有儀式感的打光更凸顯了這一點。漆黑的碗底，灰藍發紫的曜斑成組分佈，像一簇一簇的花瓣，攝人心魄。由於四百年前曾經使用過，內壁釉面上有些失光，打茶時形成的一道道劃痕清晰可辨。

「曜變天目與破草鞋」，這個看似奇怪的展覽主題是小堀月浦和尚和熊倉功夫館長共同確定的。兩者看起來反差巨大，曜變天目是珍貴的、奢侈的，而破草鞋則是樸素破敗的，為甚麼並置在一起呢？熊倉功夫解釋道，小堀月浦和尚不只想展示寶物，而且想展現四百年來龍光院每天的生活。就像一棵樹，不只是讓大家看「枝葉」，而是希望大家能思考「樹幹」，這個樹幹就是禪的傳統。他說，「破草鞋」是禪宗裏的概念，表面上是僧人修行的日用之物，像雷達分析圖一樣作為修行標竿，鞋越破，說明走得越多，修行更精進。再深一層，「破草鞋」其實在整個展廳裏都沒有出現，但它又無處不在。它是個無形的概念，指人的存在，從哪裏來，到哪裏去。如果去拷問自己，本質上是一個「無」字。「那麼，曜變天目是用多少錢都買不到的東西，無價的；破草鞋代表人存在的無常，也是無價的，兩者在本質上是共通的。讓人領悟到這一層，也是龍光院拿出秘藏四百年的曜變天目的深意了。」

美秀美術館曜變天目展廳的入口處復原了龍光院佛龕

之一。

茶盞裏的美學風暴

儘管這隻曜變天目幸運地被龍光院護佑，一直未曾易主，但可以想見，其間潛藏着多少改朝換代的戰亂、禪寺勢力的興衰。而且在這四百年間，天目盞在日本茶道中的命運也經歷了巨大的轉折與演變，茶席間絕不只是表面上的寧靜平和。這或許也是曜變天目在日本擁有如此獨特地位的原因之一。

「天目」是日本對於中國黑釉茶盞的特有稱呼。最流行的說法是，南宋時期日本的僧人到浙江天目山的禪寺修習時，見到寺院內使用的黑釉茶盞，愛不釋手，回國時攜帶了若干隻，「天目」由此得名，還分門別類為油滴天目、禾目天目、灰被天目等。宋代時中國盛行點茶，將茶餅碾成末，調膏於盞中，用沸水沖點擊拂，好的茶末顏色發白，宜用黑盞。興之所至時鬥茶，比試技巧，這時黑釉茶盞的優勢更是顯著，可以襯托出茶湯之白，便於觀茶色，驗水痕。

在眾多黑釉茶盞中，首推福建建窰燒製的建盞，精通茶道的宋徽宗也將其作為御前賜茶的茶盞。建盞普遍採用蘸浸釉法一次性施釉，釉層厚重而肥潤，《格古要論》讚其「色黑而滋潤」。燒製時採用正燒法，口沿釉薄，而內底釉積，外壁多施半釉，常見掛釉現象，俗稱「釉淚」、「釉滴珠」。由於窰內溫度及環境的變化等因素，建窰黑釉呈現出絢爛多變的紋理，實際上是如雲似霧的結晶體，以紺黑、兔毫、油滴、鷓鴣斑等最具代表性。北宋晚期，宋徽宗親自撰寫了《大觀茶論》，對此推崇不已：「盞色貴青黑，玉毫條達者為上。取其煥發茶採色也。」而建盞器型也符合宋代的尚用美學，呈斗笠式，口沿內斂，斜腹，矮圈足。《大觀茶論》云：「底必差深而微寬，底深則茶宜立，而易於取乳，寬則運筅旋徹，不礙擊拂，然須度茶之多少。」不過，元朝之後，點茶與鬥茶之風不再盛行，建盞的光芒也黯淡了下來。

而在日本，十二世紀以來，僧人帶來的宋朝飲茶習俗逐漸風行，不少禪院都定期舉辦茶會，可以說是日本茶道的雛形。到了十五世紀的室町時期，飲茶更在貴族中流行，當時茶會的內容之一，就是鑒賞器物。熊倉功夫說，那個時候日本將中國傳來的物品稱為「唐物」，當權者都想要追求唐物當中最好的物品，特別是繪畫、工藝品、陶瓷器，其中茶道最為推崇的茶碗，就是建盞。建盞不僅是千金難求的珍稀唐物，躋身於足利將軍收藏在京都東山的「東山御物」之列，也成為象徵將軍身份的「格式道具」[43]。

日本最早的「曜變」記錄來自《能阿相傳集》，「曜變（建盞之名）天下稀有之物也，釉色如豹皮，建盞中之上上品也」。一五一一年，能阿彌、相阿彌在《君台觀左右帳記》中記錄，足利將軍與朋友們對其所收藏的唐物進行評鑒：「曜變，建盞之無上神品，乃世上罕見之物，其地黑，有小而薄之星斑，圍繞之玉白色暈，美如織錦，萬匹之物也。」熊倉功夫說，「匹」是日本當時的貨幣單位，「萬匹之物」形容非常昂貴、豪華，這也是「唐物」給人的整體印象，曜變天目就是其象徵。

為了探尋龍光院曜變天目的歷史源流，我們去了位於京都北部的大德寺。大德寺是一三一九年由大燈國師創立的，大燈國師以嚴格的家風而聞名，使得花園天皇和後醍醐天皇均皈依其門下，後醍醐天皇更稱大德寺為「本朝無雙的禪苑」。寺院曾在戰亂中被燒毀，後來著名的一休大師在八十

---

43 意為顯示地位、身份的工具。

歲高齡時任大德寺住持，重建了大德寺。大德寺最大的危機出現在明治維新時期，在全盤西化的背景下，明治天皇從京都搬到東京，開始推崇神道教，廢棄佛教。佛教失去了供養，當時很多大德寺子院都無以為繼，開始賣地、賣藏品，各謀出路。到如今，大德寺有二十四間子院，仍是洛北（京都北部）最大的寺院，也是禪宗文化中心之一，尤以茶道而聞名。

京都的夏季，滿眼鬱鬱葱葱的景致，幾間平時閉門的子院在做特別開放活動，而神秘的龍光院依然大門緊閉。我們去了常年開放的瑞峰院拜訪，這裏仿蓬萊仙山而建的庭院「獨坐庭」很有名，而且經常舉辦坐禪會，也是寺院獲取收益的一種方式。當天是週末，寺院裏不只來來往往的遊客，還有身着和服盛裝而來的賓客，正聚在這裏舉辦一場茶會。老住持前田昌道在「廣間」（大廳）裏招待我們，講述寺院的歷史，一個年輕僧人在我們每人面前奉上一碗抹茶。他小心翼翼地將茶碗有圖案的一面轉過來，便於我們欣賞。茶席上，每個茶碗都不盡相同，九谷燒、樂燒、瀨戶燒……儘管每個碗裏都是鮮艷的綠色茶湯，但似乎每人眼裏的景致和入口的味道都不一樣。

老住持的兒子、下任住持前田繼道說，大德寺初建的戰國時代，各院住持都是由天皇任命的，地方上的藩主、退役的武將也聚集而來拜見天皇，獲得大名的頭銜與一塊寺院的封地，本人成為寺院的供養人，兒子留下來當僧侶，就這樣大德寺周邊形成了一個貴族圈層。比如黑田家族，就是在龍光院裏從武將變成大名，一直供養着龍光院。當時各種茶道、書道、花道興起，武士們也開始攢寶貝，寶貝多了想給人看，於是茶盞的展示也逐漸融入茶道中了。

瑞峰院的日常茶席上，並沒有天目碗的身影。前田繼道說，天目茶碗平時供在佛龕裏，偶爾有特殊儀式時才拿出來，而且都是下層對上層奉茶時使用。其間的演變，是一場關於茶道的美學革

日本京都大德寺一景

大德寺瑞峰院獨坐庭

命，也是沒有刀光劍影但又扣人心弦的權力之爭。

熊倉功夫館長説，《君台觀左右帳記》裏面記載足利將軍給茶碗評級，標準就是高貴、權力和財富，中國來的曜變天目為最高等，朝鮮半島來的、日本本土的都在其次。雖然當時權貴們對「唐物」極為推崇，尤其以「東山御物」為典型，但普通人畢竟難以獲得。那麼，能否不全部用「唐物」，其中加入「和物」來調和呢？於是人們就產生了建立一種新的審美的觀念。

日本學者加藤周一指出，到了十六世紀，飲茶滲透到了富裕的商人階層。他們主張主客同席，不再由專人泡茶，而是主人給客人泡茶、敬茶。商人武野紹鷗專門建了一間四張半榻榻米的小茶室，就是後來流行的「四疊半」茶室，方柱，白牆。茶具不光使用中國的，也有朝鮮半島的，還有日本信樂、備前的陶器，瀨戶燒的茶碗，帶有明顯的「草庵茶」傾向。把這種傾向徹底化的是後來被尊為「茶聖」的千利休。

千利休曾擔任豐臣秀吉的「茶頭」，秀吉喜歡在大廳裏舉辦豪華茶會，而千利休卻越來越推崇草庵茶，他把茶室做到只有兩張榻榻米大小，用原木柱代替了方柱，土牆代替了白牆。茶室裏替代華麗天目茶碗的，是看似粗糙樸拙的樂燒。樂燒茶碗的原型據説是一個從朝鮮半島來的瓦匠長次郎做的，千利休讓他完全按自己的想法試着做出來，為直壁墩形，碗底比建盞更寬大，點茶時可以穩穩地放在榻榻米上。更為重要的是，它器壁較厚，也不勻稱，釉色為黑色或赤色，表面還有斑紋，看似不經意而成，其實工藝相當複雜。樂燒的美學，正與禪宗裏的「本來無一物」相吻合，而與此結合的茶道，也從世俗享樂中走出來，變成一種美的宗教。可以說，千利休通過草庵茶改革，將美的價值從一個極端推向了另一個極端。他在美學領域對權力的挑戰，為自己引來了殺身之禍，但他創立的「清貧、幽寂、安靜、簡樸」的茶道美學體系，以及對內向性、精神性價值的重建，一直延續下來。

在十八疊的「廣間」裏喝過茶，前田繼道引領我們去瑞峰院裏的另一處只有兩疊的小茶室。前田繼道說，這是在千利休去世五十年之後，後人找出了他一五八二年在妙喜庵修建的國寶級茶室「待庵」的原圖紙，按圖嚴格建造的。這裏也有三百多年歷史了，而且還在繼續使用。茶室的入口很難說是門，只是一個狹小低矮的小洞，可以想像，當時無論甚麼人，天皇、高僧、大名、武將，都得屈膝卑躬地鑽進去，眾人平等。茶室內部只有兩張榻榻米（約 6.6 平方米）大小，加上「次間」和「水屋」，總共才四塊半榻榻米大小。仔細打量，茶室的牆壁全是黑漆漆的混合着茅草的土牆，窗子窄小，糊着灰暗的窗紙遮光，天花板的邊緣和坡頂的椽子是竹子做的，房樑屋柱都是細杉樹幹，保留着彎曲的原始形狀，室內放置着樸素的插花和充滿禪意的茶掛，可以說將人的慾望降低到極限。

前田繼道說，兩疊茶室源於千利休的想法，主人一張榻榻米，客人另一張，這樣就夠了。而且在千利休的期待中，人活着，坐只需半張榻榻米，睡只需一張榻榻米。如此看來，兩疊茶室算很寬敞的了。我們四人進去，前田繼道坐在靠門口的一張榻榻米上，另外三個人坐在裏面的另一張上，賓主之間早已超過人類心理上的舒適距離。前田繼道告訴我們，在這樣的茶室裏，就像被包裹在母親的子宮裏面，所有人分享一碗濃茶，要喝半天之久，坦誠相見，無法掩飾。也正因如此，有一種緊張感，一切舉止都不得輕疏，與其說是喝茶，不如說是修行。

從幕府到財團

「這隻曜變天目不需要言語描述，一直看就好了，那些變幻無窮的藍色曜斑中，可以生出各種想像。」藤田清說。藤田清是藤田家族後人，第五任藤田美術館館長，也是家族所屬曜變天目的新一代守護者。

藤田清說，十九世紀六十年代末，在明治維新的變革背景下，爆發了廢佛毀釋運動，導致諸多「重要文化財」流落海外，藤田傳三郎對此非常擔憂。為了防止佛教美術的流失，藤田傳三郎和他的兩個兒子平太郎、德次郎投入鉅資大量買入老宅、神社和佛寺的文物，父子兩代收藏有二千多件藏品，涉及茶器、墨跡、佛像、佛教經典及考古資料等，包括九件國寶以及五十三件「重要文化財」。其中，藤田家族尤其嗜好茶器，包括曜變天目在內的茶器是如今藤田美術館藏品的主要類別。當時，一九四五年在大阪藤田舊宅原址興建的藤田美術館正在擴建，這隻曜變天目在奈良國立博物館展出。

奈良國立博物館專門為這隻曜斑天目碗設置了一個獨立展室，整個房間是一個黑色盒子，四面牆壁環繞着碗壁曜斑放大的局部圖，讓人恍若置身璀璨的藍色夜空下。學藝部室長岩井共二說，他們參考了美秀美術館的展櫃設計，也是用一束單獨的光從上方打在碗底。有些可惜的是，這隻茶盞外壁釉面上有猶如夜空星辰的斑點，這也是區別於另外兩隻曜變天目的特色，卻沒有用光線去強化。不過，上方打光更有戲劇性，讓人們把視線聚焦在內壁，流連於那些連綴成片狀或條狀的藍綠色曜斑，還依稀可見絲絲銀毫。神奇的是，當變換不同角度去看的時候，釉光中的不同色彩也在變幻，就像是夜空中傾瀉的流星雨。

岩井共二說，大概是從江戶時代開始，這隻碗就只作為觀賞之用了，後來成為德川家族的著名藏品。據記載，它一開始被德川家康珍藏，德川家康去世後，傳給了他最寵愛的小兒子德川賴房，傳說附帶條件是命德川賴房永遠屈居第二位，其後人世世代代為德川幕府副將軍。

一九一八年，這隻曜變天目被藤田家族第二代掌門人藤田平太郎在拍賣會上購得，購入價是五萬三千八百日圓，在當時相當於四十千克黃金，是天價。藤田清說，這也是藤田平太郎有意識地為補充頂級茶道具收藏譜系而購入的，他當時已經收藏了朝鮮的井戶茶碗及千利休用過的香盒等標誌性藏品，曜變天目當然也是他渴求已久的。

某種意義上，作為權力的象徵物，曜變天目的易主，也是封建幕府被新興資產階級取代的一個標誌。除了藤田美術館的這一隻，收藏在東京靜嘉堂文庫美術館的曜變天目也呈現了類似的流變軌跡。那隻曜變天目又被稱為「稻葉天目」，美得更為張揚，素有「天下第一盞」之名，是我們尋訪的第三件寶物。

和藤田美術館那隻一樣，這隻「天下第一盞」最初也為德川家族所有。據傳說，某次重病在身的德川幕府第三代將軍德川家光喝下乳母春日局夫人用這個曜變天目茶碗進呈的湯藥後，很快藥到

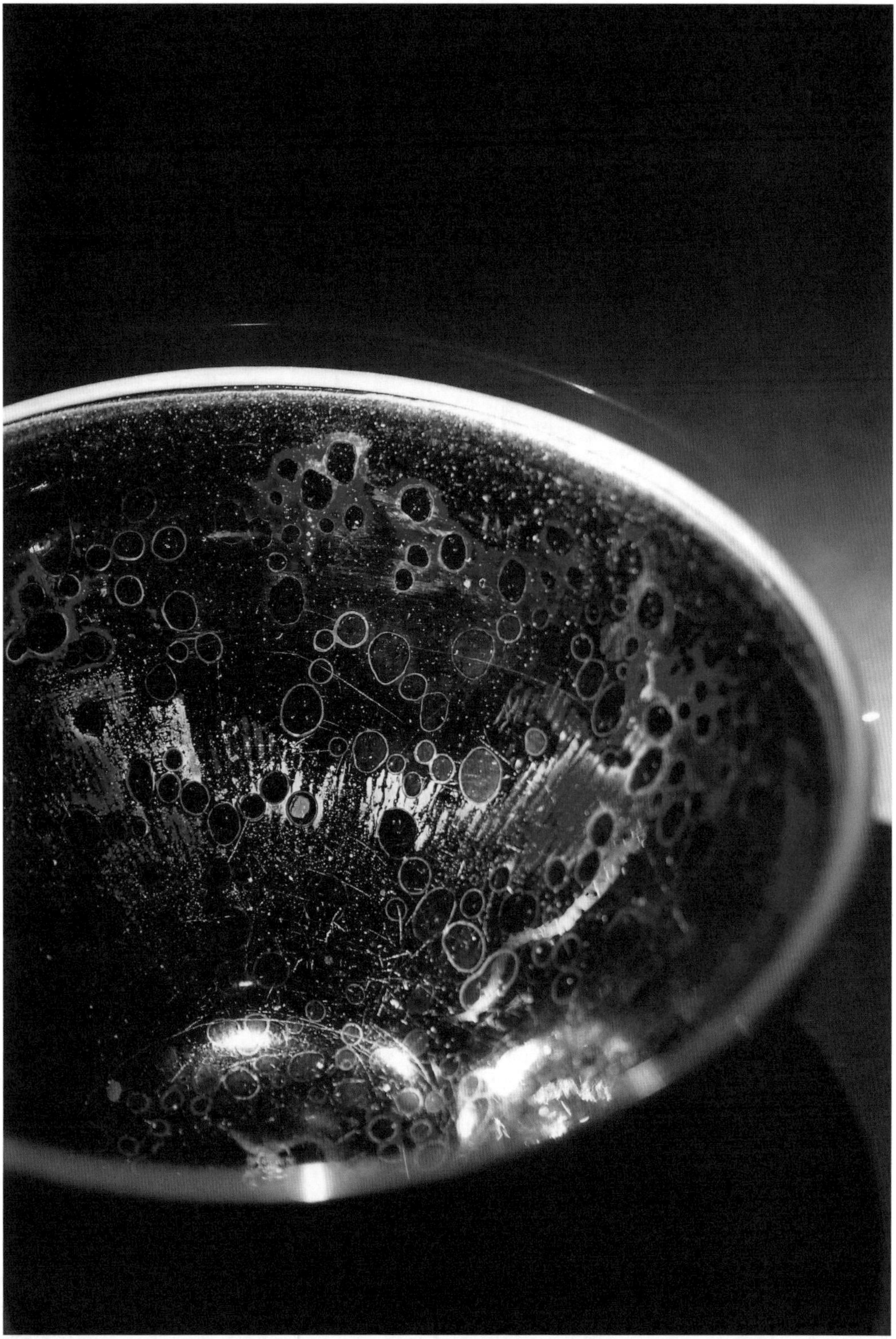

藤田美術館藏國寶曜變天目

病除，於是在後來春日局夫人染病時，家光將這個茶碗賜給她使用，她也得以迅速康復。後來，這隻茶碗被春日局夫人傳給其後人稻葉家，故有「稻葉天目」之稱。

靜嘉堂文庫美術館學藝員山田正樹說，茶碗藥到病除當然是傳說，但這隻曜變天目確實被賜給了春日局夫人，從德川家族流入了稻葉家族。一九一八年，這隻碗被寄存在三井財閥小野哲郎手上，小野哲郎和稻葉家族有親戚關係，實際上還歸屬於稻葉家。一九三四年，小野哲郎將這隻碗送到拍賣行，三菱集團第四代社長岩崎小彌太以十六萬七千日圓拍下，在當時相當於一百二十五千克黃金。山田正樹說，靜嘉堂文庫美術館還藏有裝這隻碗的新舊兩隻箱子，舊的是稻葉家族自江戶時代傳下來的，新的是岩崎家族入手後做的，舊箱裏還附着稻葉家的轉讓說明，說這隻曜變天目十分珍貴，要岩崎好好珍惜。

位於東京近郊的靜嘉堂原為岩崎家族宅邸，是一幢英式建築。山田正樹說，岩崎彌之助出生在江戶時代，早年受中國的漢學教育，明治維新推行歐美化，他去了美國留學，兒子後來去了英國留學，家裏基本上甚麼都是英式的。可以說，岩崎彌之助的生活是英式的，心理是日本的，教養是中國的。明治維新之後日本的佛教美術品大量流失海外，岩崎彌之助搶救性地收藏了差不多四萬冊的中國和日本的古籍，大量的古代美術品，就存放在靜嘉堂內。戰亂中，岩崎小彌太將這隻曜變天目收藏於靜嘉堂內，直至今日。

與另外兩隻曜變天目相比，靜嘉堂的展示方式非常特別，就在美術館中庭的落地玻璃窗下設置了展櫃，茶盞在窗外綠樹掩映下，被陽光照射着，就像揭開了曜變天目的神秘面紗，讓人看得十分通透：內部的曜斑聚集成組，光暈呈現出斑斕絢麗的七彩漸變，恍若翩然的蝴蝶翅膀，難怪日本人

靜嘉堂文庫美術館藏國寶曜變天目

稱其為「碗中宇宙」，「天下第一盞」也是名副其實。

山田正樹說，古人都是借助自然光去看茶盞，展覽中的佈置也有還原歷史的意圖。而且，在自然光下，一天的不同時間段看起來都不一樣。白天看，是藍色的，外面一圈帶點黃色。傍晚夕陽下，又感覺是赤色、紫色、綠色的。「況且，這隻曜變天目也不需要專門打光，它本身已經很耀眼了。」

「曜變」之謎

二〇〇九年，杭州上城區一處建築工地出土了一隻缺損三分之一的曜變建盞殘片，大阪市立東洋陶瓷美術館學藝課長代理小林仁去了實地調查。他說，這塊殘片縱然缺損，但它擁有與三件傳世完整器同樣的獨特斑紋以及隨角度不同而變幻光彩的特徵，毫無疑問是曜變天目，而且其曜變的美艷程度可與靜嘉堂「稻葉天目」相媲美。再加上出土地曾是南宋臨安都城都亭驛所在地，又與刻有宮廷銘文的定窰白瓷、越窰青瓷等碎片相伴出土，應是與南宋宮廷有關的器物。

小林仁認為，這件杭州出土的曜變殘片有極大的意義。他說，之前曜變天目傳世品僅存於日本，有人就說，曜變天目的斑紋和光彩等是「窰變」，而且這種窰變在中國被認為是不祥之兆，從而被大量廢棄，這種說法從此可以被否定了。與此相反，曜變天目曾存在於南宋宮廷，並且當時就極有可能是僅供皇室使用的貴重物品了。現存日本的幾件曜變天目，來自南宋宮廷的可能性也很大。不過，杭州出土的曜變殘片在南宋時期，而日本關於曜變天目的記載與評鑒，則出現在十五世紀左右。小林仁認為，也可能是元代或明代，在中國放棄點茶之後，曜變天目才作為古董流入日本。

大德寺內織田信長陵墓

據記錄明朝時中國與日本之間貿易的《大明別幅並兩國勘合》所載，明永樂皇帝於一四〇六年賜予「日本國王源道義」（即室町幕府三代將軍足利義滿）以「黃銅鍍金廂口足建盞十一個」。小林仁說，這些建盞應是宋代文物，當中可能就有曜變天目。室町時代的《君台觀左右帳記》中記載足利將軍收藏唐物的評鑒為「曜變，建盞之無上神品」。「戰國時代，有記載織田信長持有一隻曜變天目，在一五八二年『本能寺之變』中燒毀，很有可能原屬足利將軍的『東山御物』。目前傳世的三件國寶曜變天目，除龍光院所藏外，其餘兩件均為德川家康家族舊藏，追溯起來有可能都與足利將軍有關。」

曜變天目為何會出現宇宙般的斑點和光暈？這是它身上最大的謎團，也是其一直未被百分之百復原的原因。陶瓷研究者劉濤指出，建盞的奇異釉料，都是利用鐵黑釉的結晶原理燒製出來的。簡單地說，建盞的坯釉含有大量氧化鐵，在高溫焙燒過程中，坯中的部份氧化鐵與釉熔融後緩慢地冷卻下來，局部形成飽和狀態，並發生分解，生成氣泡。當氣泡聚集，達到一定程度，便會使得釉面上升，連帶其周圍的鐵氧化物一起排出釉面。可以說，一隻完好建盞的燒製，受到坯、釉、窰溫等諸多因素的制約，難度極高，更別說奇蹟般的曜變天目。目前，中國和日本很多匠人都試圖用古法再復原出一隻曜變天目，但效果總是不盡如人意。

那麼，「曜變」如此難得，是否是出自「窰變」，也就是可遇不可求的偶然呢？「怎麼能說是偶然呢！這是低估了中國宋代工匠的才能。」長江惣吉是日本復原曜變天目最著名的匠人之一，他聽到這種猜測，顯得有些生氣。他說，他總共去過福建建窰四十多次，那裏目前可確認有十餘處宋代窰址，一度有成千上萬個龍窰用以燒造天目茶碗，窰址周圍留下了大量的天目廢品及匣鉢，但沒有發現曜變天目的殘片。「如果曜變是『窰變』偶然得之，那就應該有更多類似殘片，目前卻一個也沒有發現。」

長江惣吉的工作室在瀨戶，這裏自古以來就是日本優質瓷器的代名詞，燒製出來的瓷器有「瀨戶物」的盛名，而瀨戶地區在十四世紀初的鐮倉時代就開始仿製曜變天目了。長江家族是陶瓷世家，從江戶時代起就以製陶為業，傳到長江惣吉這裏是第九代。他說，一九四七年，他的父親、第八代長江在京都國立博物館見到當時展出的曜變天目後，決心嘗試復燒曜變天目，一九六五年燒出第一隻曜變。一九九五年父親突然因病去世，長江惣吉接替了父親的工作。他從建窰附近運回來幾十噸高嶺土和釉石，經過多次實驗，認為曜斑是因為在燒製時投入了酸性氣體，從而在釉的表面形成的，他也按照這種方法燒製了比較滿意的成品。「現在我已經能燒出曜變了，即內壁同時出現星

復原曜變天目的日本名匠長江惣吉製作的天目盞

紋和光彩，但還是跟宋代的曜變天目不是一個級別的。」長江惣吉告訴我們。

二〇一六年，長江惣吉和小林仁一起，參與了日本曜變學術研究組對藤田美術館的國寶曜變天目進行的X射線熒光分析調查。小林仁說，這隻曜變天目的曜斑，並非是重金屬造成，而是因為釉層中細微的構造色。但構造色具體的來源，是否像長江惣吉實驗的那樣是因為酸性氣體造成的，還需要進一步的研究。

小林仁所在的大阪市立東洋陶瓷美術館，是日本收藏中、日、韓陶瓷的重鎮，尤以收藏家安宅英一在二十世紀六十年代的一批中國、韓國的頂級瓷器舊藏為代表，其中包括一件被列為日本國寶的油滴天目，還有一件吉州窯黑釉木葉天目。不過小林仁認為，與其他天目相比，曜變天目更明顯呈現出如宇宙、如生命般的神秘感。或許正是這種神秘感，吸引着一代代匠人去挑戰復原，也讓曜變天目一直保持着在日本茶道中的獨特地位。除了博物館藏品，小林仁偶爾會在寺院裏的重要茶道儀式中見到天目盞，一般是用來供佛供神。比如京都建仁寺每年會在開山祖師忌日時，以「四頭茶會」的形式舉辦祭祀儀式，就要用天目盞和「天目台」（盞托），這也是傳統禪寺清規的一部份。

日本的日常茶道中，儘管「唐物」已經與「和物」融合，天目茶碗也仍有其象徵性地位。靜嘉堂文庫美術館學藝員山田正樹認為，天目茶碗是宋代隨點茶法從中國傳入日本的，它也是日本茶道的根源之一，其實千利休後來發明的樂燒茶碗也是黑釉，這也說明天目茶碗是後世日本茶碗的根源。而內壁有獨特曜斑的曜變天目茶碗，更是孤高的、唯一的存在。

熊倉功夫也認為，曜變天目作為「唐物」的代表，是日本茶道美學不可或缺的部份。在千利休創立的兩疊小間裏對談，多用侘寂的日本茶碗，而在一些特殊儀式的時候，會在更開放的「廣間」裏使用天目碗。熊倉說：「你看月亮，滿月很好看，而有雲的時候，缺損的月亮也是另一種美。在某種意義上，在雲層裏被遮住一部份的月亮，就像是日本的陶瓷器。而閃閃發光的、沒有一點暗面的滿月，則是曜變天目。」

幽

秘

幽玄與侘寂

文：悅涵

「幽」是日本文化中具有獨特氣質的一個字，它的內涵既和我們理解得有些許相似，又有着更廣的延伸。

如果從中文的字面意義上理解「幽」，可以有千萬種可能：幽靜、幽暗、幽微、幽冥、幽艷……而在日本文化中，「幽」這個字有很多難以解釋、只可意會不可言傳的意義。四季分明的氣候、長久籠罩的濕氣文化以及島國特有的生活習慣，孕育了這個字豐富的內涵。作家姜建強在《另類日本文化史》中這樣描述幽玄：

院子裏，結紅果的樹上有蟬蛻……它通體嬌嫩、淺色。翅膀如白珊瑚與翡翠的組合，承托着水晶貼在那裏，沐浴着朝露，寧靜安詳。日本人說這就是幽玄的誕生，更意味着發生的瞬間。

「幽玄」一詞，是日本古典文論中借助漢語而形成的獨特的文學概念和美學範疇。日本著名美學家大西克禮認為，幽玄是與露骨、直接、尖銳等意味對立的一種優柔、委婉、和緩的感覺。這種感覺，「使我們對被隱含的、微暗的東西絲毫不會產生恐懼不安感」。大西克禮進一步闡釋，幽玄的終極意義是日本的「間」文化，即一種留白，一種「空而深遠」的意味，「意喻人所無法通過理

在日本石川縣加賀市鶴仙溪享受剎那的寧靜清幽。黃宇攝。

性和知識獲得的某種類似本質、本源的東西」。谷崎潤一郎的《陰翳禮讚》就是一種典型的幽玄文化的代表，其間縈繞的那種陰翳、朦朧、微暗的感覺，就是幽玄。

「夕陽西沉之際，當我們由火車的車窗眺望鄉村景色時，每每可以看到那以茅草為頂的農家，紙門上透着這種老式電燈的點點燈影。」《陰翳禮讚》中這種幽暗的「深遠感」，是大西克禮總結的幽玄的第四種意味。這種深遠感，不單是時間與空間的距離感，更是具有一種特殊的精神上的意味，「它往往意味着對象所含有的某些深刻、難解的思想」。而《陰翳禮讚》中描述的「我」的朋友在裝修新家時，怎麼都不想在窗上鑲嵌玻璃，而想用紙的情節，這種必須得影影綽綽通過門或窗的糊紙透過外面光亮的審美，是典型的「幽玄」。這和大西克禮在《幽玄．物哀．寂》中說的「月被薄霧所隱」「山上紅葉籠罩於霧中」，都屬於「我們對某種對象的直接知覺被稍微遮蔽了」的感受，是共通的。

幽玄，還指一種對事物不大追根究底，不要求在大理上説得一清二白的那種舒緩、優雅。然而，幽玄本身的內容不單單是隱含、微暗、難解的東西，而是在幽玄中集聚、凝結了無限大的「充實相」。禪竹的《至道要抄》説，有人認為有所美飾、華詞麗句、憂愁柔弱就是「幽玄」，其實不然。松尾芭蕉的《草庵》，寫「花雲縹緲，鐘聲是來自上野還是淺草」其實是因為對於生活在江戶時代的日本人來説，每天意識到的不僅僅是時間分分秒秒的流逝，還有梵鐘那一打一敲之間的「間」這個感覺的跟隨。於是，松尾芭蕉將這種感覺寫在紙上，這也成為後世試圖觸摸「幽玄」的一部典型的具象作品。

川端康成在《古都》中，將人物情感寄寓於自然景物之中，充份體現了幽玄美學。為了描述女主角千重子的心緒，作者利用多處別具日本特色的美景，為其做了充份的「情景交融」的渲染。小說開頭便是千重子看着院落裏楓樹上的紫花地丁。通過作者淺淺的描述，我們「聞」到了文章中一股淡淡的哀緒，因為女主角從這株植物身上，品出了一絲「孤單」的感覺——來往客人那麼多，大家都只注意到楓樹的「奇姿雄態」，卻很少有人留意寄生在其上的紫花地丁。

電影《小森林》中那種極細緻靜微的日式鄉村美學，也無不充斥着「幽」之味道，夏天田野裏的光芒，秋天糖煮栗子的甜香，冬天窗外白雪透過拉門糊紙透進來的一種似明未明的光亮。《小森林》將日本的細緻文化以及取之於自然用之於自然的哲學，解構得非常深刻。主人公一年四季在名叫「小森」的村莊的勞作中，意識到人和土地的關係，意識到整個大自然神聖的關愛，從而開始反思自己過往的人生，通過「出走—回來」，完成了人生中從幼稚孩子到成熟成年人的過渡。電影中展現的日式鄉村美學，不僅是充滿美感的，更是讓人敬畏的。含蓄悠遠，超然物外，《小森林》將幽玄美學在這片土地上的「細內涵」勾畫出來。

與很多商業電影露骨的表達方式相反，《小森林》的講述語調也是「幽玄」的。在電影裏，很多人物情緒的展現或情節的構成都不是用台詞明言，而是通過各種暗示、借喻、閃回，曲折地表現出來。比如電影一開始拋出女主角的媽媽有一天突然留下了一張字條離家出走的情節。電影中很長一段時間都沒有對這個懸念作出任何解答。女主角回憶起母親為自己做吃食的用心，而鏡頭中一道又一道驚艷的菜，也大多是女主角回憶媽媽做的吃食的味道，以此試圖重現母親在時的生活。最終，電影再反過來用母親的視角，淺淡揭露出她離家的因由。但也只是輕飄的、一筆帶過的。直至影片最終，離家的媽媽也沒有回來。然而，通過女主角在片尾跳的小森地區特有的祈福舞，我們明

日系小清新電影《小森林．冬春篇》劇照

白她已從母親出走後的悲傷中釋然，找到自己生活的真正意義。平和、內斂的《小森林》，在當時被認為是日本電影自全面娛樂化時代以來向「單色經典和純粹」的回歸。

江戶時代的小說家上田秋成在作品裏描繪了大量鬼神之事，這些作品一方面具有深厚的日本傳統文學底蘊，另一方面又體現了作者對人性的深入思考。他作品中人世與鬼世的自然往來，體現了東方人對精神世界的認知，也印證了日本怪談小說淒絕氣質的另一面，這就是幽玄之美。這與中國古代聊齋式的審美典型有些許相似，即認定鬼的幽怨與玄美，而非西方鬼怪的殘暴與掙扎。

侘寂

日本文化「幽」的另一種理解，便是侘寂。

侘寂，日語 wabi-sabi，據李歐納．科仁（Leonard Koren）的《Wabi-Sabi：侘寂之美》中的描述，這是幾乎每個日本人都知道的一個美學概念，但如果你要讓他

日本燈籠體現的侘寂

（她）具體形容，卻很難用一種精準的語言去描述。簡單來說，侘寂是一種不完整、不完美的簡樸美學，注重事物本來的表現形式或轉變留下的痕跡。日劇《料理仙姬》中有一集，一件精美的手作瓷器被打破，但之後他們找到技藝高超的工匠，花費不菲的價錢，用金粉把這件瓷器重新修補起來。重修的瓷器上有金粉形成的裂紋走向，於是形成另一種無法代替、和原來不同的美感，這就是侘寂。

侘寂的概念，是日本千年的美學基礎。其中，茶道儀式是與這個概念聯繫最廣泛的一種現實表現形式。

茶道又被稱為茶藝，據李歐納．科仁的觀點，它是一種相容並蓄的社會藝術形式，結合了建築、室內和庭院設計、插畫藝術、繪畫、烹飪和表演等。造詣高深的茶藝老師有能力將這些元素（包括賓客）編織成一首和諧共融的交響曲，成為一場讓人回味無窮的整體藝術。

正統學者認為，著名茶藝大家千利休是侘寂的最高權威。千利休堅持侘寂美學，而農民出身的豐臣秀吉實在無法欣賞這種審美，兩者形成深層、不可調和的矛盾。除此之外，千利休日益升高的聲譽、對政治的輕率以及茶具的可觀收益，都讓豐臣秀吉產生了嫉妒之心。於是在千利休七十歲那年，秀吉給他下了一道自殺令。

千利休是日本茶事界的一個傳奇人物，他終其一生對於侍茶美感的追求，是侘寂的一個最活生生的例子。到晚年，他的茶道越發尋求一種古拙質樸之美。千利休尊崇前代珠光大師宣導的「本來無一物」「無一物中無盡藏」的禪之境界，徹底斬斷舊式茶文化中與物質世界的聯繫。他把四張半榻榻米大小的標準茶室進一步縮小為三張甚至兩張半榻榻米——李歐納・科仁闡釋，侘寂的空間就是狹小、孤立而私人的，有助於個人進行哲思。

千利休以農夫居住的泥牆小屋為雛形，用茅草覆頂，殘破木造的結構大剌剌地裸露在外，室內裝飾也盡量簡化，將茶道回歸到了淡泊自然的最初。與當時追求名貴茶具的世風相反，他把日常生活用具隨手用來作為茶具，用日本常見的竹器來替代高貴的金屬器皿。可是當時豐臣秀吉的審美觀，卻是喜歡「高貴的金屬器皿」、極致的富麗堂皇和「金葉閃閃的茶室」。這一切或許是導致千利休最終悲劇的根本原因。

除去侘寂，日本人認為，喝茶的味道本身，還能感覺到幽玄的生命力。《另類日本文化史》中說，茶道的根底就在於幽玄之味道，如果沒有這個功底，茶道就是一個空洞的形式。每天喝茶，是每天與自然的生命力接觸，而不僅僅是一個將液體灌入胸腔中的、解渴的過程。

侘寂還是一種審慎和謙遜之美，不依循常規的隨性之美。太完美、一絲不亂、過度雕琢的東西，都不能稱之為侘寂。日本的很多手作餐具、茶碗，會有一些刻意殘破或破敗但同時又極具美感的器物，這也是侘寂。

日本茶道文化

川端康成的短篇小說《脆弱的器皿》，也表現了一種侘寂美學。「年輕女子的確容易毀壞……戀愛本身也意味着毀壞年輕女子。」小說敍述「我」在夢中，夢見一尊觀音像倒塌，「她」在地上收拾破碎的陶瓷碎片。主人公遂進一步聯想，她是不是在收拾自身被損壞了的碎片？

侘寂的完整形態可以是一種生活方式，簡化形態則是一種特定形式的美學。李歐納．科仁在《Wabi-Sabi：侘寂之美》中舉了一個何為侘寂的例子：如何打掃滿是落葉的庭院？首先用草耙把地清理得一乾二淨，然後，搖晃其中一棵樹，好讓少許落葉掉落，這就是「侘寂」。

侘寂的心靈狀態和對於物質主義的理解，源自中國詩詞與黑白水墨畫中蒼涼、憂鬱、極簡主義的氛圍。當夜晚降臨郊野，旅人尋找遮蔽過夜之所，他發現到處都長滿高聳的燈芯草，於是將草割下來，豎立在原野，並將頂部綁緊束好，形成一個草屋，他就睡於其中。第二天，他將昨夜的草屋重新拆開，一瞬間草屋又瓦解消失，回歸為大草原上的草堆之一。這樣，表面上的原野恢復了原樣，但遮蔽處的短暫蹤跡仍暗示着曾經的印跡。李歐納．科仁認為這就是侘寂最純粹、最理想的表現形式——「褪淡的軌跡、薄弱的證據，遊走在無的邊界上」。

從深層次理解，侘寂還是一種對漸逝生命的審美態度。夏日繁茂的樹木，到了冬日就只剩下光禿禿的枝丫橫過天際。曾經喧鬧精緻的貴族宅邸，等到人去樓空、時光侵蝕，又會呈現出一種昔日繁華、今日破敗的蕭索，但它仍是美的。這些感覺，都是侘寂。侘寂逼我們思考自身的死亡，以及它所喚起的孤寂和憂傷。這一點，又與「物哀」這個概念有所融合。永井荷風在《雪日》中說的「回憶總能把人帶入夢境，卻終究是霧裏看花，水中望月，空歡喜一場罷了。夢醒後反而讓人陷入絕望與悔恨的深淵，難以自拔」，便也是侘寂的一種體現。

日本幽玄：雲間月之隱秘

文：楊璐

隱秘是花。

——世阿彌

隱秘

對日本美學感興趣的人大概都看過市川海老藏主演的電影《尋訪千利休》。影片中表現這位茶道大師美學素養的一個情節是，暮色降臨，市川海老藏飾演的千利休拿着一個漆盒姍姍來遲。他打開朝向院子的拉門，然後往漆盒裏倒上水，放在地上，織田信長只看了一眼，就把整袋金子賞給了他。其他人不明就裏，湊上前來，才發現漆盒裏是翻滾的浪花和一群飛鳥的圖案，而當晚的明月剛好映照在海浪的上方，與漆盒裏的圖案一起構成了「海上生明月」的畫面。

月之美深深地扎根於日本人的審美意識，不但有許多吟詠月光的和歌俳句流傳於世，月亮的類型也被劃分得非常詳細，比如山月、峰月、野月、暈月、殘月等。這些細分的月，來自日本人設計的許多賞月場景。嵯峨天皇的行宮改建成的大覺寺裏，專門修建了一座觀月台，觀月台前是仿照洞庭湖修建的水池。賞月，不是舉頭望明月，而是站在觀月台上或者泛舟水中，欣賞倒映在水裏的月亮。這個思路跟《尋訪千利休》中是一樣的。

沒有水做道具，日本人欣賞的月亮依舊不是一覽無遺。在著名的《武藏野圖屏風》上，即將升起的明月被茂盛的草木所遮擋。月亮的光華是由林深草密來表現的。身為陶瓷家、美食家的北大路魯山人也以這個題材做過武藏野大缽，缽的外側有半個月亮，內側有半個月亮，月亮畫成了金銀色，依舊被草木所遮擋。

沒有月亮，日本人也可以賞月。在茶道中，壁龕掛軸上如果是月與芒草的圖案，就是告訴客人，今天茶會的主題是賞月。接下來插花的器皿、茶器等都一定有月亮的元素。茶人村田珠光曾經說過「若非雲間月，何來觀賞心」，這種引人聯想的遊戲，在茶道裏叫作隱喻。

賞月的方式是表現日本美學原則的一個例子。日本人認為的美，不是一覽無遺，而是要隱秘。能樂藝術家、理論家世阿彌在論述能樂之美時說：「隱秘是花。」「花」是一種比喻，用它來說明能樂的表演效果和藝術魅力。

能樂的標誌之一就是使用面具，它讓演員的個人表情隱去了，取而代之的是一種神秘、肅穆的氣氛。除了沒有表情，演員的動作幅度也不能過多凸顯，而是經常處於緩慢靜止的狀態，基本沒有劇烈的動作。因為世阿彌認為，能樂表演的秘訣是「動十分心，動七分身」，用心去控制內在情緒，動作要優雅含蓄。而觀眾欣賞能樂的要點也不是看演員的寫實表演，而是通過這種無背景、無道具、無表情的演出，通過緩慢得幾乎靜止的動作、隱約的唱詞去間接地感受無限大的空間和令人感動至深的喜怒哀樂。能樂是日本美學史上的一個里程碑，美學家能勢朝次評價這種從寫實到寫意的表現「充份說明當時的藝術風尚是多麼高級」。

這種間接的、委曲婉轉的風格貫穿日本的藝術史，幾百年後的設計大師黑川雅之依舊同意這個

能樂通過無道具、無背景、動作緩慢造成一種神秘肅穆的氛圍，是日本美學史上的里程碑。

美學原則，他在《日本的八個審美意識》裏將其解釋為，不表現全部，通過部份的隱秘來驅動對方的創想力。而且因為被隱去了，所以看的人才會參與到表現方的共創之中。

這也是美術、造型、設計領域的一項基本原則。日本的庭院裏用石燈籠作為點景小品，這種有類似屋簷一樣的超級大燭台，最早是神社、寺院裏的獻燈，後來據說是千利休發現石燈籠的燈火有「侘」的風情，就把它引入茶庭，隱約照亮踏腳石的小路。它雖然用於凸顯、提襯整個庭院，卻不能放在顯眼的地方，那樣反倒破壞庭院的和諧。有經驗的園藝師會把石燈籠放在視線彎折的地方，或者用樹來遮擋。這樣適當遮擋燈光的處理，讓石燈籠的火光忽隱忽現，有幽林深處小小草庵的意境。

繼承這個美學傳統的還有小津安二郎，唐納德·里奇（Donald Richie）在《小津》

一書中曾經評價這位大師的電影作品「最抑制、最限制和最受限定」。《小津安二郎的藝術》寫到過濱村義康的描述，《麥秋》中杉村春子飾演的角色因為得知原節子飾演的女主角將會嫁給她兒子而激動不已，第一次拍攝時「杉村小姐又是哭又是笑，表演實在太出色了」。但小津認為這種表演太顯眼了，不能用。

小津安二郎現在被看作日本電影美學上的一座高峰，我們從電影裏看不到激烈的動作、戲劇化的表演、激情澎湃的對白或者是任何一種濃烈的元素。演員們總是慢慢地穿衣、吃飯、打招呼，淡淡地笑、微微地哭，委婉含蓄、彬彬有禮，像滴水穿石一樣，用寧靜雋永的瑣碎日常給人的內心以震動。

「隱秘是花」的美是一種曖昧。黑川雅之寫道：「晚霞的美，是那種由連續陰影所形成的，難以辨清細節的朦朧之美。雖然搞不清楚到底是怎麼個狀況，卻又被某種感動抱擁着，我覺得這種感覺與世阿彌的『隱秘是花』是相似的。大凡莫名的，往往就是一種絕美無比的感覺。」

幽玄

「秘」沒有嚴謹的內涵和外延，因為它不是一種美學概念，而是一種美的感受。它在日本沒有受到西方哲學和藝術理論的影響之前就產生了，古典日本稱這種感受為「幽玄」。

「幽玄」來源於中國。在古代佛典裏是佛法深奧、難以窮測，以及微妙不可言喻的意思，在道教裏是「玄虛」的意味。日本的「幽玄」不但應用於佛教，還擴展到了文藝理論領域。北京師範大學教授、翻譯家王向遠在文章中分析，因為和歌、連歌由古代歌謠發展而來，能樂從不登大雅之堂的「猿樂」發展而來，為了讓它們成為一種真正的藝術，必須要變得文雅、有深度。

指導日本中古時代精神生活的是佛教，無論藝術的創作者還是鑒賞者都要從佛教思想中尋找理論支持。他們選擇了「幽玄」這個漢語詞作為一種審美精神的總結提煉。王向遠在《入「幽玄」之境》中分析，因為日語固有詞彙中的形容詞、情態詞、動詞、嘆詞高度發達，而抽象詞很少，因此帶有抽象色彩的詞，絕大部份都是漢語詞。

這個尋找美的過程，日本著名學者能勢朝次在《幽玄論》中總結道，在愛用「幽玄」這個詞的時代，當時的社會思潮幾乎在所有方面，都強烈地憧憬着那些高遠的、無限的、有深意的事物。無論和歌理論家、連歌理論家還是能樂理論家，在闡述各自藝術之美時，也給「幽玄」累積了理論基礎。

美學家大西克禮總結了幽玄的七項特徵，第一是審美對象某種程度地被掩藏、被遮蔽，使其不顯露、不明顯，某種程度地收斂於內部，這些是構成「幽玄」最重要的因素。它的意境是「月被薄霧所隱」「山上紅葉籠罩於霧中」。由第一個場景，產生了「幽玄」的第二個特徵，微暗而朦朧。它不是「晴空萬里最美」，而是「霧霞繞春花」的優柔、委婉，是「於事心幽然」，對事物不要追究得一清二白。與微暗相關聯的第三個特徵是寂寥，「蘆葦茅屋中，晚秋聽陣雨，倍感寂寥」。第四個特徵是深遠感。它不僅是時間和空間上的距離，還有精神上的深刻、難解。第五個特徵是「充實相」，即前面所說的因素最終的合成。它把「幽玄」變成了一個筐，只要與「幽玄」的其他意義不矛盾，都可以納入這個審美範疇。第六個特徵是具有超自然性。第七個特徵是要有不可言說、飄忽不定的情趣。

要想形象地感知「幽玄」是甚麼，可以讀描寫平安時代貴族生活的小說《源氏物語》。加藤周一對它的評價是，在男女關係上、女人心靈的波動及其微妙的陰翳，寫得真是出神入化。作品裏那些含蓄朦朧、百轉千迴的心理活動就是「幽玄」的意境。通過它也可以讀出「幽玄」在生活中的形態，已故常陸宮的長女，因為「深居後宮，心眼兒和長相都不清楚，有事兒就隔着圍屏談話」的神秘感吸引了源氏公子。源氏公子與她隔着圍屏調情，姑娘甚至讓侍女代替答話，兩人於是成了情人。

吉田兼好的《徒然草》延續了平安時代的審美趣味。這部被周作人稱道的散文作品裏，依舊可見「幽玄」的意境：「發皎潔之光而令人一望千里的滿月，不如期盼了一夜，到天快亮時才姍姍來遲的月有意味。此時的月，略帶青蒼之色，或在遠山之杉樹梢間隱現，或為天上之雲雨遮斷，都極其有味。」

到了近現代，「幽玄」雖然在日本也並不常用，可它早已經滲入到文化肌理之中。小津安二郎的電影，就從視覺上傳達着一種微暗朦朧的幽玄之美。這種意境的形成除了標誌性的固定拍攝和景深鏡頭的使用，還有他對拍彩色電影的謹慎琢磨。他在一九四六年的一次談話裏說：「天然色電影給人以用錦繪的器皿吃炸蝦蓋飯的感覺。與我們有時想用彩釉的器皿品嘗茄子的清香一樣，喜愛原來的黑白電影。我以為這樣的情況會一直持續到天然色電影具有更加完美的表現力的時候。」

小津第一次拍彩色電影時，並沒有用大多數人用的伊斯曼彩色系統，而是用了愛克發彩色系統。根據當時人的回憶，伊斯曼系統很容易拍成美國式的華麗色彩，愛克法系統中的深褐色基調，是一種古樸、溫和的色彩，更加符合日本人的國民性。

在建築這樣更為國際化的領域，日本設計師還是在用通用的建築語言表現幽玄。安藤忠雄的風格經常是外觀簡潔，內部卻有複雜的建築空間。他自己的解釋是，東方空間的魅力在於它的神秘性，往往把重要的部份放在人們看不見的地方。這種含而不露的思維與幽玄是一脈相承的。他設計的京都府立陶板名畫庭，在只有二百平方米的展廊中，通過不同標高的空間、瀑布和水池的穿插變化，創造了許多不同的空間序列，《最後的晚餐》《睡蓮》等九幅陶板名畫複製品，分別佈置在不同朝向的清水混凝土壁體或水池中。參觀者在建築師精心佈置的路線中前行，這些作品就會以不同角度呈現出來，給人在日式迴遊庭院裏的感覺。

留白

「秘」的意象還在於留白，這裏的留白並不是界限清晰的空白，而是像墨的暈染逐漸淡化到白色。黑川雅之用日本國寶——長谷川等伯的《松林圖》來說明留白：幾簇松林，仔細看其中的任何一簇，它的外沿都是向周邊虛化着、延伸着，沒有清晰的界限。這種繪畫手法不會過度地描繪細節，更不會表現整體，而是聚焦於某一個局部，給人留下充份的想像空間，或者說是餘韻。

日本人對餘韻的喜愛可以從水墨畫的歷史中看出究竟來。日本本土的民族繪畫是以《源氏物語繪卷》為代表的大和繪，它有艷麗的色彩和清晰流暢的線條，可到了鎌倉時代的末期，日本開始大量進口中國水墨畫。有趣的是，日本人最喜歡的、進口畫作最多的畫家並不是中國美術史上赫赫有名的南宋院體畫代表馬遠或者夏圭，而是名不見經傳的牧谿。牧谿是南宋末年到元代初年的僧人，畫風拙稚自由，不遵循傳統畫法，所以在中國的評價並不高：「誠非雅玩，僅可僧房道舍，以助清幽耳。」

中國水墨畫在日本的流行與禪的興起有關。在鎌倉、室町時代，禪院是學問和藝術的寶地，禪僧是學者、藝術家，被貴族奉為教養的鼓吹者。禪不但是宗教生活，也影響着文化領域。日本禪僧在與中國的交往中，獲得了水墨畫。鈴木大拙在《禪與藝術》裏寫道，禪的繪畫和書法所表現的精神，給予日本人強烈的感銘，馬上被奉為楷模加以學習。這裏似乎有一種男性的、不屈的東西，取代了前代女性的、「溫雅優美」的風格。

禪僧和武士把從中國進口的水墨畫掛在居所和書房，他們的審美趣味決定了進口的方向。牧谿的畫不以線條為主，而以墨的濃淡和墨暈來顯出效果，給欣賞者留出用心去聯想的餘地。這符合禪宗「無」的意境，也契合了幽玄的審美趣味，給人以神秘感。日本畫家東山魁夷評價牧谿的畫，有濃重的氛圍，又非常逼真，而他卻將這些包含在內裏，形成風趣而柔和的表現，是很有趣、很有詩韻的。因而，他的畫最符合日本人的愛好，最符合日本人纖細的感覺。日本美學家數江教一說牧谿的作品之所以受到日本人的喜愛，是因為它們在柔和的線條中藏着敏銳的禪機，在或濃或淡的和諧墨色中包含着多樣的變化，能使觀賞者無限擴展他們的思緒。

長谷川等伯是南宋水墨畫的模仿者，但他的作品有意識地表現出日本人的審美趣味。《松林圖》的重點不是樹，而是樹與樹之間因為墨暈而讓人聯想到的霧氣。設計師原研哉在分析這幅畫時寫道，日本人高度尊重繪畫藝術中這種對「空」的空間似是而非的表現，這一點幫他們發展出來的想像力遠遠超過了自然描繪性的細節。一處沒有畫過的空間並不應被視為一處無資訊區域，日本美學的基礎就在那「空」的空間之中，大量的意義就構建在那上面。

京都龍安寺枯山水庭園。留白的魅力在於給人想像空間，日本美學的基礎就在這「空」的空間裏。

留白的魅力，被原研哉用在了無印良品的廣告理念上。原研哉的解釋是，廣告並不呈現一個明確的畫面，但是從效果上，向觀眾提供一個空的容器。傳播並非將資訊從一個實體或個人分派給另一個，而是啟動資訊的互相交換。當受眾得到的不是一條資訊，而是一個空的容器時，傳播因為受眾自己提供的意義而發生變化。

具體說來，消費者喜歡無印良品的理由各不相同，廣告不去表現這些原因中的任何一個，而是創造一個很大的容器，把它們都裝進去。追隨這個理念，無印良品的廣告都是簡潔的風格，產品被放在畫面中央，標識會在某處出現。

二〇〇三年，無印良品廣告的主題是地平線。一條地平線把畫面分成上下兩段，「無印良品」的標識就放在地平線上。二〇〇五年的主題是簡單，想在簡單中尋找美的日本美學之源。原研哉所謂的容器是足利義政的書房同仁齋、別墅銀閣寺、京都的茶室，無印良品的飯碗放在中間，標識被放在左或右的角落。「這些照片混雜着國寶和飯碗，但卻非甚麼廣告的把戲。它們顯示了具有相同美學精神的不同時代的兩種創造間的聯繫。」

陰翳

秘是陰翳的禮讚。日本傳統民居沒有牆，四周圍着「明障子」。陽光直射在明障子上時，所糊的紙熠熠生輝，屋外的風景和屋內人都像剪影一樣映在上面，而遠處的幽暗就形成了陰翳。這種光與影的日常形成了日本獨特的審美文化。

陰翳之美是羊羹那冰清玉潔的表層，彷彿要將陽光吸至內部深處一般。「即使羊羹具備如此色澤，若將它置於茶點用的漆器之上，表層的朦朧之黑便沉入難以辨識的漆黑，愈發引人冥想。當人們將那冰涼滑溜的羊羹含在口中時，會感到室內的黑暗宛如化作一粒甜美的方糖，融入舌尖。」

這段描述吃甜品的文字，出自谷崎潤一郎的《陰翳禮讚》。對有些讀者來說，這個作家和這本書顯得過於陳舊，可這段文字，卻打動了日本國寶級的攝影師杉本博司，設計師原研哉、深澤直人，作家原田宗典。他們的工作都是用現代手段展示日本審美趣味，而《陰翳禮讚》正是一本詳細描述何為日本之美的書。

谷崎潤一郎用了燈、廁所、紙、餐具、建築、室內空間、顏色、服飾甚至人的膚色去比較西方現代化生活的「明」和日本傳統生活的「暗」，讚頌「暗」中的陰翳之美。

西方現代的光是簡單直白的光，日本的陰翳之光是陰暗和留白的境界。「我們居室美的要素，無非在於間接的微弱光線。這溫和靜寂而短暫的陽光，悄然灑落室內，沁入牆壁間，彷彿特意為居室塗抹了一道顏色柔和的沙壁。」

而只有在陰翳之光的暗中，才能顯現出在現代生活裏看來，花哨庸俗、缺少雅味的漆器、泥金之美。「在燭光搖曳的光影裏凝視菜餚與食器時，即會發現這些漆物彷彿具有沼澤那樣清澈深濃的光澤，帶有前所未見的魅力。」同樣的道理，觀賞泥金畫不是在現代白光下，而要在幽暗處。「其豪華絢麗的模樣，大半隱於暗之中，令人感到不能言喻的餘情韻味。」

陰翳之美不是谷崎潤一郎的個人發明，川端康成在《歲月》裏也有類似的描繪。松子跟在父親後面走進茶室，在暗淡的壁龕裏，伊賀花瓶的色澤，好似微光瑩然一點，一眼就把她給吸引住了。宛如一枚神秘的夜光貝，在海底熠熠生輝。經水打濕後，格外艷麗妖嬈。伊賀瓷的釉面青裏透黃，給周圍那片微明薄暗一襯托，愈益顯出藍瑩瑩的光澤。

日本人發現了陰翳之美，又為了增添美而利用陰翳。谷崎潤一郎最為欣賞壁龕的設計：「只是以清爽的木料和潔淨的牆壁隔出一片『凹』字形的空間，使射進來的光線在這塊空間隨處形成朦朧的影窩兒。不僅如此，我們眺望着壁龕橫木後頭、插花周圍、百寶架下面等角落充溢的黑暗……那裏的空氣沉靜如水，永恆不滅的閒寂佔領着那些黑暗。」町家建築裏的坪庭，也是光與影。町家建築是外形細長的木質房屋，走進去卻豁然開朗，內置一個數平方米大的坪庭為房子通風透光。坪庭要佈置出美感，關鍵就是樹木、青苔、石頭小徑和淨手缽彼此互相不遮擋，留下空隙，陽光照射時，才能形成豐富多彩的景象，高低不同的樹木相互重疊形成陰影，淨手缽的水面倒映着陽光。不必出門，就可以在這一方小天地裏感受到光與影的交錯，四季的更迭。

以現代設計手段來體現光影交錯、時間更迭的是小筱邸。設計師安藤忠雄在牆面與屋頂的交接處開了一個口，光影通過開口流入室內。最美的時刻在每天下午，當西南方的太陽透過縫隙射入客廳時，陽光灑落在陰暗的牆上，再移動到地板，最後消失。陽光的軌跡取代了鐘錶的滴答聲，安靜地記錄下時間流逝。

光之教堂是安藤忠雄另一個追尋光與影的經典設計。他曾經說過，在到處佈滿着均質光線的今天，我仍然追求光明與黑暗之間相互滲透的關係。在黑暗中光閃現出寶石般的美麗，人們似乎可以把它握在手中，光挖空黑暗並穿透我們的軀體，將生命帶入「場所」。

光之教堂是用厚實的混凝土牆體圍合出一個封閉的方盒子，在與入口相對的牆上劃開一道十字形的開口，光線從這個縫隙湧入室內，破開了方盒子裏的黑暗。光線在黑暗的襯托下更加明亮，具有一種崇高和神聖的感覺。安藤忠雄想展現的陰翳之美至此並沒有結束，混凝土的牆壁、天花板和木質地板在這樣的光線裏，自然的肌理和細節也清晰地展現出來。

攝影師杉本博司拍攝的《蠟燭的一生》，也是光與影的結合。「我每晚獨自一人在無垠的黑暗中看着點燃的蠟燭……有時，火焰會變得無比黯淡，燃燒的燭芯前端會有蠟油一滴滴落下，而這瞬間，眼前又突然一陣光芒燦爛。」他對《陰翳禮讚》亦十分有共鳴，拍攝海景時，一定會帶上一盒羊羹。「切開紫色的羊羹，紅豆的切口浮出表面，宛如寒空中月光照耀下錯開的滿天白梅。這種眼睛難以區分的，黑暗中的另一層黑暗，成為我拍攝『夜之海』的標準。」

四季花傳書：川瀨敏郎的花道「侘寂學」

文：王丹陽　攝影：黃宇

京都一寺的住持命小沙彌給宗旦送一枝新開的椿樹花，只是此花飄零太快，小和尚一路送到宗旦那兒只剩下一空枝和一掌的落花，宗旦卻惜此空枝，將它供在千利休傳下的護城寺花筒裏，為小沙彌敬上茶。

日本花道的世界裏有太多流派，令人眼花繚亂，從六百年前室町時代的池坊，到小原、草月，如今在日本花道協會註冊的派別就有四百多家。這個多神崇拜、相信萬物有靈的島國，戀花、惜花情結是那樣自然地根植在平民意識裏。在東京六本木的喧嚷街町中，巷道彎彎折折，神社、廟宇掩映在帶着蕭瑟之意的夏末之草中，我們來到一個叫「花長」的花店，閒雲野鶴般的當紅花道師川瀨敏郎的「臨時工作室」。

鬧市的屋頂花園

初識「川瀨敏郎」這個名字是在上海的一位茶道老師的茶室中，他的《四季花傳書》被作為佈景擺在中式的博古架上。茶是中國的茶道，這本融合了日本禪宗以及千利休茶禪思想的書，置於中國茶道現在大興的綾羅綢緞做的茶席邊，更顯得侘寂。雖然他的《四季花傳書》《一日一花》已經在中國出版，但身在日本的川瀨敏郎見到我的時候還是表示，不知道中國人是否能接受他書裏的

「侘び寂び」，這個詞真正蘊含的況味是一種「陋」。

與其説他是一個炙手可熱的插花師，不如説他就是個護花、懂花的癡人，年近七十還精瘦健朗，獨門獨派讓他看起來散淡，卻無時無刻不妙語連珠。「花長」的四樓天台是他的樂園，鑽進那一片欣欣的綠意中，這位帶着泥土氣的智者就和屋頂花園融為一體了。在中國，網上對他的介紹是「自然野趣流」的代表，而他對我説，他不屬於任何流派，可能是因為三十年前歐洲人看了他的花道覺得頗有意思，讓人聯想起自然和野。

齊人高的萩草長着如同爬山虎的葉子，在風中晃動着長莖，花園裏到處是蕪蔓的綠條，已經沾上了些許秋的枯色；一種叫作「鬼燈」的酸漿果形如聖女果，卻已經褪去了橙紅的皮囊，露出乾乾的纖維；野菊是玲瓏似拇指蓋大小的，孑立在瘋長的野草邊幾乎不被發現；還有一種「見返草」，葉子上綴滿蟲洞，有的都已噬得成網狀了，川瀨有些愛不釋手，拎着其中一片跟我解釋很久：「自然有春夏秋冬，人有生老病死，為甚麼要去除這些葉子呢？」對於自然造就的榮與枯，他認為應該照單全收。

這個花園裏有枯榮，有萌芽和荒穢，是川瀨的主要取材處，他需要季節的輪迴、自然的雨露在植物上體現，所以這片花園對他來説就是自然的截面。「花長」老闆那些賣不完的花就放在天台上，久之就長成了如今的野樣，等着有心人來摘取。老闆不會為他特意留着好花好枝，對於日式花道來説，單朵盛開狀的花其實是「末」。花道師不在乎其本身的鮮活美觀，所以川瀨認為，去歐洲講日式花道是困難的，對於愛濃艷豐潤以及形態美的歐洲人來説，怎麼向他們解釋日本花道裏的那種侘寂、枯淡呢?川瀨玩笑道，在中國人和歐洲人面前，他只講配比和造型上的要領。

牆角小瓦壇裏只剩蓮葉，花被送去了庫房。只見一茬茬木屑色的乾蓮花倒紮在屋頂，乍看如紙花，去年摘下的花苞就這樣風乾待用。還有枯成絳紫色的蓮蓬，裏邊有未取的蓮芯，川瀨拿起一枝倚在牆上，襯着一兩片水中新撈的荷葉，變化出不同的造型。就是花萼兩三厘米處有道折痕，蓮蓬四十五度狀垂腦的樣子是最可愛的，他如擎着一根鋼絲般擎着荷的硬桿子，在牆上轉來轉去，使我突然想到很多日本文學作品裏愛用「姿」字。如《源氏物語》裏借花喻人，「若用花比，可謂櫻花，然比櫻花優美有加，這姿容的確殊異」；東山魁夷在《與風景對話》裏，將「姿」與一條路聯繫起來：「如今這條路的姿影果真一見如故嗎？」

地震與花道

第二次見到川瀨敏郎，是在玉川高島屋四樓的文化中心。在那裏他有一個專屬的講座室，當他向我打開一面牆上的壁櫃門時，一摞摞的木匣子填滿視線：初看以為是酒窖，可沒想到，他收集的二百個古花器一個個裝在木匣裏，其中有千年前的「唐物」，如白頭宮女沉睡在深深的時光裏，一時間統統醒來，喧噪着舊年的低吟。這些器具全可供學生在課上選用，只是不賣。他是個愛淘舊貨的人，在日本淘到千年舊物並不是稀奇事，有些東西世代傳下來都能說出個準確源頭。川瀨敏郎有點像個沉浸在自己那本經裏的傳道人，他認為：「永遠沒有一個作品是完成的，因為自然是在不停流轉着的⋯⋯」

川瀨敏郎畢業於日本大學藝術系，初學戲劇，又在巴黎大學學了電影，回國後卻潛心研究起花道來，並當了個自由派，不拜師門也不自立門戶。三十五年前，著名的能劇女伶白洲正子為了寫書

花道師收藏的古代花器

而遍訪日本花道、茶道上的各派，找到川瀨時，驚為天才花人。那時一些愛花人從全國各地趕來向他討教，他漸漸開起了自己的授課班，如今他的工作是每週教三天課，其餘時間就用來創作和寫文章，和他的御用攝影師一起出書。

川瀨敏郎生於京都，家裏是池坊花道的御用花商，從小就接觸了這種最古老的花道體系，卻從未入門。在日本花道界，宗派林立且等級森嚴，還各佔山頭，彼此不相往來。川瀨四歲起就愛擺弄些花草，那時池坊花道的老師來花店見到他，總是讚嘆他。在《四季花傳書》中他提起跟花的宿緣，那時京都北野天滿宮的御用祭祀菜種是油菜花，每年二月二十五日菅原道真的忌日，神道祭司們頭戴的禮帽上綴滿油菜花，滿目黃澄澄地在空中舞蹈。一種報春的幸福感就自然而然地植入少年的記憶。

「花長」的老闆收集了他的全套畫冊，六卷本的三十六開硬面，叫作《青花》。每部只印了一千五百冊，都在同道人中流傳，畢竟一冊要上萬日圓。這讓我的翻譯相知美和子女士有些咋舌，她的母親也是花道小原流的老師，不過那是在第二次世界大戰前，當時東京中產階級的家中也只能供子女中的一個學習花道或茶道，再多就負擔不起了。至今花道仍然是上流社會傳統教習的一部份，花道中的女子在日常生活裏穿着隨四季不同花卉變化的和服，學習在纖毫之變的季節裏選擇花器和花材。美和子家在戰後家道中落，所以她小時候只學了費用僅是花道幾分之一的劍道。

川瀨真正在國際上嶄露頭角是在二〇一一年日本大地震後，那時他有了個一日做一花的創意，歷經三百六十六天，集結成《一日一花》。與各個已成形的流派不同，他依據時節到山野裏找最時令的花葉，融入花器中。使日本人眼前一亮的是，他的花多使用單枝，只用寥寥幾葉陪襯。花器是古拙質樸的，越體現歷史滄桑就越是他所愛，既有二十世紀的玻璃細瓶，也有室町時代的金銅亞字形華瓶，還有希臘陶器。孤花配拙器，一種日本人集體無意識中的古侘和寂寥盈滿陋室，頗得現代人喜歡。正如《源氏物語》中光源氏所說，「佳人孑然無依，更加惹人憐愛」。

「也就是日本地震後，我開始更深地思考花和人生的關係。岩手縣幾萬棵松樹被摧毀，許多古老植被蕩然無存，但這些年在災難現場慢慢長出了些新的野花野草，我想用足跡探訪這些新生命，記錄些微妙的物候特徵。」川瀨告訴我，他與池坊的區別是池坊講規範，把有生靈的花嵌於千百年形成的條條框框裏，主枝與副枝，各自的空間關係和花器的胖瘦長短，都有煩瑣的模式。但他幾乎不講這些，他講自然、哲理，日本傳統文化或佛教，所以慕名而來的人很多。

所以，比起一個花道師，他更想以一個生命的思考者的角色進入我的採訪，強調人與自然的關係。「花和人都是自由的生命，材料、數量都不是關鍵。日本人喜歡講集體主義，無法離開一致的東西，但我想宣導個人意識裏的『個』，生命是自由發展的，我想把作品變成我一生中意識流變的投射。只是遵循的自然規律都是一致的，所以流派之別是表象，背後的精神應是不變的。」他說。

二〇一五年，他的隨筆集《四季花傳書》在中國發行，那是他十年間在《藝術新潮》連載的單篇文章彙編，花照樣是些鳥啄蟲蛀、風雨侵蝕、瀕臨枯萎等生死隨緣之花。他用了更自由的「投入花」的形式。「日本從古至今一直是一個未經人工雕琢的自然之邦，崇尚『素』之美的心情大概也源於此吧。在這樣花草環繞的生活中所衍生出的『投入花』便是『素』之花，即不添加任何人為因素、展現草木花自然姿態的插花。」他在前言中這麼寫道。他說，素就是添一分則嫌多，減一分則嫌少的極致之美。

從「立花」到「投入花」

川瀨一頁頁翻開《青花》，跟我解釋「投入花」與傳統之「立花」的區別。立花是池坊花道的代表花型，在室町時代，「立花」是作為書院壁龕的裝飾花而產生的樣式，是插花（ikebana）的原型。室町時代流行「書院造」建築，普通人家的和屋牆角開始有了「押板」（日本人今稱「床之間」），是一塊比地面高出一階的凹間，可掛條幅或者立以花瓶，當時女子效仿宮廷及廟宇的供花，在逼仄的押板上立花，逐漸成風。

「立」字講究把花固定，如今是用木塞、海綿、木格等各種小工具，意在讓花挺立。川瀨將挺立之花解釋為「有芯」：「萬物生靈皆有主心骨，你從中間不偏不倚地插下去，筆直之態代表陽，是一種不會錯的真理。但投入花可代表陰，你將花枝隨意投入盛水的器皿，讓它以本身之形墜落於器口，沒有被賦予人為意志。在我看來『立』是公，『投入』是『私』。」他把花型比作日本傳統文化中的個體與自然及社會的

川瀨將以「唐物籠」做的作品放於掛軸書畫前，他說背景不同，效果是不同的。

共處關係，所以立花如同社會倫理、道德一元論，而投入花就是種「私」的追求。

川瀨早年做投入花，現在他將在下一本書裏探討立花，他說「立」是很難解釋的，是人的立身之根本，也是宇宙運行的基本準則，「萬物從始點到終點都循環往復在一個『立』字裏，『立』就是大道至簡」。我問他，是否因為立的探索之難，所以立花比投入花難做，他卻回答，「即使是投入，也要把無形中的那個『芯』時時掛念在心裏」。他翻到去年做於京都大德寺一間草庵裏的作品，特意選擇茅草和土坯混砌的已經炭黑的牆面做佈景，上面掛着一隻褐漆鋥亮的竹筒，口上倚着一片竹葉，旁邊襯着幾乎看不見的細細小莖。

「這就是千宗旦（千利休之孫）用過的竹筒，我還原了千利休所崇尚的一種風格。雖然你看到的不是立起來的，但是在我心裏它是有『芯』的。在日本這就叫『侘』，在中國也許你們根本不會注意，或者認為是窮鄉僻壤裏的東西。」他說。

立花與投入花的產生其實相差不過一個世紀，立花的嚴謹之風，源於池坊花道裏的佛教、天人合一及神道教的融合。池坊之名來自京都三條通頂法寺的一個池子，寺廟的本堂六角堂看起來如同普通涼亭，卻是聖德太子給當時的遣隋使小野妹子造的，讓他潛心編纂帶回的佛典，並日日以花禮佛。侍佛者當時被稱作「專務」，所以後來池坊花道的「家元」（傳承人）都以「專」字傳承，如十六世紀初確立了池坊花道的池坊專應，在他以後池坊代代本家都是僧人。

在骨法圖裏，日本人呼應山川依代信仰，將宇宙分為陰陽二元，日本人將插花又稱為「五景花」，即插花本身便具有五體——陰、陽、天、地、人，加之五景花又有五格，正花、令、通用、體、留，所以役枝與副枝講究點線面的呼應，不能錯置，其中也有「諸佛列坐」的意思。

只是後來，第四十五代家元池坊專永提出一種「風興」的概念，認為「看到風吹搖曳的菊花，會情不自禁地就有隨着菊花擺動的意念；看到秋天太陽映照在窗上的竹簾，會自然生有涼意之感」。所以，風致始終是日本花道裏的一種無言之精髓，花道在日文裏叫「華道」（kadou），也叫「生花」（ikebana），生花講究的是如何擷取自然物，使之在壁龕中仍顯出生動。

自然·生命·侘寂

「日本花道並不在於看花，而在於花裏的世界觀，這是它和西方插花最大的區別，對我們來說，插花只是花道中的一部份。」川瀨告訴我們。在《四季花傳書》裏，哪怕是對於一簇油菜花，花器的選擇也有講究，比如用玻璃器皿盛水八九分，投入油菜花，可在迎客時顯出親和力。但用竹編、草編的

用茅草插的花，
顯得寥寥清寂。

籃就不上檔次了，顯得如菜市場裏一抓一把的輕賤。「竹籠適合野菊，但稍有不慎，就會插成一個粗野的農村姑娘，最好能用朝鮮李朝白瓷那種有年代感，未加修飾的器皿……」

川瀨敏郎的世界觀裏，有一種不以微渺而不屑的萬物平等之價值取向，比如他還喜歡用棉花來插，那種以檔次和價格來區分優劣的取材方法對他來説根本不存在。傳統插花中通常將棉花比作雪，與一品紅、薔薇搭配以慶祝聖誕，川瀨認為棉花要單插，從江戶時代起，棉布的地位與瓷器、紅薯相當，所以作家柳田國男寫道，棉花是種「嶄新的幸福」，川瀨也喜歡其中可喜的精神。

也許物哀的反面還有「物喜」，總之關注現象的日本人，寄情於秋之末毫，春之初芽，都是極日常的把玩。在我和美和子的面前，花店的老闆用兩個手掌大的白瓷碟盤，各盛了一塊扁扁的箬葉黑糖粽，裏邊是澱粉和的，凝如黑脂，囫圇一口，美和子欣喜道，這是高檔的甜點，還有竹子的香。當她看見碟上有個金線描的菊花圖案時，稱讚「老闆真是有心人」，採用的正是這個季節的配器。

我告訴川瀨，在中國，鮮美欲滴、形態拔萃之花為上乘，如玫瑰、鬱金香、百合是好的，花死了是必然要扔掉的，路邊的野花是不會採的……。川瀨認為從中可見日本人的侘寂美學在世界範圍內是獨特的。《萬葉集》中繼胡枝子、梅、菊之後，歌詠得最多的就是芒草，如「秋野美草徒手割，鋪屋遮頂居其中，宇治行宮小茅舍，今夜無眠思念中」。這種漫山遍野的廉價之草從古之茅屋，到今之花材，都可見日本人對它的喜愛。

奈良時代的《萬葉集》，已經有插花於頭上，甚至是船上的記載，雖然與八百年後的花道沒有關係，卻可見與花為伴的世俗之樂。「春花摘來插頭上，秋葉摘來插頭上」；「藤花插上船，遊浦又遊灣，群眾不知此，爭言是海帆」；「春柳若青絲，折來頭上放，梅花摘下來，浮在酒杯上」……清少納言的《枕草子》裏，其中一章《清涼殿的春天》，有一幅細緻描繪的春日圖景，描繪有荒海的障子裏，女官在弘徽殿上且憎且笑，欄杆邊是個青瓷花瓶，「上面插着許多非常開得好的櫻花，有五尺多長，花朵一直開到欄杆外面來……大納言穿了有點柔軟的櫻的直衣，下面是濃紫的縛腳褲，白的下着，上面是濃紅綾織的很是華美的出袿，到來了」。

古典時代的日本文學裏繁花漫天的景象，到了禪宗傳入日本後有了根本的美學上的轉化，將「侘寂」的基因植入禪宗和後世的日本文化的功臣裏，人們會本能地提起千利休。自古以來日本人所欣賞的朝顏（牽牛花）花姿，應該如畫師狩野山樂、狩野山雪所描繪的妙心寺天球院的隔扇畫般，在圍牆上爭相競放，直到千利休給豐臣秀吉展示了一枝後，有所改變。那個著名的典故，就是千利休為表待客之道，將滿園的朝顏盡毀，留了一枝在茶室的土陶碗中獨自芬芳。

而他的孫子千宗旦的一則傳說更是侘寂美學的完美註腳。京都一寺的住持命小沙彌給宗旦送一枝新開的椿樹花，只是此花飄零太快，小和尚一路送到宗旦那兒只剩下一空枝和一掌的落花，宗旦卻惜此空枝，將它供在千利休傳下的護城寺花筒裏，為小沙彌敬上茶。那天川瀨敏郎也給我講了個例子，日本文學家折口信夫曾經這樣描繪雪，他沒有寫它的白，「而是把一把雪焐在手裏，看着雪水從指縫裏流出來，直到手攤開空無一物，卻留一種冷清冰潔之感在手心。在花道裏，我講美的時候總講這個雪」。

素

靜

素簡本色：日本的自然之美

日本的糖不甜，煙不烈，清酒也不過二十度，料理傳統講究清淡，和服色彩雅素，衣食住行總透着淡淡的味道。除此之外，日本人的情感表達也總是平淡克制。

文：駁靜

作為主宰色的白和淡雅

日本人愛雪。富士山常年白雪皚皚，最早以之為主題吟誦的是萬葉歌人山部赤人，「雪飄山巔上，一片如銀白」。川端康成曾寫道：「在雪中，家家戶戶低矮的屋頂顯得越發低矮，整個村子靜蕩蕩地沉沒在深淵之中。」結尾又有雪中大火。雪的潔淨意象是直觀的，是日本藝術創作中非常受偏愛的素材。岩井俊二的電影《情書》，開場就是茫茫雪野，之後也始終有雪和雪的大片白色貫穿，不時蔓上鏡頭的白色，與純真的青春情思融為一體。

日本人愛雪，因為他們素來喜好白色。

日語中有「面白」（おもしろい）一詞，現在是「新奇有趣」的意思，最早卻意味着美的生命力，指「生輝的狀態」。日本的古代神話中，天神往往以白鹿、白鳥這樣的白色動物出現。中國許多朝代的龍袍為明黃色，而日本平安朝的天子着白色。其實雪和月都是白色的，而花當中，也尤以白色的最受日本人喜歡。《源氏物語》描述的美人，都化着白粉妝，事實上，從平安朝開始，日本女子就開始流行濃施白粉。

淡雅的白色，無疑是日本的主色調，日本電影裏，常有的元素也是在白的基礎上調和出的淡雅，如庭院裏的梅子樹，貼窗花的拉門，瞧得見室外的暖爐桌，梅雨時節走過的階梯，櫻花交織的山道，火車經過的小鎮。這幾乎是電影創作者共有的美學理念。

平淡風格的電影裏，總有落後於時代的電燈吊在頭頂，裸露的電線就在身後平鋪，谷崎潤一郎認為這種風景與民間茅屋調和起來，「實在感到風流得很」。樸素才得風雅的真髓。是枝裕和導演的《海街日記》裏，四個女兒住的那所房子「大而舊」，固定鏡頭往往在拉門前一擺，日常的對話就拉開帷幕了。電影《情書》裏也如是。

日本的糖不甜，煙不烈，清酒也不過二十度，料理傳統講究清淡，和服色彩雅素，衣食住行總透着淡淡的味道。除此之外，日本人的情感表達也總是平淡克制的。《情書》好像一直在輕輕撫摸柔和的東西，情節也好，表演也好，一切都很淡。小津安二郎的《東京物語》，講述的是一對老夫妻為了與兒女們相見，從海邊城市來到東京的故事。它有許多令人印象深刻的表述情感的段落。其中一幕描寫的是上了年紀的妻子，在二兒子遺孀的單身公寓裏過了一夜，她蓋着二兒子生前用過的被子，說道：「真想不到啊，能夠蓋着昌二的被子睡上一覺。」而這大概算是本片中最煽情的一幕。

小津的電影無一例外地給人這種「淡淡」的感覺，他曾說：「我在攝影方面頗費苦心，但在表演方面則要求演員不要誇張，將人的情感壓抑到最低。」這種壓抑情感的表演方法，或許正好用來表達日常生活裏最常見的樸素感情，重複的日常瑣事與細微變化。《東京物語》得到了觀者廣泛的共鳴，人們看完這部表達克制的電影，卻痛哭流涕。

現代語境裏的白，反映在家居生活中，就是對素簡器物的偏愛。

現代語境裏的白，反映在日本的家居生活中，就是對素色物品的偏愛。其中一個例子就是無印良品的設計。它的設計哲學中，白的運用處在極為顯要的位置。素色的易污性是它的缺點，卻能勾起人們的同情，如設計師原研哉所說白是「逃避顏色」，反而使觸覺有了蘇醒的空間。而與素緊密相連的「空」正是日本禪學的概念，用空的容器來引人注意。原研哉曾多次提到長次郎的樂茶碗，說它這個無光澤的濃縮體寂靜無聲，「宛如吞噬了一切詮釋和能量」。寓言故事《皇帝的新衣》，也被尊崇「虛空」的日本人解釋出另一層含義——赤裸裸的國王披着「空」，因為空無一物，所以自信滿滿地準備好接受一切評價。

素簡之美

所謂「素」，即添一分嫌多，趨於極致的一種美。

「素簡」是日本文化當中最核心的審美意識。不過，它和從西方流行至全世界的「極簡主義」（Minimalism）還是有微妙的區別，後者或多或少都與反消費主義的理念和生活方式相關。日本人所說的素，卻講究「削減到本質，但不要剝離它的韻；保持乾淨純潔，但不要剝奪生命力」。而且，素簡美的意識也比極簡主義出現的早得多。

物回歸到了物本身，是「素」這個審美意識的本質。

路易十四時期，以繁複著稱的巴羅克風格趨於鼎盛，哪怕是現在走在凡爾賽宮鏡廳的紅毯上，也會膽戰心驚、腳底不穩，當年給謁見者的威懾力恐怕更厲害十倍。《權力的遊戲》中那張鐵王座由戰敗敵人的數千柄劍打造，它反覆出現，惹人垂涎。這都是繁複代表權力的典型例子。近代社會的等級不再如此森嚴，信仰「人生而平等」。這意味着物作為權力符號的價值逐漸消弭，椅子不再有「寶座」之意，只需要單純地滿足「坐」這個基本需求，複雜象徵權力的時代無論怎樣，都走到了盡頭。順應這一潮流，人們開始率真地重新衡量設計與功能之間的關係，樸素生活的探索也逐漸成為設計者和使用者都在追求的理念。

但這是世界範圍內的去繁就簡運動，日本文化中的核心審美意識——「素簡」的產生，卻要早上將近一百年，彼時還仍然是繁複稱霸全球的時代，素的審美譜系自然是罕見的。原研哉在《欲望的教育》一書中，提到一個細節，說年長的京都人，提起「早前的戰爭」時，通常是指「應仁之亂」，因為第二次世界大戰的戰火並未蔓延至此。

開啟了日本戰國時代的應仁之亂，發生在十五世紀的室町幕府時代，比千利休活躍的安土桃山時代要早一百年。文獻中記載，時任第八代最高統治者足利義政，荒於治國，「不愛江山愛藝術」，權力旁落，引發了這一場權力爭奪之戰。京都也因此大半化為焦土，著名的相國寺等古建築都慘遭破壞，貴族宅邸也被洗劫一空，那些代表貴族與權力的物品當然也隨之毀壞，以致城市空了大半。戰爭結束後，足利義政讓位於子，但仍舊對藝術癡迷，於是他在東山修建了隱居所「東山御殿」。

現在叫作「慈照寺」的這處居所，與戰前的風景大異其趣，它呈現出來的，是足利義政對樸素簡潔的美的理解，這大概是戰爭帶給他的思考，與先前的審美觀出現了極為對立的變化，歷史學者稱他「彷彿抓住了某種全新的感知力」。

足利義政的書齋位於東求堂，叫作「同仁齋」，是一處僅有四疊半大小的居室，僅以拉門隔離戶外，書桌就置於拉門前，抬頭就可將庭院景致收入眼底。絢麗和華美也曾在日本興盛一時，例如受中國唐朝風尚的影響就頗為深刻。不過從足利義政晚期開始，日本就孕育出這樣一種對抗華麗的素雅美的意識，及至安土桃山時代，這種審美意識日趨成熟，隨着插花和茶道大師們的影響，日本人對「素」的敏感幾由天生，日常生活中也隨處體現這樣的美學觀念。

日本普通住宅，由拉門、日式屏風和榻榻米三個基本要素構成，踏入之前需要脫下鞋子，客廳整潔有序，通常會有壁龕，上方懸掛畫軸，也會插着當季的花。而千利休以後的草庵風格茶室，其極端狀態就是狹小的「一疊台目」。

本色和自然之美

素與簡的具體表現，就是日本人偏好物的本色之美，並且常對自然抱有親切感。加藤周一在《日本藝術的心與形》中總結日本美的特徵，其中就有「尊重自然」，偏愛本色的審美意識，從源流上講，就是日本人對自然懷有的親切之情。

日本是一個南北向的狹長國家，寒暖同時，木材的種類對面積這麼小的國家而言，算得豐富，而日本人對木材的嗜好也從至今享受手工藝的傳統上可以得見。桐、杉、松、櫻屬於相對柔軟的木材，而堅硬的則有欅、栗、橡，黃色的桑，青色的黑柿，有斑點的楓，直木紋的柏，許多日本人能對手裏的木頭說出個一二三來。

日本人與植物親緣深厚，他們常以樹和花為家徽，酒常冠以植物的名字，一位演員被稱為「花形演員」則意味着他已成名。古典作品中，作家格外偏愛描繪自然。《萬葉集》自不必說，《枕草子》也因為清少納言樸素地記錄她眼中的自然而受到日本人喜愛。

川端康成在諾貝爾文學獎獲獎感言中，向世界傳達了日本對自然的感情。他提到日本美術史家矢代幸雄，曾把日本美術的特色用「雪月花時最懷友」表達出來，「雪月花」代表着四季之美，在日本，這是包含着山川萬物和宇宙的一切，也代表着日本傳統美的意象。

茶道當中，茶室建築作為其藝術要素，也追求「外甬道有郊野之趣，內甬道有山麓之趣」。外雖有拉門與自然阻隔，但茶室是相當狹小的四疊半空間，直接坐落在自然之中，千利休對茶室的特別留意之處是，以雪月之色塗抹牆壁，以岸陰山之弱光線設計窗戶，更是直接將自然引入茶室了。

花道大師川瀨敏郎，自幼師從最古老的「池坊」花道，用古老、質樸、佈滿歷史痕跡的器皿當作花器，而且花束本身，也依據時節，去往山野裏找尋最當令的花葉。他的插花習慣是先定器皿，斷竹、朽木、被人視為破爛的鐵板、水管等，幾乎任何物品都可被他用來插花，再選相照應的花材和花器，誰主誰次已經很難分辨，兩者都呈現出的自然和本色狀態卻是一脈相承的。他著名的作品《一日一花》始於二〇一一年東日本大地震後，災區廢墟的早春也草木萌生，荒野和生命的對比給了川瀨以靈感，他開始每日創作一個作品，並在網上連載，一共進行了整整一年的時間，特別受到日本人的喜愛。

花道大師川瀨敏郎的作品《一日一花》

西方花藝有它的華麗與嬌艷之美，對比之下，日本的花道但求野趣，自然簡樸，呈現生命最本色的美。後者提倡的「待花如待人」，用待人的愛惜之心對待花，這種待人之心，也是日本花道從來不只是簡單插花的緣由，它往往和人的道德品性聯繫在一起。

日式家居當中，木頭保持原色，器皿雕刻後仍維持本來的形貌，它們經由人手踏實而仔細地製造出來，其中材料的本色之美保留得十分完整。日本民藝的特點在於，它並非觀賞性的工藝品，而是日常生活所需用具，其作者也是無名的工匠。日本民藝運動發起人柳宗悅在他的《民藝四十年》中，將民藝提煉為「普通民人日常所需的器具，也可稱為民器」，因而本色之美，委實是滲透在日本人的日常生活中的。在這個基礎之上，當使用這些不論是陶器還是漆器的器皿時，會由衷地令人對它們所處的環境產生相應的要求，會希望那隻漆木碗或陶瓷小缽，是置於一張收拾齊整的桌子之上，而桌子，則要處在簡樸的廳堂之內，這時候再放眼四周，就更容易欣賞到牆上的漆畫、榻榻米的紋路，以及拉門之外滿院的風光。從這個角度來看，日式器皿的本色與素簡，其本質並不在於如何顯示器皿自身的魅力，而是由此及彼，復原一種能夠感知它們魅力的生活。

本色之美裏面，還有對現代主義的抵抗之情。在中國有頗多作品的建築大師隈研吾，有一句著名的話叫「讓建築消失」。無論是長城腳下竹製的公社竹屋，還是瓦製的中國美院民藝博物館，都崇尚將建築化解在自然中，並且主張就地取材，讓建築設計不去關注體塊造型，而是重拾材料和人感官的聯繫。他在《負建築》中寫道：「我們的慾望讓我們把建築從周圍環境中分割出來，我們忘記了建築的本意是讓我們容身，讓我們居住得更舒服，而一味地將建築當成『物』，在其身上畫滿了各種符號，直至將我們自身淹沒。」

《陰翳禮讚》中，谷崎潤一郎喋喋不休地講述過往器具的恩惠，並設想：「假設我們有獨立的物理學、化學，我們也就能獨立完成以此為基礎的另一種發展，日常使用的各種機器、藥品和工藝品等，就會更加適合我們的國民性。」日本人對本國文化的自珍態度，也是追崇本色的美學傳統。

本色之上，舊物更佳。日本茶道追求「寂」（さび）色，屋頂是茅草的黃灰，牆壁是泥巴的黃灰，房樑是木的原色，但這個字還是很難用詞語準確地描繪出來，日本美學大師大西克禮就「寂」寫了一整本《風雅論——「寂」的研究》，來論述何為寂。若尋找一些與之接近的詞，則有「古色」「水墨色」「煙熏色」「復古色」，總之是一些陳舊的顏色。感覺上，寂色的器物大概還有「磨損」「樸素」的特點。

「寂」和日式幽默

世人常把「寂」和「侘」放在一起，後面一詞是茶道專用。侘道的茶師，又崇尚淡泊樸素。茶道之宗千利休的一則流傳甚廣的故事，常被用作詮釋何為「侘寂」：牽牛花開了滿園，千利休剪下一枝，然後叫徒弟把園子裏的牽牛花都剪了，「捨去滿園芬芳，只留一枝獨秀」。日本茶道論侘的風姿，常認為一簞食、一瓢飲，自然而然就是「侘」了。茶道界另流傳一個叫善次的人，更誇張，他一天到晚以飲茶為樂，到頭來身無長物，只剩下一隻生了鏽的小鐵鍋。可謂素簡至極。

「俳諧」（はいかい）一詞源自漢語，說的是諧謔取笑的言辭，通常是指俳諧連歌這樣的文體。其中最著名的創作者就是松尾芭蕉。

被稱為「蕉門第一俳論家」的各務支考曾說「所謂俳諧的風骨在於『寂』與『可笑』」，這裏面所包含的幽默感，與西方的黑色幽默區別很大，後者喜歡變相諷刺，追求轉一兩個彎達到的智慧效果，可是日本人更喜歡直截了當的滑稽，尤其是「一本正經地裝瘋賣傻」。這種一本正經地玩世不恭的本事，在現代社會中的體現，就有電視節目《世界奇妙物語》的經久不衰，以及《搞笑漫畫日和》的廣泛傳播。

雖然日本人總給人以「不苟言笑」的印象，這是他們為人謹慎克制的一部份，但是日本人並不缺乏幽默感。在我們的認知當中，「日式」後面很難加上「幽默」二字，然而他們的「滑稽美學」卻是美學當中極為重要的一部份。對於將俳句推向頂峰的芭蕉翁和他的門人而言，「風雅」幾乎就是「俳諧」的同義詞。

大西克禮在《風雅論》中摘錄了《蔭涼軒日錄》裏的一則逸事。說的是細川氏的家臣中有一個叫作麻的男人，他被沒收了領地，但奇怪的是，這人並沒有因此而苦惱，而是甘守清貧，終日以吃一種叫「思給納」的食物為生。親戚朋友們就笑話麻，他也不以為恥，作了首俳歌，這樣唱道：我仍「侘」之家，全靠「思給納」，春夏秋冬不怕啥。結果主人聽聞後，竟然很感動，又把領地還給了他。

所謂「思給納」，是一種野草的名字，也有「過日子」的意思，甚至，還沾着「風雅」的邊兒。這則故事中的反諷意味在於，明明日子過得很消極，卻在消極中尋找積極，其中就有了「風雅」，否則，主人為何會感動呢？

芭蕉本人幾乎一生都在遊歷中度過，他的作品鮮有豪壯主題，多寫「秋風啊，掠過莽叢、旱田、不破關」這樣的俳句，優哉游哉，很有一股子落魄俠士的味道。

大西克禮說審美意義上的幽默，「包含着對人生與世界的一切事物的局限、缺陷、矛盾和醜惡的一種消極的諦觀」。而「寂」的語義當中，擁有諸多消極因素，比如「孤寂、粗野、殘缺」，麻的故事聽上去喜劇意味十足，甚至讓人覺得可笑。這麼一個凡事不理、粗野不堪的人，竟也冠上了「灑脱自在」這樣的好名聲，想起來也大大不合理。這不由讓人想到北野武在《菊次郎的夏天》中塑造的中年男人形象。菊次郎整日無所事事，行為處事也一派流氓習氣，被派去帶領小男孩走上尋找母親之途，他也不以為意，把盤纏賭了乾淨就上路，一路上坑蒙拐騙，不是砸人家的車玻璃，就是在廟會上佔人家的小便宜。可是這樣一個人，居然成了另幾個遊手好閒者的領袖，大家對他言聽計從，任他擺佈，想起來同樣大大地不合理。可是他幫助小男孩完成心願的意圖，又顯得十分合理了。總之也是一個十分好笑的人物。

菊次郎與小男孩為了搭便車，在一個簡陋破敗的公車站等了兩天兩夜，很是符合「寂」所含的「寂寥」之意，不過菊次郎是不甘寂寞的，幹了好些偷人食物、扎破汽車輪胎這樣的壞事。松尾芭蕉作過一首《過冬》，其中寫道「倚靠在這房柱上，度過了一冬天啊」，被認為是「真人氣象，實乃乾坤之寂聲」，聽着總有微妙的可笑。支考曾說「心知世情之變，耳聽笑玩之言，可謂俳諧自在人也」，兩者之間的氣韻，不免給人以相通的意味。

靜謐的日本

文：悅涵

夏夜的日本庭院，光和影透過樹木的縫隙射在寂靜的地面上。偶爾一陣風，吹得廊簷下風鈴響起很輕的聲響。正是這一剎那的銅鈴聲，反而襯托出夏日晚間，一種最極致的安靜來。這就是松尾芭蕉風格的「有聲比無聲更靜寂」。

「靜」，是日本文化中一種並不難體會到的感覺。無論是川端康成《陣雨中的車站》中無聲細膩的女子心理描寫，還是《雪國》開頭那種純白無跡，甚或是夏目漱石的《我是貓》那種幾乎能讓人想像到貓爪無聲地在街道上行走的狀態，再及日式設計中素白低調的審美取向，抑或日本單色電影中無聲的隱忍，這個國家由表及裏呈現出一股子靜氣。

美學家大西禮克認為，在幽玄中，與微暗的意味相伴隨的，是寂靜的意味。在這種意味中有相應的審美感情，如鴨長明所説，面對着無聲、無色的秋天夕暮，會有一種不由自主的泫然淚下之感。這種「寂靜的意味」，總使我想起小津安二郎的電影《東京物語》。這部影片用一種白描的手法，平實記錄了父母對子女濃烈、不求回報的愛以及子女對父母的涼薄和自私。面對這一沉重的主題，小津安二郎卻用一種「靜」的方式處理。他在電影裏體現的「靜」，是一種靜謐的隱忍——「靜隱」。而在影片大段的「靜隱」鋪排之下，是潮水般的暗湧。這或許是日本文化中「靜」所蘊含的

日本電影《雨月物語》劇照

巨大力量：在表面的靜之下，是更多層的積攢、更深層的爆發。

日本電影大師溝口健二的作品《雨月物語》中，「靜」是通過男主角十郎和妻子的對比體現的。陶瓷匠源十郎的妻子宮木持家穩重、善良隱忍，可他卻被女鬼迷惑，廝混日久。之後，鬼迷心竅的十郎回到家中，發現宮木在如豆的油燈下縫補衣物，沉靜的畫面緩緩拉升，像是靈魂隱隱的傾訴。這時，宮木的「靜」在十郎「動」的映襯下，顯得格外淒婉動人，但同時，又有一種悲涼的告別意味。果然，第二天醒來，十郎才發現宮木早已離世。昨夜的溫和安靜，不過是宮木的靈魂在做最後的告別。

日劇《麵包和湯和貓咪好天氣》，全面呈現出一個女人「靜」色調的故事。女主角亞紀子（小林聰美飾）是一個出版社編輯，某一日，她突然接到母親去世的噩耗，而她自己也遭遇了婚姻的失敗。與其他電視劇刻劃失婚女人哭天搶地的悲號不同，《麵包和湯和貓咪好天氣》則用一種平靜的方式處理。亞紀子沒有懦弱，迎面接受了生活中的挫折。她辭去出版社的職務，將母親留下來的「食堂」（日本民間小飯館）按自己喜歡的風格裝修成全木製的清新樣式，並做起了自己熱愛並擅長的食物——三明治和湯。

這一部平淡精美的日劇，其中的「靜」，不僅表現在故事的情節——幾乎沒甚麼驚濤駭浪的跌宕起伏，還體現在其間呈現出的隱忍、堅強、不浮躁的價值觀。劇中有一集，女主角找到了自己失散多年的弟弟，他在一座廟裏當和尚。得知消息後她並沒有前去相認，而是一有空就去弟弟寺廟裏的廊簷下坐一會兒，有時會有一隻貓跑過來，伏在她的膝蓋上。

《日本風雅》這本書中，說古典文藝美學範疇的「寂」是飄落中的葉子，它有三個層面的意義：「寂」之聲、「寂」之色、「寂」之心。那麼，《麵包和湯和貓咪好天氣》，無論是在聲（小量的台詞和不高的聲調）、色（清淡的顏色和簡約的構圖）、心（女主角波瀾不驚的心態），都完整印證了「寂」的意味。這也代表了日劇一種獨特的風格。同樣風格的，還有《深夜食堂》《海鷗食堂》《四重奏》《鴨川食堂》《只有吉祥寺是想住的街道嗎？》……

「寂」的三個層面的含義，「寂之聲」很好理解，即聽覺上的寂靜、安靜。那麼，「寂之色」是甚麼意思呢？據大西克禮在《日本風雅》中的論述，寂色與「陳舊的顏色」在視覺上相近，但它並不是一種否定意義上的視覺評價，「寂色」是一種完整意義上的肯定評價，它是一種具有審美價值的「陳舊之色」。水墨色、煙熏色、復古色，都可稱之為寂色。

《伊豆的舞女》開頭，作為青年學生的「我」在陣雨中向天城山上艱難地前行，望着「深邃幽谷的秋色」，便很顯然是寂色的體現。隨後，當「我」望着「群山的形象分不出遠近，都染成一片白，前面的小河眼見得混濁了，變成黃色，發出很響的聲音」。這些寂色又襯托出「我」沒有結識舞女前的煩悶。

日本設計師岡尾美代子所著的《沒有動力的時候，一個人發發呆也好》，用拍照和隨筆的方式，展示了諸多日本日常生活中的寂色。她對於「毛毛」的迷戀，買的「紅茶色大尺寸毛毯」「紫羅蘭色的套頭毛衣」「淺灰色毛拖鞋」，從質感本身展現出自身具有獨特品位的「寂」；書中展示的桃子醬、核桃醬、蔓越莓醬，讓人看到了她吃食上的「寂」。而「下雨天想喝咖啡」，則是一種「寂心」了。

「寂心」是一種抽象的精神姿態，是深層的心理學上的含義。松尾芭蕉在《嵯峨日記》中說：「沒有比離群索居更有趣的事情了。」村上春樹的偶像約翰·歐文（John Irving）寫了一本《獨居的一年》（*A Widow for One Year*）。這些作品均表現出「寂心」美學。這種「寂」的生活，並非是要做一個苦行僧，而是為了更好地感知生命中的美與快樂。大西克禮總結道，「寂」是要淡乎寡味，在無味中體味有味。村上春樹在《沒有色彩的多崎作和他的巡禮之年》中敍述了一種深山溫泉的禪意和夢境，其實是一種很典型的「寂」的意味，正因為極度放空，生命的真相才格外分明。「八十後」女作家青山七惠的《村崎太太的巴黎》記述了一個寫字樓裏普通但又奇異的清潔女工的故事。總穿奶油色工作服的村崎太太，染着一頭紫色的頭髮。她長相非常平庸，但總喜歡說自己年輕時的美麗；她做着低微的工作，卻總跟旅行社工作的「我」說自己有朝一日要去巴黎。最終，村崎太太在幾個男子的追逐下突然消失在那座大樓，從此以後再沒出現。而當「我」重新坐在樓頂上她一貫喜歡打坐的地方時，發現遠處那個黑色的小電視塔，果然有點像埃菲爾鐵塔。文章似乎在暗示，村崎太太對於巴黎的渴望，並非為了虛榮和面子，而是真誠的。小說中那種日本寫字樓寂靜清冷的色調，人與人之間的冷淡和疏離，以及最終結局的隱晦深刻，凸顯出非常濃烈的「寂」意味美學。

就像《日本風雅》中闡釋的，「寂」本身是一種超然的審美境界，能夠超越它原本寂寞無聊的消極心態，把「寂寥」化為一種審美。擺脫世事紛擾、物質、人情與名利等社會束縛，達到一種超然自我的狀態，從而獲得一種靈魂上的灑脱和自由。江國香織的《寂寞東京塔》，敍述了一個中年女性和朋友的兒子相戀的故事。小説從男孩的視角敍述這一段不倫戀，可是不知為甚麼，讀起來並不讓人厭惡和噁心。這和小説沉靜冷冽的文筆以及慢節奏的「狀況式」寫法脱不開干係。書中有諸多寂色調的天氣、環境的描述：「狹小昏暗的店鋪」「啤酒冰得很好」「黃瓜和海蜇的甜味」「風從敞開的大門吹進來」……無意中營造了作品「高冷」的氛圍，這一切使得肉慾被放在了一個高置的、精美的地位，少了一絲鄙俗，多了一絲甜美的氣質。

不變

「靜」除安靜、寂靜、幽靜，還表現為日本人的一種「不變」的情結。生魚片一定要放在檜木上切片，牛排一定要放在不銹鋼板上切斬，洋風建築物和家具一定要用闊葉樹的木材，傳統和風建築與家具一定要用針葉樹，冬天時家裏一週一定要吃一次「鍋物」（火鍋），從泡菜罎子取泡菜時不得用「直筷」（自己的筷子），一定要用「菜筷」或「公筷」……很多規矩都是自古以來就這麼傳下來的，直至現在的日本社會一直沿用。

《孤獨的美食家》中有一集——我認為是此系列中最有文化內涵的一集：五郎去米鄉新潟，坐在米鄉的一間小飯堂裏，吃着全日本最好的大米產地的米，他內心那種對於傳統的堅守和自豪，是突破表面的飽腹感的更深層的東西。最後一幕，當他站在廣闊的水稻田裏吃下一個純粹的沒有任何裝飾的飯團時，是把日本這種「不變」的精神昇華了。

提到日本對傳統的堅守，很多人一下就想到京都。人們對於京都的第一印象，似乎都是一座古都。外國人去遊覽之前，總也預先想像着它是一座如何古老的城市，女子穿和服在這座城市裏是多麼熨貼。日本本國人也有此印象。鷲田清一在《京都人生》中說，日本學生經常組織的修學旅行，也常因為京都是「歷史城市」而將其作為目的地。但是，他卻認為「把京都作為古都」的這一觀點是錯誤的。

作為一個京都人，他說「像京都居民這麼缺乏歷史意識的可謂罕見」。在他眼裏，京都的堅守在於「京都人混淆了回憶和夢」。外地人看上去的所謂「歷史感」，其實正是京都人日常生活的現實，「分不清甚麼是希望、甚麼是過去的痕跡」。這從某種程度上來說，也是一種「靜」。正因為大部份地區的外觀沒有變化，才禁錮了歷史意識的覺醒，使京都人真正「活」在傳統之中。

京都的「靜」還體現在一種「引人陶醉的無政府性」，這也是京都風雅的核心。哲學專業出身的鷲田清一，在這本書中不僅介紹了非常具體的京都風貌，也有一些很抽象的哲學概念闡釋。他在此書中論述了一種京都的「社區意識」，具體解釋了這種意識的核心究竟是甚麼。「社區意識」，指各自身體的空間、視線在日常悠然交錯過程中所產生的一種意識。共度冷暖、風雪乃至災害，牽掛着彼此的辛苦，「是人們之間過剩的阻隔」。這麼多年來，京都正是靠着這種團結緊湊的「社區意識」，使得這個古城在很多層面保持了它的傳統，在這個高速發展的社會，這種堅守更是難得。

同樣在堅守的還有日本的拉麵文化。在日劇《愛吃拉麵的小泉同學》中，我們得以看見日本人對拉麵的敬重。小泉是班裏新來的漂亮轉校生。崇拜美女的同班同學大澤悠發現小泉同學很是神秘，一放學就急匆匆趕往某個地方。一次，大澤悠在拉麵店門前全是男性的等位隊伍中，發現了鶴立雞群的小泉，從此揭開了小泉同學神秘的拉麵之旅。在這部電視劇中，小泉對各拉麵店的歷史、做法、吃法、排隊等待時的習慣，如數家珍，並且在電視劇中，間接呈現了日本拉麵愛好者自發維護拉麵文化的集體氛圍。這部劇不僅可以讓人記下很多赴日旅遊必去的拉麵店，也從另一個角度看到了日本對拉麵傳統的堅守和保護。

日劇《愛吃拉麵的小泉同學》劇照

後記

觀與感：對日本之美的反思

葛維櫻

求真之外，才是求美。日本的動人之處，並不在於一個特定的建築物，一處極雄壯或婀娜的景色，即使去過再多次的旅人，也很少講述自己在日本具體去過哪裏，又看到了甚麼。大多數人描繪的往往是一個自己親身體驗的場景，比如一個深夜餐廳裏服務人員的笑容，一個大雨中清掃僧人的專注，一個繁忙車站檢票員的耐心，一隻沿街散步的貓，一列悄聲緩緩開過居民區的火車。

我曾經着重寫過日本美學當中的「觀」。日本啟動的是我們的「觀」與「感」。像我們這樣短期旅行的人，或許比常年旅居的人更能捕捉到日本用心良苦表現出來的美。到一個或大或小的車站資訊處，從任何一條線路進入，腦海中都會冒出一些形容詞，比如氣韻、儒雅、風流、明艷，有一種強烈的生命的律動和節奏，這種節奏不僅來自對自然的描摹，也來自內心的感受。「神光離合，乍陰乍陽。」

俯仰觀照，中國人審美一直是從遠往近看的。在我們本身具有的精神意境中，既有超脫灑落的立場，也有對當下的撫愛和關切。而這些看起來難以滿足的需求，在日本卻得到了非常巧妙的應

對。曾以為日本的「唐樣」對於國人來說最為親近，容易解讀，神道教最陌生不好參明，但遇到「萬物有靈」的神道教儀式，沒有道德倫理束縛的妖怪傳説，有精確含義的古老紋樣符號，卻也覺得與《楚辭》裏，尚在山澤原野中的人，對天地、星雲、鳥獸神魔般的生命與力量的表達一般，反而覺得能放下知識的包袱，對那生命的躍動如有共感。

這使日本的時空，在我們的眼中，具有一種別樣的風貌。山川海岸、寺院神社，這些具體的所在，映照的卻是中國人古典詩畫中的時空意識，成了意境中的山水。

我曾經寫過在日本山陰道上的山中溫泉小路上慢行，美而靈動，一時想不到貼切的形容詞，只覺得恍若《蘭亭集序》的字掉落眼前。回來細讀才想起，「蘭亭」確在山陰附近，只不過「山陰道上行，如在鏡中遊」所寫的是紹興山陰。情景先出現，語言才降臨。在日本常常感到現代語言的滯澀，需要調動腦海中的王羲之、屈原、曹植、孔子、白居易、王維來描述這種美。不用去回憶老莊，但凡對中國山水畫的線條有些簡單印象，或是對着「長笛一聲人倚樓」的詩句發出過遐思，在日本就會對美產生強烈的感受。

日本，在一些審美層面，構成的是我們和時間之間的空間。不得不承認的是日本對中國文化真正的吸取，我們經常能在日本發現中國文化的博大精深，絕大多數時候並不是來自物質，而是中國傳統中的精神力量、文明成果。日本人對王羲之推崇備至，日本近年幾次書法大展成為世界級文化事件，其原因就是日本人對晉人極度個人主義價值的發現，使得王羲之的書法成為個性主義的代表藝術。「向外發現了自然，向內發現了自己的深情。」這正是日本人熱愛王羲之的原因。

約十年前我去日本旅行，「美學」這兩個字還沒有被濫用。當形式上的東西越來越被喜愛和模仿，日本美學在很多傳播語境裏變成了一種看起來固定的模式。這十年當中，大量的日本雜誌、生活方式書籍翻譯極多，成為一類非常方便好用的工具書門類。對於日本的審美更多地偏向到了實用。而形而上的層面，討論起來有難度的議題被略過了。

日本自古以來就有「表」「裏」這樣的結構性命題，導致其在經濟騰飛結束後的時代裏，長時間進入自我尋找、自我確認的過程。深入京都這個世界上最迷人的城市，很快就會發現，修建人工水渠，建立私立大學和公立大學，成立各種有嚴格行規的行業協會，遠遠比今天遊客看到的風景更能解釋京都為何能在世界級古城中獨具魅力。

只談論美，或只談論美的形式，對生活的感受就難免失真。從現代化的角度來看，日本早就完成了城市化進程，普通日本人的生活體現的也是高效率、高標準的現代思維，同時出現了典型的城市病。每次去日本旅行，我的關注點都不在經濟、政治和社會層面上，儘管這些年，在城市人、家庭關係這些話題上，中日兩國有越來越多現實層面的趨同，日本電影、電視劇、推理小說對於現實問題都毫不避諱地抽絲剝繭，也同樣影響着這一代讀者觀眾，越是真實，越觸動人心。

我們喜歡用日本的「治癒」概念，卻很少考慮，為甚麼我們本身難以直接被治癒？甚至連想被治癒都不好意思說出來呢？在對日本國民性的概括中，很多文化研究都指向了一個字：「感」。如果把「感」分為兩極，無感和敏感看起來是矛盾的，卻又相輔相成、不可分割。這也成為現代社會，越來越多的心理問題的根源。

在「感」上做文章的日本人，無感和敏感都在不斷地拓展其詞語的內涵和外延。我在寫《守破離》一書中曾提及匠人的概念，它是高度的身心合一。而現在的很多企業強調匠人精神，卻只

數萬人從大城市坐火車到兵庫縣小城伊丹，趕夏天的最後一場花火。黃宇攝。

注重了「工具性」，刻意忽略了另一面相輔相成的人的敏感。去掉人性的「感」，就是匠人嗎？正是因為日本處處把「感」做到了極致，才如此吸引我們。本心如果沒有被認真對待，再多的外在形式雷同也是無用。

從實體中解脱出來，返求於自己的內心世界。我不斷地前往日本，並非去填補好奇，追求真理，而恰恰在於希望向王羲之學習，向外發現自然，向內發現深情。「群籟雖參差，適我無非新。」

延伸閱讀

美學

葉渭渠、唐月梅：《物哀與幽玄：日本人的美意識》，廣西師範大學出版社，二〇〇二年。

〔日〕加藤周一：《日本文化中的時間與空間》，南京大學出版社，二〇一〇年。

：《日本藝術的心與形》，外語教學與研究出版社，二〇一三年。

〔日〕能勢朝次、大西克禮：《日本幽玄》，吉林出版集團有限責任公司，二〇一一年。

〔日〕大西克禮：《日本風雅》，吉林出版集團有限責任公司，二〇一二年。

：《幽玄．物哀．寂：日本美學三大關鍵字研究》，上海譯文出版社，二〇一七年。

〔美〕李歐納．科仁：《Wabi-Sabi 侘寂之美：寫給產品經理、設計者、生活家的簡約美學基礎》，中國友誼出版公司，二〇一三年。

：《重返 Wabi-Sabi：給日式生活愛好者的美學思考》，行人文化實驗室，二〇一五年。

〔日〕黑川雅之：《日本的八個審美意識》，河北美術出版社，二〇一四年。

：《依存與自立》，河北美術出版社，二〇一四年。

方太初：《浮世物哀：時尚與多向度身體》，新銳文創，二〇一六年。

文化

〔日〕鈴木大拙：《禪與日本文化》，譯林出版社，二〇一四年。
姜建強：《另類日本文化史》，上海交通大學出版社，二〇一四年。
〔美〕魯恩・本尼迪克特：《菊與刀》，譯林出版社，二〇一五年。

設計

〔日〕原研哉：《設計中的設計》，山東人民出版社，二〇〇六年
——：《白》，廣西師範大學出版社，二〇一二年。
〔日〕田中一光：《設計的覺醒》，廣西師範大學出版社，二〇〇九年。

建築

〔日〕田中真澄：《小津安二郎周遊》，廣西師範大學出版社，二〇〇九年。
〔日〕安藤忠雄：《追尋光與影的原點》，新星出版社，二〇一四年。

文學

〔日〕紫式部：《源氏物語》，陝西師範大學出版社，二〇〇八年。
〔日〕三島由紀夫：《潮騷》，上海譯文出版社，二〇〇九年。
〔日〕谷崎潤一郎：《陰翳禮讚》，上海譯文出版社，二〇一〇年。

天地
www.cosmosbooks.com.hk

書　　名　物哀之美：品味日本文化風情
作　　者　葛維櫻 吳麗瑋 等
責任編輯　林苑鶯
美術編輯　郭志民
出　　版　天地圖書有限公司
香港黃竹坑道46號新興工業大廈11樓（總寫字樓）
電話：2528 3671　傳真：2865 2609
香港灣仔莊士敦道30號地庫（門市部）
電話：2865 0708　傳真：2861 1541
印　　刷　亨泰印刷有限公司
柴灣利眾街德景工業大廈10字樓
電話：2896 3687　傳真：2558 1902
發　　行　聯合新零售（香港）有限公司
香港新界荃灣德士古道220-248號荃灣工業中心16樓
電話：2150 2100　傳真：2407 3062
出版日期　2022年12月 / 初版・香港

ISBN 978-988-8550-59-3